활자잔혹극

A JUDGEMENT IN STONE

옮긴이 **이동윤**

서울대학교에서 사회학을 전공했다. 미스터리 애독자인 그는 고전부터 현대, 본격 추리 스릴러부터 코지 스릴러까지 폭넓은 미스터리를 독자에게 소개하기 위해 번역가의 길을 선택했다. 옮긴 책으로 존 딕슨 카의 『마녀의 은신처』, 『세 개의 관』, 『황제의 코담뱃갑』, 피터 러브시의 『가짜 경감 듀』, 『밀랍 인형』, 루이즈 페니의 『치명적인 은총』, 피터 스완슨의 『살려 마땅한 사람들』 등이 있다.

A JUDGEMENT IN STONE

Copyright © Ruth Rendell, 1994

First published as A JUDGEMENT IN STONE in 1994 by Arrow, an imprint of Cornerstone.
Cornerstone is part of the Penguin Random House group of companies.

Korean translation copyright © 2024 by Booksphere Publishing House
Korean translation rights arranged with Random House Group Ltd.
through EYA (Eric Yang Agency)

# 활자잔혹극

루스 렌들 지음 ◎ 이동윤 옮김

북스피어

## A JUDGEMENT IN STONE

Eunice Parchman killed the Coverdale family because she could not read or write

ere was no real motive
oney was gained and no
rime, Eunice Parchman's
vn not to a mere family or
the whole country. She
disaster for herself, and all
ange mind, she knew she
hing. And yet, although her
Eunice was not. She had the
atavistic ape disguised as
racy is one of the cornerstones
e deformed. And the derision
rsical freak may, perhaps more
literate. If he or she can live a
ucated all may be well, for in the
eyeless is not rejected. It was
d for them, that the people who
she lived for nine months were
ly of philistines, they might be alive
erious dark freedom of sensation and
ted word. The family belonged to the
entional upper-middle-class life in a
ree in philosophy, but since the age of
his late father's company, Tin Box
vife and his three children, Peter, Paula
teenthirtyish house on the outskirts of
Melinda was twelve. Two years later, at
rge met thirty-seven-year-old Jacqueline
divorced her husband for desertion, and
ueline fell in love more or less at first sight
ht a manor house ten miles from Stantwich
nda and with Giles Mont, Peter Coverdale
s. When Eunice Parchman was engaged as
ueline forty-two. They took an active part in
trusive way had slipped into playing the parts
dyllic and Jacqueline was popular with her
omy at a northern university, Paula, now herself
at twenty, was reading English at the University
nteen, was still at school. Four members of this
iles Mont, died in the space of fifteen minutes on
he prosaically named Joan Smith shot them down
elevision. Two weeks later Eunice was arrested for
ore to it than that. The gardens Lowheld HE are
he gravel of the drive. One of the drawing-room
wisteria, killed by summer drought, hangs above the
ere late the sweet birds sang. It has become a bleak
e, Joy, Youth, Peace, Rest, Life, Dust, Ashes, Waste,
s, Wigs, Rags, Sheepskin, Plunder, Precedent, Jargon,
ation behind her, Lowfield Hall was not like this. It was
, as elegant, and, seemingly, as much a sanctuary as they.
ong secure lives. But on an April day they invited Eunice
ard, waves on a golden sea. The clouds parted and closed
next an uneasy summer. And in those sombre intervals it
ened the hedge. Winter stopped at the windows. The sun
t was warm enough for Jacqueline Coverdale to sit down to
eft hand on which she wore her platinum wedding ring and
n not looking forward to this at all,' she said. 'More coffee,
im, as long as she didn't have to do too much. He loved just
dal matured. Six years of marriage, and he hadn't got used to

and no premeditatio
security. As a result o
disability was made
a handful of villagers b
accomplished nothing by
along, somewhere in he
would accom- plish
companion and partner w
awful practical sanity of th
twentieth-century woman
of civilization. To be illiterat
that was once directed at th
justly, descend upon the
cautious life among the
country of the purblind the
unfortunate for Eunice Parchm
employed her and in whose hom
peculiarly literate. Had they been
today and Eunice free in her
instinct and blank absence of the
upper middle class, and they lived
country house. George Coverdale ha
thirty he had been managing director
Coverdale, at Stantwich in Suffolk. W
and Melinda, he had occupied a larg
Stantwich until his wife died of cance
the wedding of Paula to Brian Caswall
Mont. She also had been married befor
had been left with one son. George and
and were married three months later. Geo
and went to live there with his bride, with
having at that time been married for thre
their housekeeper George was fiftyseven ar
the sociallife of the neighbourhood, and in a
of the squire and his lady. Their marriage wa
stepchildren, Peter, a lecturer in political
a mother and living in London, and Melinda
of Norfolk in Galwich. Her own son Giles, ag
family, George, Jacqueline and Melinda Coverd
14 February, St Valentine's Day. Eunice Parchma
on a Sunday evening while they were watching op
the crime - because she could not read. But there w
overgrown now and weeds push their way up throu
windows, broken by a village boy, has been boarded
front door like an old dried net. Bare ruined choirs
house, fit nesting place for the birds that Dickens nam
Want, Ruin, Despair, Madness, Death, Cunning, Fol
Gammon and Spinach. Before Eunice came, and lef
as well kept as its distant neighbours, as comfortable, a
Its inhabitants were safe and happy, and destined surely
in. A little blustery wind was blowing the daffodils in th
again, so that at one moment it was winter in the garden a
might have been snow, not the blossom of the blackthorn,
brought in flashes of summer to match the pleasant warmt
breakfast in a short-sleeved dress. She was holding a letter
the diamond cluster George had given her on their engagem
please, darling,' said George. He loved watching her do thin
looking at her, so pretty, his Jacqueline, fair, slender, a Lizzi
the wonder of it, the miracle that he had found her. 'Sorry,' he s

Eunice Parchman killed the Coverdale family
because she could not read or write

# A JUDGEMENT IN STONE

# 1

유니스 파치먼이 커버데일 일가를 살해한 까닭은, 읽을 줄도 쓸 줄도 몰랐기 때문이다.

뚜렷한 동기도 치밀한 사전 계획도 존재하지 않았다. 금전적 이득도 안전 보장도 없었다. 심지어 자신이 저지른 범죄의 여파로 그녀의 무능력은 한 가족과 몇 안 되는 마을 주민에게는 물론 온 나라에 알려지게 되었다. 스스로에게 재앙을 불러왔을 뿐이다. 그녀의 뒤틀린 마음 한구석에서도, 어떤 이득도 없으리라는 생각은 줄곧 존재했다. 하지만 그녀의 친구이자 공범이었던 이와는 달리, 그녀는 미치지 않았다. 20세기 여성으로 가장한 원시인이라 생각하면, 그녀는 극도로 정상적인 정신 상태였다고 할 수 있으리라.

읽고 쓸 줄 아는 능력은 문명의 초석이다. 문맹은 기형으로 취급된다. 육체적으로 기형인 사람들을 겨냥하던 조롱의 방향이 문맹인 사람들 쪽으로 점차 바뀌어 가는 것은 어쩌면 당연한지도 모른다. 만일 문맹자가 교육받지 못한 사람들 사이에서 조심스레 살아가려 한다면 별 탈 없이 지낼 수 있을지도 모른다. 눈이 나쁜 사람들의 나라에서 장님이 배척당하지 않고 살 수 있는 것처럼. 유니스를 고용해서 그녀를 아홉 달 동안 집에 둔 사람들이 유별나게 많이 배운 축에 속했다는 사실은 유니스에게나 그들에게나 불운이었다. 만일 이 가족이 교양 없는 사람들이었다면 그들은 현재까지 살아 있었을 테고, 유니스는 활자가 완전히 부재한, 그녀 자신의 감각과 본능으로 구성된 비밀스러운 세계 속에서 자유롭게 살아갔으리라.

이 가족은 부유한 중산층에 속했고, 그들과 비슷한 계층의 다른 가족들과 마찬가지로 시골 저택에서 평범한 삶을 영위하고 있었다. 조지 커버데일은 대학에서 철학을 공부하여 학위를 받았으나, 서른 살의 나이에 아버지가 사망하자 서퍽 주 스탠트위치에 자리한 커버데일 통조림 회사를 물려받아 이제껏 회사를 경영해 왔다. 그는 아내와 피터, 폴라, 멜린다라는 세 명의 자식과 함께 스탠트위치 외곽에 있는 1930년대 풍 저택에 거주했다. 그런 생활은 멜린다가 열두 살 되던 해, 아내가 암으로 세상을 떠날 때까지 계속되었다.

이 년 후 폴라와 브라이언 캐스월의 결혼식에서 조지는 서른일곱 살의 재클린 몬트를 만났다. 그녀 역시 한 번 결혼한 경력이 있었고, 아들을 하나 낳은 후 남편이 가족을 등한시하자 이혼했다. 조지와 재클린은 첫눈에 사랑에 빠져 석 달 후 결혼했다. 조지는 스탠트위치에서 십육 킬로미터 떨어진 곳에 저택을 구입하여 신부와 멜린다, 자일즈 몬트와 함께 이사했다. 당시 피터 커버데일은 이미 결혼하고 삼 년이 지난 상태였다.

유니스 파치먼이 이 집안의 가정부로 고용되었을 때, 조지와 재클린은 각각 쉰일곱 살과 마흔두 살이었다. 그들은 이웃과 활발하게 교류했고, 지나치게 야단스럽지 않은 태도를 고수하며 대지주와 마님 역할에 매진했다. 결혼 생활은 목가적이었고 의붓자식들도 재클린을 잘 따랐다. 피터는 북부의 한 대학에서 정치경제학 강사로 재직중이었고, 폴라는 런던에서 아이를 낳아 키우고 있었으며, 멜린다는 스무 살 무렵 갤위치에 있는 노퍽 대학에 들어가 영문학 공부를 시작했다. 재클린의 친아들인 자일즈는 열일곱 살로 아직 고등학생이었다.

이월 십사일 성 발렌타인 데이. 조지 커버데일, 재클린 커버데일, 멜린다 커버데일, 자일즈 몬트, 이상 네 명의 일가족은 불과 십오 분 사이에 모두 사망했다. 유니스 파치먼과 조앤 스미스라는 평범한 이름을 가진 여성이 일요일 저녁, 오페라를 보고 있던 커버데일 가족을 총으로 쏴 죽였다. 이 주 후 유니스는 이 범행으로 체포되었다. 글을 읽을 줄 몰랐기 때문이다.

하지만 여기에는 더 깊은 사연이 존재한다.

# 2

로필드 홀의 정원에는 풀이 제멋대로 자라나, 잡초가 진입로 자갈을 헤치고 솟아나 있었다. 마을 아이가 깨뜨린 응접실 창문에는 판자를 쳐 놓았고, 여름 가뭄에 말라 죽은 등나무가 낡고 말라빠진 그물처럼 정문 위에 걸려 있다. 새들이 아름답게 지저귀던 곳은 이제 폐허가 되어 버렸다.

이 저택은 찰스 디킨스가 이름 붙인, 희망, 기쁨, 젊음, 평화, 안식, 생명, 먼지, 재, 낭비, 욕망, 폐허, 절망, 광기, 죽음, 교활함, 우행, 말, 가발, 넝마, 양피지, 약탈, 판례, 은어, 헛소리, 사기꾼 같은 새들이 둥지를 틀기 적당한 '황폐한 집<sub>찰스 디킨스의 소설 제목</sub>'으로 변했다.

유니스가 와서 황량함만 남긴 채 떠나기 전에는 로필드 홀도 이렇지 않았다. 다른 이웃들의 집만큼 잘 관리되고 안락하며 따뜻하고 품격 있는 안식처였다. 이곳에 사는 사람들은 안온하고 행복하게 지내며 오랫동안 안정된 삶을 영위할 수 있는 운명이어야 했다.

하지만 사월의 어느 날, 그들은 유니스를 집에 들이고 말았다.

과수원의 수선화 위로 다소 거센 바람이 불고 금빛 바다가 출렁거렸다. 구름은 흩어졌다 모이기를 반복했고, 그에 맞춰 정원에는 한순간 겨울이 닥쳤다가 다음번에는 불안한 여름이 찾아왔다. 이런 칙칙한 변화 사이사이, 자두나무에 꽃이 피어나는 대신 눈이 내려 생목 울타리를 하얗게 물들이기도 했다.

겨울은 창문가에서 멈췄다. 태양은 여름철에나 볼 수 있을 법한 반짝이는 햇빛을 들여보내 기분 좋은 온기를 불러일으켰다. 재클린 커버데일에게는 반소매 드레스를 입고 아침 식사를 하기에 충분한 온기였다.

그녀는 왼손에 편지를 한 통 들고 있었다. 손에는 조지가 약혼 선물로 준, 다이아몬드가 알알이 박힌 백금 반지를 끼고 있었다.

"이런 편지를 기대하진 않았는데."

"여보, 커피 좀 더 줘요." 조지가 말했다. 그는 그녀가 너무 무리하지 않는 한도 내에서 자신에게 무언가 해 주는 모습을 좋아했다. 조지는 매력적인 재클린을, 피부가 희고 날씬하며 리지 시덜엘리자베스 시덜. 라파엘 전파 화가들의 모델로 유명하며, 그녀 자신 또한 그림과 시를 여러 편 남겼다처럼 성숙한 자신의 아내를 바라보기만 해도 좋았다. 결혼 후 육 년이 지났지만 그는 그녀를 만나게 되었다는 경이로움에 익숙해지지 못했다. "아쉽네요. 이런 편지를 기대한 게 아니라……. 사실 이것 외엔 아무런 답신도 받지 못하긴 했지요. 우리 집에서 일할 여자들이 줄을 서서 기다리고 있는 건 아니니까."

그녀는 매력적인 동작으로 재빨리 고개를 흔들었다. 그녀의 아름다운 금발은 짧고 윤기가 흘렀다. "또 찾아보면 되죠. 내가 바보 같다는 거 알아요, 조지. 하지만 난 우리와 같은 부류의 사람을 고용할 수 있다는 헛된 상상을 해요. 멋진 저택의 가사일을 기꺼이 맡아 주려는, 적당히 교육받은 사람이면 좋을 텐데."

"이른바 '숙녀' 말이로군."

재클린은 창피한 듯 미소 지었다. "에바 볼럼도 이보다는 글씨를 더 잘 쓸 거예요. E. 파치먼이라니! 어쩜 여자가 이런 식으로 서명할 수 있지!"

"빅토리아 시대 사람들이라면 정확한 용법이라고 했을 텐데."

"그럴지도 모르겠네요. 하지만 우린 빅토리아 시대 사람이 아니니까요. 오, 여보, 차라리 그랬으면. 똑똑한 시녀가 우리 시중을 들고 요리사는 주방에서 바쁘게 움직이는 모습을 상상해 봐요." 그리고 자일즈는 식탁 앞에서 책을 읽어선 안 된다는 예절을 익혀야 하겠지. 그녀는 그 생각을 입 밖으로 내지는 않았다. 이 애는 우리 이야기를 듣기나 했을까? 적어도 조금이나마 관심이 있기는 할까? "그 시절이었다면 소득세도 없고, 끔찍하기 짝이 없는 신식으로 지어진 집들이 시골에 쭉 깔려 있지도 않았을 텐데." 그녀는 큰 소리로 중얼거렸다.

"대신 전기도 없을 테고 뜨거운 물이 항상 나오지도 않았겠지. 그랬다간 폴라는 아이를 낳다가 죽었을지도 몰라요." 조지는 자신의 뒤에 있는 라디에이터를 어루만지며 말했다.

"알아요." 재클린은 처음 화제로 돌아갔다. "그런데 저 편지 말인데요, 여보. 통화할 때 그 음산한 태도도 그렇고. 그릇이나 깨먹고 먼지는 죄다 매트 밑으로 쓸어 넣은 다음 시침 뚝 떼는 천박하고 멍청한 인간은 아닐까 몰라요."

"그건 모르는 일이지. 그리고 편지 한 통으로 사람을 판단하는 건 공정하지 않아요. 가정부를 원했지 비서를 바라지는 않았으니까. 가서 만나 봐요. 면접도 확정됐고 폴라도 당신이 오기를 기다리고 있을 거요. 별로라 해도 이번 사람을 고용하지 않는다는 것 말고는 딱히 손해 볼 일이 없으니까. 인상이 나쁘다면 그냥 거절하고, 또 다른 사람을 찾으면 돼요."

홀에 있는 대형 괘종시계가 여덟시 십오분 종을 쳤다. 조지는 자리에서 일어섰다. "이제 가자, 자일즈. 저 시계는 몇 분 늦는 것 같은데." 그는 아내에게 키스했다. 자일즈는 느릿느릿 마멀레이드 단지에 기대 놓은 『바가바드기타_고대 인도의 힌두교 경전 중 하나_』를 덮었다. 일부러 꾸민 듯한 무기력함이 그의 껑충하고 수척한 몸에 퍼져나갔다. 그는 어머니가 자신의 여드름투성이 뺨에 키스를 하는 동안 숨을 내쉬면서, 그리스어인지 아니면 산스크리트어인지 모를 말을 중얼거렸다.

"폴라에게 안부 전해 줘요." 두 사람은 흰색 메르세데스 자동차를 타고 출발했다. 조지는 커버데일 통조림 회사로, 자일즈는 마그누스 와이든 재단 학교로 가는 길이었다. 조지는 자일즈에게 계속해서 대화를 시도해 보겠노라 다짐했던 터라 바람이 심하다는 이야기를 건네 보았지만, 자동차에 타고 있는 그들 위로 침묵이 내려앉을 뿐이었다. 자일즈는 "음" 소리만 내고는 언제나 그렇듯 책을 펼쳐 들었다. 제발 이번에 만나는 여자가 괜찮은 사람이기를. 재키가 이 넓은 집을 혼자서 감당하려는 모습을 더는 두고 볼 수 없어. 그녀에게 그런 짐을 지우는 건 부당한 일이야. 어디 단층집 같은 곳으로 이사라도 가야 할 형편인데⋯⋯. 하지만 그러고 싶지 않아. 어림도 없는 소리. 그러니 제발 E. 파치먼이라는 여자가 괜찮은 사람이기를.

로필드 홀에는 침실 여섯 개, 응접실, 식당, 거실, 욕실 셋, 주방, 그리고 다용도실이라 부르는 방들이 있었다. 다용도실은 주방에 딸린 뒷방과 총기실이었다. 그해 사월의 아침, 저택은 지저분하다고는 할 수 없었지만 그렇다고 깨끗하지도 않았다. 서른세 개의 창문에는 푸르스름한 필름이 붙어 있었고, 그 필름은 지문과 손자국으로 얼룩져 있었다. 이는 에바 볼럼의 흔적이거나, 혹은 집안일을 거들어 주던 오페어au pair, 외국인 가정에서 가사와 육아를 돕는 대가로 숙식과 급여를 받는 어학연수생 중 가장 형편없었던 마지막 학생이 남긴 자국이 두 달이 지난 지금까지 남아 있는 것이리라. 재클린은 계산을 한번 해 보고 바닥에 깔린 카펫의 넓이가 이백 평은 되리라 짐작했다. 그래도 바닥은 깨끗했다. 에바 할멈이 자신의 친척들에 대한 환담을 늘어놓으며 진공청소기를 부지런히 돌리곤 했으니까. 그녀는 자신의 눈높이까지는 먼지떨이도 사용했다. 그녀의 눈높이가 백사십오 센티미터 정도밖에 되지 않는다는 점이 불운이었지만.

재클린은 아침 식사를 마치고 식기를 식기세척기에, 우유와 버터는 냉장고에 집어넣었다. 최근 육 주 동안 냉장고에 낀 성에를 제거해 본 적이 없었다. 오븐을 한 번이라도 닦은 적이 있었나? 그녀는 위층으로 올라갔다. 끔찍해. 그녀는 부끄럽게 여겨야 한다는 사실을 알고 있었다. 하지만 그렇게 생각만 할 뿐, 그녀의 손은 난간에서 묻은 회색 먼지로 지저분해져 있었다. 아이들용의 작은 욕실은 끔찍하게 더러웠다. 자일즈의 여드름을 치료하는 데 쓰던 녹색 풀 비슷한 반죽이 대야에서 흘러 굳어 있었다. 아직 침대 정리도 하지 않았다. 그녀는 허둥지둥 조지와 함께 쓰는 백팔십 센티미터 너비의 침대 매트리스 위에 깔린 분홍색 시트와 담요, 이불을 걷었다. 자일즈의 침대는 그대로 두어도 되겠지. 자일즈는 신경 쓰지 않을 테니까. 시트가 죄다 보라색으로 바뀌거나 전기장판 대신 탕파湯婆가 들어가 있더라도 모를걸.

그녀는 자신의 몸을 치장하는 데는 시간을 아끼지 않고 신경을 썼다. 종종 자신을 가꾸는 만큼 집 안을 돌보지 못한다는 사실이 부끄러웠다. 하지만 원래 그런 성격인 걸 어떡하라고. 그녀는 목욕을 하고 머리를 손질하고 손과 손톱을 다듬었다. 따뜻한 원피스를 입고 얇은 팬티스타킹과 새로 산 진한 녹색 구두를 신었다. 마지막으로 화장을 하고 조지가 크리스마스 선물로 사준 밍크를 걸쳤다. 그러고는 과수원으로 내려가 폴라에게 줄 수선화를 한 아름 땄다. 어쨌든 정원은 훌륭하게 가꾸었다. 잡초 하나 눈에 띄지 않는 모습은 한여름에도 마찬가지였다.

금빛 바다에 파도가 일렁였다. 눈송이는 하얗게 변한 생목 울타리 위에 살포시 내려앉았다. 이 건조한 봄에 두 번이나 깎은 잔디는 푸른 벨벳 같았다. 난 야외 활동을 하는 게 체질에 맞아. 그녀의 얼굴에는 바람이 불었고, 아련하지만 선명한 봄꽃 향기는 그녀를 들뜨게 했다. 여기라면 몇 시간이라도 서 있을 수 있어. 저 강과 들판의 포플러 나무, 구름이 만든 그림자가 경주하는 그리빙 언덕을 바라보면서……. 하지만 그녀는 E. 파치먼이란 여자를 만나 보아야 했다. 출발할 시간이야. 내가 정원일을 좋아하는 만큼 집안일을 좋아하는 사람이라면 얼마나 좋을까.

그녀는 다시 집 안으로 들어갔다. 부엌에서 냄새가 난다고 생각했던 건 착각이었을까? 여전히 어질러져 있는 총기실을 지나 문을 잠그고 집을 나섰다. 먼지가 계속 쌓이고 공기는 더욱 탁해져 가는 로필드 홀을 뒤로 한 채.

재클린은 수선화 다발을 포드 자동차 뒷좌석에 두고 약 백십 킬로미터 떨어진 런던을 향해 출발했다.


조지 커버데일은 보기 드물게 잘생긴 고전적인 스타일의 남자였다. 몸매는 1939년에 대학에서 조정 선수로 활약하던 시절만큼 늘씬했다. 그의 자식 세 명 중 한 명만이 그의 외모를 물려받았는데, 안타깝게도 그 자녀가 폴라 캐스월은 아니었다. 그나마 상냥

한 표정과 부드러운 눈매가 그녀의 평범한 외모를 가려 주긴 했지만 현재는 임신을 한 상태여서 그마저도 소용없었다. 그녀는 두 번째 아이를 가져 팔 개월째에 접어들고 있었다. 그 몸으로 활기찬 말썽꾸러기 아이를 건사해야 했을뿐더러 켄징턴에 있는 커다란 저택까지 꾸려나가야 했다. 그녀는 덩치가 큰 만큼 늘 피곤해했고, 발목은 항상 퉁퉁 부어 있었다. 게다가 폴라는 두렵기도 했다. 패트릭을 낳을 때 악몽 같은 고통을 겪었기 때문에, 곧 다가올 출산이 두려웠다. 아무도 보고 싶지 않았고 누구에게도 모습을 드러내고 싶지 않았다. 하지만 폴라는 자신의 집이 런던 출신의 가정부 지원자 면접에 안성맞춤이라는 사실을 알고 있었다. 그래서 그녀는 커버데일 가문의 특성인 자애로움을 발휘하여 새어머니를 따뜻하게 맞이하고 요란을 떨며 수선화를 받고 재클린의 옷이 예쁘다고 칭찬했다. 폴라는 재클린과 함께 점심을 먹으면서, 두시 정각에 닥칠 일에 대한 재클린의 의구심과 불안감을 연민을 갖고 들어 주었다.

그러나 면접에는 관여하지 않을 작정이었다. 패트릭이 오후 낮잠에 빠져 있던 두시 이 분 전, 초인종이 울리자 폴라는 짙은 감색 레인코트를 입은 여자를 거실로 데려갔다. 그녀는 그 여자를 재클린에게 안내하는 일까지만 하고 위층으로 올라가 자리에 누웠다. 하지만 유니스 파치먼을 안내하느라 허비한 그 짧은 시간 동안, 그녀에 대해 격한 반감을 느꼈다. 유니스는 종종 다른 사람에게 그랬듯 그 순간 폴라에게도 강한 인상을 남겼다. 마치 얼음을 토해내는 듯한 차가움이었다. 어딜 가든 그녀는 따뜻한 공기에 냉기를 몰고 왔다. 나중에 폴라는 이 첫 번째 인상을 기억해내고 아버지에게 경고해 주지 않았다는 심한 죄책감에 시달렸다. 근거 없는 예감이었지만 결국에는 사실로 드러나고야 말았으니까. 하지만 이날 폴라는 아무것도 하지 않고 침실로 들어가 혼란스러운 채로 잠에 빠져들었다.

재클린의 반응은 사뭇 달랐다. 그녀는 지금까지 꺼림칙한 감정을 품고 있었지만, 막상 만나볼 때가 되자 이 분 사이에 완전히 태도를 바꾸어 속마음과는 전혀 다른 모습을 연출했다. 이러한 태도를 취했던 이유는 그녀의 두 가지 특징이자 크나큰 약점, 바로 허영심과 속물근성 때문이었다.

"안녕하세요. 시간관념이 철저하시네요."

"안녕하세요, 마님."

재클린은 요 몇 년간 마님이라는 말을 거의 들어 본 적이 없었다. 스탠트위치에 얼마 안 남은 몇몇 구식 상점 점원들에게서나 겨우 듣는 말이었다. 그녀는 굉장히 기뻐하며 미소 지었다.

"이름이 어떻게 되죠? 결혼하셨나요?"

"유니스 파치먼이요. 미혼입니다."

재클린은 섬뜩하리만치 차가운 인상이나, 멜린다라면 '그 분위기'라고 표현했을 느낌은 받지 못했다. 그녀는 가족들 중 이 느낌을 가장 늦게 감지한 사람이었다. 어쩌면 애써 무시하고 있었기 때문인지도 모른다. 달리 말하면, 그녀는 처음 만난 순간부터 유니스 파치먼을 고용하기로 결심했고, 이후 몇 달 동안에도 그녀를 내보내지 않으려는 마음을 꺾지 않았던 것이다.

그녀는 차분하게 앉아 있는 유니스를 바라보았다. 작은 머리, 창백한 이목구비, 새치가 난 갈색 머리카락, 흔들림 없는 작은 눈, 굴곡 하나 없는 우람한 몸, 커다랗고 맵시 있는 손, 짧고 깨끗한 손톱, 갈색 스타킹을 신은 굵고 균형 잡힌 다리, 어딘가 비뚤어진 검정 정장 구두를 신은 커다란 발을 살펴보았다. 유니스 파치먼은 자리에 앉자마자 레인코트의 가장 윗단추를 풀었다. 연청색 터틀넥 스웨터의 목 부분이 드러났다. 그녀는 가만히 무릎 위에 모아 쥔 자신의 손을 응시했다.

재클린 커버데일 자신은 절대 인정하지 않았지만, 그녀는 잘생긴 남자와 수수한 여자를 좋아했다. 그녀는 멜린다와 잘 지내는 편이었지만, 그보다는 그리 아름답지 못한 폴라나 매력적이긴 하나 예쁘지 않은 피터의 부인 오드리와 더 잘 어울렸다. 그녀는 오스카 와일드의 미스 페어팩스처럼 이른바 그웬덜린 콤플렉스에 시달렸다그웬덜린 페어팩스는 오스카 와일드의 희곡 「진지함의 중요성」의 등장인물로, 시실리를 사랑의 경쟁자로 착각하여 그녀를 질투한다. 때문에 '적어도 마흔두 살은 확실히 채우고 나이에 비해 외모가 떨어지는' 여자를 선호했다. 유니스 파치먼은 적어도 그녀만큼은 나이를 먹었거나, 확신하기는 어려웠지만 그보다는 좀 더 나이가 들어 보이기도 했다. 게다가 그녀의 외모에 대해서는 의심할 여지가 없었다. 그녀가 재클린과 같은 계층에 속해 있었다면, 재클린은 왜 그녀는 화장을 하지 않고 다이어트도 하지 않으며 얼룩 고양이 같은 머리를 염색하지도 않았는지 궁금해했으리라. 하지만 하인들의 세계란 그런 게 아니겠어.

재클린은 공손한 침묵과 마음에 쏙 드는 외모를 접하게 되자 물어보려 했던 사항들을 잊고 말았다. 후보자를 검토해 보려 하지도 않았다. 재클린은 이 여자가 자신의 저택에서 일하기에 적합한 사람인지, 커버데일 가문에 어울리는 사람인지 알아보는 대신, 자신들이 그녀에게 어울리는 사람들이라고 유니스를 설득하기 시작했다.

"큰 저택이지만 의붓딸이 주말마다 집에 오는 걸 빼면 세 명뿐이에요. 일주일에 세 번 청소부가 오고, 물론 요리는 내가 다 할 거예요."

"저도 요리할 수 있어요, 마님."

"그럴 필요 없어요. 정말로. 식기세척기랑 냉장고도 있어요. 장 보는 일도 남편이랑 내가 다 하고요." 재클린은 이 여자의 단조로운 목소리가 마음에 들었다. 비록 교육은 받지 못했지만 런던 사투리를 쓰지도 않았다. "우리는 손님 접대를 많이 하는데요." 그녀는 거의 필사적인 목소리로 말했다.

유니스는 발을 움직여 가지런히 모았다. "그런 일엔 익숙해요. 전 부지런한 일꾼이에요."

이 시점에서 재클린은 유니스에게 왜 이제껏 지냈던 일터를 떠나려 하는지, 최소한 현재 일하고 있는 곳은 어떠한지에 대해 물어봤어야 했다. 뭔가 사정이 있겠지. 그녀는 물어보지 않았다. '마님'이라 부르는 소리에 정신이 혼미해졌고, 에바 볼럼이나 지나치게 예뻤던 마지막 오페어와 비교하며 극심한 차이에 흥분하고 있었다. 처음 예상했던 모습과는 완전히 달랐다.

그녀는 간절히 말했다. "언제부터 일하러 올 수 있죠?"

유니스의 무표정한 얼굴에 약간 놀란 기미가 떠오른 것도 무리가 아니었다.

"소개장을 보셔야지요."

"오, 그래요. 물론이지요." 재클린은 그제야 생각난 듯 말했다.

유니스는 커다란 검정색 핸드백에서 흰색 카드를 한 장 꺼냈다. 카드에는 처음에 재클린을 경악하게 했던 편지와 같은 글씨체로 '런던, 사우스웨스트 18지구, 월로 베일 24번지, 치체스터 부인'이라는 주소와 전화번호가 적혀 있었다. 유니스의 편지 겉봉에 적힌 것과 같은 주소였다.

"여기 윔블던이죠?"

유니스는 고개를 끄덕였다. 그녀가 이 빗나간 추측에 기뻐했으리라는 건 의심의 여지가 없었다. 그들은 임금과 일을 시작할 날짜, 스탠트위치까지 오는 길에 대해 이야기를 나누었다. 성급하게도 재클린은 소개장이 마음에 든다고 말해 버렸다.

"분명 우리는 굉장히 잘 지낼 수 있을 거예요."

그제야 유니스는 웃었다. 그녀의 눈은 여전히 차가웠고 미동도 하지 않았지만, 입은 움직였다. 확실히 웃음이었다. "치체스터 부인께서 오늘 저녁 아홉시 전에 전화해 달라고 하셨어요. 연세가 많으셔서 일찍 잠자리에 드셔야 하니까요."

고용주의 요청을 확실히 전달하고 주인의 사소한 결점에 대해 다정하게 배려하는 모습을 보자 기분이 좋지 않을 리가 없었다.

"걱정하지 말아요."

면접은 겨우 두시 이십분에 끝났다.

"감사합니다, 마님. 혼자 나갈 수 있어요." 유니스의 이 말은 그녀가 자신의 위치를 잘 알고 있다는 사실을 나타냈다. 최소한 재클린에게는 그렇게 보였다. 그녀는 돌아보지 않고 척척 걸어 나갔다.

만일 재클린이 런던과 그 주변 지역에 대하여 좀 더 잘 알고 있었더라면, 그녀는 유니스 파치먼이 이미 거짓말을 하나 했다는 사실을, 적어도 재클린의 오해를 묵인해 버렸다는 사실을 알아차렸으리라. 우편 관할 구역상으로 윔블던은 빈민 구역으로 지정된 원즈워스 자치구가 있는 사우스웨스트 18지구가 아니라 사우스웨스트 19지구였다. 하지만 그녀는 이 사실을 알아차리지 못했고 알아보려 하지도 않았다. 심지어 저녁 여섯시에 로필드 홀로 돌아오고 나서도, 오 분 먼저 귀가한 조지에게 소개장을 보여 주지 않았다.

"정말 완벽해요, 여보." 그녀는 열변을 토했다. "우리가 멸종해 버렸다고 생각한 전통적인 스타일의 하인이라니까요. 얼마나 얌전하고 예의 바른지, 쓸데없이 나서지도 않고요. 지나치게 자신을 낮추지 않나 좀 걱정되긴 하는데. 그래도 제대로 된 일꾼이라는 건 알겠더라고요."

조지는 아내를 끌어안고 키스했다. 그는 백팔십도 변한 그녀의 태도에 대해 아무 말도 하지 않았고, "내가 뭐랬어요" 같은 말도 입 밖에 내지 않았다. 그는 재클린의 편견과 뒤이어 종종 따라오는 격렬한 열정에 익숙했다. 그는 그녀의 이러한 충동적인 면을 사랑했다. 그럴 때 좀 더 젊고 사랑스럽고 여성스럽게 보이기 때문이다. "당신 손에서 짐을 덜어 줄 수 있는 사람이라면 지나치게 겸손하든 경망스럽든 상관없지 않겠어요." 그는 이렇게 말했을 뿐이다.

상상력이 풍부한 재클린은 전화를 걸기 전 유니스 파치먼이 일하고 있는 가정은 어떤 곳인지, 그녀를 고용한 사람은 어떤 여자인지 마음속에서 그려 보았다. 윌로 베일은 윔블던 광장 근처의 조용한 가로수길이겠지. 24번지는 빅토리아 시대의 대저택일 테고. 치체스터 부인은 엄격한데다 요구가 많고 독재적인 성품의 귀부인일 거야. 이처럼 인플레이션이 심한 시대에 급료를 지불할 방법이 마땅치 않아 하녀를 내보내는 걸 테지.

재클린은 여덟시에 전화를 걸었다. 유니스 파치먼이 천천히 또박또박 불러 준 네 자리 번호대로 다이얼을 돌리자 그녀가 전화를 받았다. 그녀는 다시금 재클린을 마님이라고 부르면서 치체스터 부인을 모셔올 때까지 잠시 기다려 달라고 부탁했다. 그러자 재클린은, 가구가 들어찬 어두침침한 홀을 지나 노부인이 클래식 음악을 듣거나 고급 교양지의 부고란을 읽으며 앉아 있을 커다랗고 약간 쌀쌀한 응접실로 들어가는 유니스의 모습을 상상했다. 그녀는 응접실 문턱에서 멈추고는 공손한 태도로 이렇게 말하리라.

"커버데일 부인에게서 전화가 와 있습니다, 마님."

사실은 전혀 그렇지 않았다.

문제의 전화는 이스트필드에 위치한 셋집 첫 번째 층계참 벽에 붙어 있었다. 유니스 파치먼은 전화가 왔을 때 다른 세입자가 먼저 받아 버릴 경우를 대비하여 다섯시부터 참을성 있게 옆에서 기다리고 있었다. 치체스터 부인의 정체는 공장에 다니는 애니 콜이라는 오십 대 여자였다. 그녀는 자신의 어머니가 죽은 후에도 일 년 동안이나 계속해서 연금을 타먹고 있다는 사실을 유니스에게 들킨 적이 있었다. 유니스가 이 사실을 우체국에 알리지 않겠다고 눈감아 주는 대신, 그녀는 이따금 유니스의 자잘한 부탁을 들어주곤 했다. 애니는 가구가 딸린 자신의 방, 사우스웨스트 18지구, 윌로 베일 24번지 6호실에서 편지와 소개장을 써 주었다. 유니스가 애니를 데려와 수화기를 건네주자, 그녀는 이렇게 말했다.

"파치먼 양을 내보내게 돼서 얼마나 화가 나는지 몰라요, 커버데일 부인. 그녀는 칠 년 동안 온갖 일을 완벽하게 해치워 왔어요. 능력 있는 일꾼인데다 훌륭한 요리사에 청소는 또 얼마나 잘하는지! 다만 지나치게 정직해서 탈이랍니다."

재클린조차 의아하게 여길 정도로 칭찬 일색이었다. 게다가 그 목소리는 아주 활기가 넘쳤거니와 (애니 콜은 이토록 빨리 유니스와 헤어질 수 있다는 기대감에 고무되어 있는 듯 보였다) 교양 있는 사람의 말투로 보기에는 석연치 않은 구석이 있었다. 재클린은 그토록 모범적인 하인을 내보내는 이유를 물어볼 정도의 지각은 있었다.

"내가 이사를 가거든요." 대답은 거침이 없었다. "뉴질랜드에 있는 아들과 함께 살기로 했답니다. 여기서 사는 비용을 더 이상 감당하기 어려워서요. 미스 파치먼을 데려와도 좋다고 했고 나도 그랬으면 합니다만, 본인이 꽤 보수적이라서요. 여기 남고 싶어해요. 그쪽 같은 훌륭한 집안에 가게 된다면 얼마나 좋을까요."

재클린은 만족했다.

"미스 파치먼에게는 정식으로 통보했어요?" 조지가 말했다.

"어머, 잊어버렸네요. 편지를 써야겠어요."

"아니면 다시 전화를 걸든지."

왜 전화를 걸지 않지요, 재클린? 당장 그 전화번호로 다이얼을 돌려요. 지금 막 애니 콜의 옆집에 사는 젊은 남자가 귀가하면서 계단의 마지막 단에 발을 올려놓고 있어요. 전화를 걸면 그가 수화기를 들었을 텐데. 그리고 당신이 미스 파치먼을 찾으면 그런 사람 이름은 들어 본 적도 없다고 말해 줬을 거야. 그러면 치체스터 부인은? 집주인은 치체스터 부인이 아니라 치체스터 씨라고, 전화도 그의 명의지만 정작 그는 크로이든에 살고 있다고 할 텐데. 당장 전화기를 들어요, 재클린…….

"편지로 통보하는 게 낫겠어요."

"그러면 그렇게 해요, 여보."

그 순간은 지나갔고, 기회는 사라졌다. 조지는 전화기를 들었지만, 유니스가 아닌 폴라에게 거는 전화였다. 아내에게서 폴라의 건강 상태에 대해 불안한 이야기를 들은 참이었다. 그가 통화를 하는 동안 재클린은 편지를 썼다.

그렇다면 우연과 운명과 혈연관계로 묶여, 이월 십사일에 들이닥칠 파멸을 향해 달려가게 되는 사람들 중 나머지는 무엇을 하고 있었을까?

조앤 스미스는 어느 시골집 현관에서 전도를 하고 있었다. 멜린다 커버데일은 갤위치의 자기 방에서 『가웨인 경과 녹색 기사』 중세 영어로 쓰여진 14세기 말 영국의 로맨스 서사시와 씨름중이었다. 자일즈 몬트는 명상에 도움이 되는 주문을 외고 있었다.

하지만 그들은 이미 한곳에 모인 셈이었다. 재클린이 전화를 거는 대신 편지를 쓰기로 결정한 그 순간, 보이지 않는 올가미가 그들을 붙잡아 한데 동여매어, 피보다 더 진한 관계로 만들어 버렸으니까.

# 3

조지와 재클린은 신중한 사람들이어서 자신들이 얻은 행운을 떠벌리고 다니지 않았다. 하지만 재클린은 친구인 로이스톤 부인에게 살짝 귀띔해 주었고, 그녀는 제대로 된 하인을 구할 수 없다는 해묵은 이야기가 화제에 오르자 케언 부인에게 이 사실을 털어놓았다. 이 소식은 힉스 집안, 메도즈 집안, 볼럼 집안, 그리고 뉴스테드 집안을 거쳐 파문을 남기고 퍼져 나갔으며, 블루 보어 술집에 이르러서는 조앤 스미스가 최근에 저지른 방종한 행동을 제치고 주요 화젯거리로 떠올랐다.

에바 볼럼은 그 일을 알고 있다는 사실을 전혀 숨기려 들지 않았다. 그녀는 특유의 완곡한 어투로 재클린에게 이야기를 꺼냈다. "그녀에게 텔레비전을 줄 건가요?"

"누, 누구한테 텔레비전을 줘요?" 재클린은 얼굴을 붉히며 말했다.

"런던에서 사람이 온다면서요. 메도즈네 내 사촌이 고스버리에서 전자상을 하고 있으니 싸게 얻어 줄 수 있을 거예요. 트럭 짐

칸에서' 떨어진 물건 같던데마치 훔친 물건을 가져다가 파는 것 같다는 영국식 표
현, 그녀가 물어보지 않는다면야 구태여 거짓말을 할 필요는 없고
요."

"정말 고마워요." 재클린은 조금 짜증이 난 목소리로 말했다.
"사실은 컬러텔레비전을 새로 구입하고 우리가 쓰던 걸 미스 파
치먼에게 줄 작정이에요."

"파치먼이라고요." 에바는 유리창에 침을 뱉고 앞치마로 닦으
며 말했다. "런던 쪽 이름 아닌가요?"

"잘 모르겠어요, 볼럼 부인. 창문에 대고 뭘 하는지 모르겠지만
그 일이 끝나면 나랑 위층으로 올라가 그녀가 쓸 방 정리를 좀 하
도록 하죠."

"알겠어요." 에바는 징징대는 듯한 이스트 앵글리아영국 동남부에 있
던 고대 왕국. 이 작품의 무대인 서픽 주가 속해 있었다 사투리로 대답했다.

그녀는 절대로 재클린을 마님이라고 부르지 않았다. 그럴 생각
조차 하지 않았다. 에바의 관점에서 자신과 커버데일 사람들 간
의 차이는 오직 돈이 있고 없고였다. 오히려 다른 측면에서 보자
면 그들은 새로 이주해 온 사람들인데다 상류 계층이라기보다는
상인 계급이어서, 그리빙에서 오백 년 동안 자작농으로 살아 온
조상을 둔 자신이 그들보다 더 상류층이라 할 수 있었다. 또한 커
버데일 가족의 재산을 부러워하지도 않았다. 그녀 자신도 돈에
쪼들리지는 않거니와, 쓸데없이 커서 난방에 큰돈을 들여야 하는
로필드 홀보다는 자신의 임대 주택이 더 낫다고 여겼다. 에바는

재클린을 싫어했다. 젊게 보이려고 애를 쓰는데다 통조림 공장의 사장 사모님이라고 한껏 뻐기고 다니기 때문이다. '이것 좀 해 주 겠어요'나 '정말 고마워요' 같은 말도 다 허튼수작이라 여겼다. 이 여자가 파치먼이란 사람이랑 잘 지낼 수 있으려나 몰라. 나는 어 떻게 되지? 그래도 난 언제든 그만둘 수 있으니까. 나더러 와 달 라고 무릎 꿇고 애원하는 제임슨-커 부인도 있단 말이지. 시간당 육십 펜스나 준다고도 했고.

"그 여자 다리깨나 쑤시겠네." 에바는 계단을 올라가며 말했다.

저택 꼭대기에 있는 토끼 굴처럼 비좁은 다락방들은 오래전에 침실 두 개와 화장실로 개조해 두었다. 창문 밖으로는 이스트 앵 글리아 지역의 목가적인 경치의 정수를 볼 수 있다. 컨스터블<sup>존 컨</sup> <small>스터블. 19세기 초 영국의 화가. 전원의 풍경을 자유롭고 사실적인 필치로 묘사하여 인상파에 큰</small> <small>영향을 끼쳤다</small>도 이 지역의 경치를 그린 적이 있었다. 빌 강둑 위에 앉 아 더 나은 구도를 맞추려 교회 탑 몇 개의 위치를 바꾸기도 하면 서. 그러나 교회 탑이 지금 위치에 있어도, 오월 초순의 다채로운 녹음이 펼쳐진 넓고 고요한 들판과 작은 수풀은 충분히 아름다웠 다.

"침대를 여기에 둘 건가요?" 에바는 침실 중 더 크고 햇볕이 잘 드는 방으로 느릿느릿 걸음을 옮기며 말했다.

"거기가 아니에요." 재클린은 에바가 이른바 탄압받는 가정부 협회 대표로 나서려는 것 같다고 생각했다. "그 방은 남편 손주들 이 놀러 왔을 때 내줄 거예요."

"그만두지 못하게 하려면 편하게 지내게 해 줘야 할걸요." 에바는 창문을 열었다. "날씨 좋네. 무더운 여름이 되겠어요. 주님께서 함께 계실지니. 농장을 하는 제 사촌은 항상 이렇게 말하죠. 저기 자일즈가 엄마 차를 타고 나가네. 허락도 안 받았을 거 같은데."

재클린은 화가 났다. '몬트 씨'는 고사하고 최소한 '아드님'이라고는 불러 줘야 할 것 아닌가. 하지만 하프텀 방학영국 학교 매학기 중간에 있는 1주에서 2주쯤 되는 방학을 보내고 있는 자일즈가 마침내 자발적인 유폐 생활을 떨치고 신선한 공기를 쐬러 나가는 모습을 보니 기쁘기도 했다.

"볼럼 부인, 이제 가구를 좀 옮겨 볼까요?"

자일즈는 마로니에 나무가 우거진 진입로를 내려가 그리빙 도로로 들어섰다. 이 길은 도로 번호도 매겨지지 않을 정도로 좁아서, 차 두 대가 서로 지나치기라도 하려면 속도를 최대한 줄이고 조심스럽게 운전해야 한다. 자두나무 대신 이제 산사나무가 만발하는 철이어서, 생목 울타리는 달콤한 향이 나는 크림빛 꽃들로 가득했다. 푸른 하늘에는 구름이 느릿느릿 움직였고 들판에는 연녹색 밀이 자라고 있었다. 오월이면 매일같이 우는 뻐꾸기들은 나무를 하나씩 차지하고 자신의 세력권을 주장하며 의기양양하게 노래를 불러댔다.

자일즈는 그러한 광경이 보이지도 않는다는 듯 행동하면서, 자신의 신념과는 달리 자연과 일체를 이루기를 거부하고 차를 몰아

강에 놓인 다리를 건넜다. 집 밖에 나가 있는 동안에는 신선한 공기를 가능한 한 적게 마시기로 작정이라도 한 듯했다. 그는 시골을 혐오했다. 지루하기만 했다. 아무런 할 일이 없었다. 사람들에게 이런 이야기를 한다면 충격을 받겠지. 하지만 제정신이 박힌 사람이라면 별을 바라보거나 들판을 거닐거나 강둑에 앉거나 하는 짓을 하루에 한 시간 이상 할 수 없다. 사람들은 아마 그러한 사실을 깨닫지 못하고 있을 테니 당연히 충격을 받을 수밖에 없으리라. 게다가 거의 항상 날이 춥거나 길이 진창이었다. 그는 총을 쏘거나 개울에서 낚시를 하거나 말을 타거나 사냥감을 쫓는 일도 좋아하지 않았다. 조지는 그에게 이러한 취미를 권하고 함께하자며 부추겼지만, 결국 자일즈에게 그런 일을 시키기란 불가능한 과제임을 깨닫고 체념했다. 자일즈는 결코, 절대로 산책하러 나서는 법이 없었다. 스쿨버스에서 내려 약 팔백 미터쯤 떨어진 로필드 홀로 걸어올 때면 줄곧 시선을 땅에 고정하고 걸음을 옮겼다. 눈을 감으려 한 적도 있었지만 나무에 부딪치는 결과를 낳았을 뿐이었다.

그는 런던을 사랑했다. 돌이켜 보면 런던에 있었을 때 가장 행복했다. 그는 큰 도시에 있는 기숙학교에 가고 싶었지만, 어머니는 그에게 정신적인 문제가 있으며 가족과 함께하는 생활에서 오는 안정적인 환경이 필요하다는 심리학자들의 말을 듣고 보내주지 않았다. 자일즈는 정신적으로 문제가 있다는 사실에는 신경쓰지 않았을뿐더러, 오히려 건망증이 심하고 산만하며 항상 엉뚱한

곳에 정신이 팔린, 젊은 지식인 상을 추종했다. 그의 지적 능력은 나쁘지 않았다. 아니, 사실은 아주 좋은 편이었다. 지난해 O레벨 시험과거 영국에서 16세 학생들이 치르던 과목별 학력 평가 시험. 1988년에 GCSE로 대체되었다에서 좋은 성적을 거두어 전국지에 이름이 나기도 했다. 그는 옥스포드에 입학하리라 자신하고 있었다. 라틴어 실력은 마그누스 와이든 학교에서 그를 가르쳤다고 훗날 주장한 교사만큼 훌륭했으며 그리스어 실력은 아마도 더 뛰어날 터였다.

그는 학교에 친구가 없었고, 오토바이나 포르노, 술집 블루 보어에만 관심을 기울이는 마을 아이들을 경멸했다. 이안과 크리스토퍼 케언 형제를 비롯하여 비슷한 부류의 아이들이 부모의 명으로 그와 친구가 되었지만 그들은 공립학교에 다니는 터라 자일즈는 그 아이들과 거의 만나지 않았다. 마을 아이들이나 학교 동기들은 그를 흠씬 두들겨 주려는 생각조차 하지 못했다. 자일즈의 키는 백팔십 센티미터가 넘었으며 여전히 자라는 중이었다. 얼굴에는 여드름이 가득했고, 머리를 감아도 다음 날이면 머리카락은 기름투성이가 되어 번들거렸다.

그는 오렌지색 염료를 사러 서드버리로 향하는 길이었다. 거의 불교와 비슷한 종교적 수행을 위해 자신의 바지와 티셔츠를 모조리 오렌지색으로 염색하려고 마음먹었다. 돈을 충분히 모으면 버스를 타고 인도로 떠나, 멜린다만 빼고 아무도 다시는 만나지 않을 생각이다. 뭐, 어쩌면 어머니도 빼고. 자신의 아버지나 고루한 조지 영감, 독선적인 피터, 이런 무식한 무리들은 절대로 사절이었다. 가톨릭교도가 될 수도 있다. 그는 막 『다시 찾은 브라이즈헤드』영국의 소설가 에벌린 워의 소설를 읽은 참이어서, 옥스퍼드에 들어가 계단마다 향을 피우는 가톨릭 수도사가 되는 게 인도행보다 더 낫지 않을까 고민하던 중이었다. 하지만 만일을 대비해서 바지와 티셔츠는 염색할 생각이다.

그는 휘발유를 넣으려고 그리빙에 있는 메도즈 주유소에 차를 세웠다.

"그런데 런던에서 온다는 여자는 언제 도착한다지?" 짐 메도즈가 물어 보았다.

"음?"

뭔가 알아내어 그날 밤 술집에서 떠벌리고 싶었던 짐은 다시 시도했다. 자일즈는 마지못해 생각을 더듬었다. "오늘이 수요일인가요?"

"당연하지." 짐은 재치 있게 보이고 싶어 덧붙였다. "하루 종일 수요일이야."

"토요일에 온다고 했어요. 아마도요." 자일즈는 마침내 입을 열었다.

그럴 수도 있고 아닐 수도 있겠지. 이 녀석의 말은 도통 알 수가 없다니까. 머릿속을 좀 뜯어 볼 필요가 있어. 이 녀석 어머니가 이렇게 좋은 차에 혼자 태워 내보냈다니 놀라운걸. "멜린다도 그 여자를 보러 집에 오겠구나."

"음." 자일즈는 쿠폰을 거절하고 차를 몰고 떠났다.

멜린다가 집에 온다. 기뻐해야 할지 아니면 불안해해야 할지 알 수 없었다. 얼핏 보기에 두 사람의 관계는 데면데면했고, 심지어는 거리감마저 느껴졌다. 하지만 포나 바이런인 척 굴곤 하는 자일즈의 마음속에서는 종종 근친상간의 격정이 끓어 올랐다.에드거 앨런 포는 열세 살의 사촌 버지니아 클렘과 결혼했고, 바이런은 이복누이 어거스터 리와 염문설이 있었다. 이러한 감정은 여섯 달 전에 생겨났다. 아니, 자일즈가 억지로 밀어붙인 감정이었다. 그전까지 멜린다는 단지 명목상의 누이에 지나지 않았다. 그는 당연히 그녀가 자신의 친누나는 물론이고 이복누나조차 아니라는 사실을 알고 있었다. 두 사람이 서로 사랑에 빠져 장차 결혼하기에는 아무런 장애물이 없었다. 삼 년이라는 나이차는 시간이 지날수록 점차 사소한 문제가 될 테니, 멜린다나 자일즈 양쪽 누구도 이의를 제기할 수 없을 터였다. 어머니는 심지어 기뻐하기까지 할 테고 조지 영감도 동의하리라. 하지만 이는 자일즈가 바라거나 환상 속에서 그리는 모습과는 차이가 있었다. 자신의 환상 속에서 그와 멜린다는 바이런과 어거스터였다. 그들은 폭풍의 언덕 같은 날씨 속의 그리빙 언덕을 걸으며 서로의 격정을 고백했다. 현실에서라면 엄두도 못 냈을 상상이었지만, 그의 상상 속에는 현실성이란 거의 존재하지 않았다. 환상 속에서 멜린다는 생김새마저 달랐다. 훨씬 창백하고 더여위었으며 폐결핵까지 걸려 있는, 극단적으로 다른 세계의 사람이었다. 그들은 숨조차 쉴 수 없는 강한 바람이 부는 어둠 속에서 만나, 어떻게 하면 그들의 사랑을 영원히 비밀로 남길 수 있을지

이야기를 나눴다. 잠자리는 갖지도 않았다. 두 사람 모두 다른 사람과 결혼하게 되었지만, 그들의 열정은 지속되어 심오하고 형언할 수 없는 형태로 은밀히 오갔다.

그는 나스투리툠중남미가 원산지인 꽃. 잎과 꽃. 열매는 식용으로 쓰인다 불꽃이라는 염료를 두 통 샀다. 창백한 얼굴에 붉은 머리카락을 하고 발코니 위에 늘어진 소녀를 그린 라파엘 전파19세기 중엽 영국에서 일어난 예술 운동. W. H. 헌트. D. G. 로세티 등이 중심이었다 풍 포스터도 한 장 샀다. 아마 소녀는 상실의 아픔이나 애인의 변심을 겪은 후 달을 향하여 몸을 내밀고 있는 중이리라. 하지만 그녀의 자세와 메스꺼울 정도로 파리한 피부를 보면, 이탈리아의 호텔 휴양지에 머무르던 중 파스타를 과식하여 병이 난 모습에 가까웠다. 자일즈가 그림을 산 이유는 소녀가 폐결핵 말기에 이른 것처럼 보이는 멜린다와 닮았기 때문이다.

자동차로 돌아와 보니 앞 유리에 주차 위반 딱지가 붙어 있었다. 그는 절대로 주차장을 이용하지 않았다. 그러면 구십 미터나 걷게 될지도 모르니까. 귀가했을 때 집에는 아무도 없었다. 에바는 물론이고 어머니도 주방 테이블에 메모 한 장만 남겨 놓고 외출해 버렸다. 메모는 '사랑하는 아들'로 시작하여 '사랑하는 엄마가'로 끝났으며, 냉장고에 점심을 넣어 두었다든지 자신은 부인회 모임 같은 데 다녀와야 한다는 따위의 쓸데없는 이야기로 가득했다. 자일즈는 혼란스러웠다. 점심이 어디 있는지는 알고 있거니와, 자신은 다른 사람에게 메모를 남기려는 생각 따위는 꿈에도 하지 않기 때문이다. 진정한 괴짜들처럼 그는 늘 다른 사람들이 매우 이상하다고 생각했다.

그는 모든 옷가지를 아래층으로 가지고 내려와, 어머니가 잼을 만들 때 쓰는 커다란 냄비 두 개에 옷을 넣고 염료와 물을 섞었다. 냄비가 끓는 동안 주방 탁자에서 치킨 샐러드를 먹으며 푸나아시람인도 서부의 한 지역에서 삼십 년 동안이나 말 한 마디도 하지 않고 지냈던 신비주의자의 회고록을 읽었다.

금요일 오후에 멜린다 커버데일은 집에 돌아왔다. 갤위치에서 스탠트위치까지 기차를 탔고, 그곳에서 다시 버스를 타고 집에서 삼 킬로미터 떨어진 갤로즈 코너에서 내렸다. 그녀는 얻어 탈 만한 차를 기다렸다. 이 시간에는 그리빙으로 돌아가기 위해 이 길을 지나는 사람들이 항상 있다. 멜린다는 햇볕을 쬐며 코틀리 부인의 정원 울타리에 올라가 앉아 있었다.

멜린다는 긴 청바지를 무릎까지 걷어 올렸다. 그녀는 긁힌 자국투성이인 붉은 카우보이 부츠를 신고 인도산 면 티셔츠와 1920년대에 만들어진 여행용 빈티지 모자를 걸치고 있었다. 그럼에도 스탠트위치와 킹스린 사이에서, 해가 내리쬐는 정원 울타리에 앉아 있는 그녀보다 더 예쁜 존재는 찾아볼 수 없었다. 멜린다는 아버지의 외모를 쏙 빼닮았다. 아버지의 오뚝한 코와 흰칠한 이마, 날카로우면서도 섬세한 입과 밝은 푸른색 눈을 물려받았다. 죽은 어머니에게서는 코틀리 부인의 정원에 핀 해바라기 같은 숱 많은 금발 머리를 받았다.

멜린다는 항상 에너지가 넘쳤다. 중세 영국 시와 씨름할 때만 빼고는 언제나 활동적으로 움직였다. 그녀는 꼴망태 같은 여행용 가방을 울타리 위로 힘겹게 끌어 올려, 구슬을 꿴 목걸이를 꺼내 목에 걸어 보았다. 장학금을 준다는 말에 넘어가 가져온 교과서가 보이자, 그러지 말았어야 한다는 생각을 하며 얼굴을 찌푸렸다. 그녀는 거칠게 가방을 풀밭에 내던지고는 앞으로 뛰어내렸다. 그러고는 밭두렁 위에 다리를 꼬고 앉아 반대 방향으로 가는 버스를 바라보며 괜히 양귀비를 꺾어댔다. 예전에 교수대가 있었던 이 모퉁이에는 서퍽 주에서 흔히 자라는 붉은 양귀비가 지천이다.

오 분 후, 에바와 육촌 사이인 제프 볼럼이 양계장 트럭을 타고 지나가다 멜린다를 불렀다. "안녕, 멜린다! 집까지 태워 줄까?"

그녀는 모자와 가방, 양귀비를 손에 들고 뛰어 올라탔다. "삼십 분은 족히 기다렸을걸." 실제로는 십 분밖에 지나지 않았다.

"모자 예쁘다."

"정말이야, 제프? 넌 정말 최고야. 옥스팸옥스포드를 본부로 하여 발족한 극빈자 구제 기관 상점에서 샀어." 멜린다는 마을 사람들을 전부 알고 있었고 영감이건 노파건 나이에 상관없이 모두 세례명으로 불렀다. 그녀는 트랙터를 몰고 과일을 따러 가거나, 소가 출산하는 모습을 보러 가기도 했다. 아버지 앞에서는 제임슨-커 부부나 아처 부부, 케언 부부, 로버트 로이스톤 경에게 비교적 공손하게 굴었지만, 그들을 반동분자라고 생각하며 못마땅하게 여겼다. 한번은 그리빙 들판에 여우 사냥개들이 집결하자 사냥을 반대하는 플래카드를 흔들며 등장하기도 했다. 십 대 초반에는 마을 남자아이들과 낚시를 다녔으며 그들과 함께 저녁 어스름 사이로 토끼가 뛰쳐나오는 모습을 지켜봤다. 십 대 후반이 되사 그 아이들과 캐팅엄에서 열린 댄스 파티에서 춤을 추고, 마을 회관 뒤에서 키스를 나눴다. 그녀는 부인네들만큼이나 가십거리를 좋아했으며, 본인이 직접 연루되기도 했다.

"나 없는 동안 그리빙에 재미난 일이라도 있었어? 몽땅 말해봐." 그녀는 지난 삼 주 동안 집에 오지 못했다. "아처 목사 부인이 스미스 씨랑 눈 맞았다는 건 알아."

제프 볼럼은 크게 웃었다. "불쌍한 영감태기 같으니. 마누라한테 꽉 잡혀 사는 것 같던데 무슨 소리야. 잠깐 있어 봐. 수잔 메도즈 알지? 힉스 집안이었던. 아이를 낳았어. 여자애인데 이름을 랄라지라고 지었다고."

"농담하지 마!"

"놀랄 줄 알았어. 너도 알고 있겠지만 너희 어머니가 교구 위원에 뽑혔고, 잠깐, 너희 아버지는 컬러텔레비전을 샀다지."

"어젯밤에 아빠랑 통화했지만 그런 말은 없던데."

"그랬겠지, 물건이 오늘 도착했거든. 한 시간 전에 에바 아주머니한테 들은 이야기야." 그리빙 사람들은 친족 간의 정확한 호칭에 신경 쓰지 않았다. 새어머니라 할지라도 친어머니처럼 엄마 같은 호칭이 빈번하게 쓰였고, 육촌지간에도 나이 차이가 많이 나면 반드시 아주머니라 불렀다.

"낡은 텔레비전은 런던에서 오는 가정부에게 준다나 봐."

"오, 세상에, 그 정도로 인색하실 줄이야! 아빠는 엄청 끔찍한 파시스트라니까. 이토록 비민주적인 파시즘 행위를 들어 본 적 있어, 제프?"

"그게 세상 돌아가는 이치란다, 사랑하는 멜린다. 지금까지도 그랬고 앞으로도 그럴걸. 아버지 욕을 해선 안 돼. 내가 네 아버지라면 엎어 놓고 엉덩이를 때려 줬을 텐데."

"얘 말하는 것 좀 봐. 나보다 겨우 한 살 많은 주제에?"

"난 이제 결혼한 남자라는 걸 명심해. 그러니 네게 책임감에 대해 가르쳐 줄 수 있지. 자, 마님, 로필드 홀에 다 왔습니다. 이만 작별 인사를 고하지요. 아, 어머니께 계란은 월요일 아침 일찍 에바 아주머니 편에 보내겠다고 말씀드려."

"그럴게. 태워 줘서 정말정말 고마워, 제프. 역시 최고야."

"잘 있어, 멜린다."

제프는 양계장으로 향했다. 그는 지난 일월에 바바라 카터와 결혼했지만 멜린다 커버데일이 얼마나 매력적인지를 다시금 실감하지 않을 수 없었다. 몇 년 전 그녀와 함께 빌 강둑을 거닐며 방앗간의 격한 방아 소리에 맞춰 천진난만한 키스를 나누었던 기억도 떠올랐다. 그래도 그 모자는 정말이지!

멜린다는 몸을 돌려 긴 진입로를 올랐다. 크림빛과 구릿빛이

섞인 양초가 달려 있는 듯한 밤나무 아래를 지나, 저택을 돌아 총
기실 문을 통해 안으로 들어섰다. 자일즈는 주방 테이블에 앉아
푸나 이야기를 다룬 책의 마지막 장을 읽고 있었다.

"안녕, 스텝의붓동생."

"안녕." 자일즈는 지난날 서로가 부르던 별명을 이제는 더 이상
입에 담지 않았다. 자신의 바이런 식 판타지와는 어울리지 않기
때문이다. 멜린다가 실제로 나타나면 판타지는 매번 허물어져 버
리긴 하지만. 그녀는 상당히 균형이 잘 잡힌 몸매에 붉게 물든 뺨
과 적극적인 건강미까지 겸비하고 있었다. 게다가 항상 통통 튀
었다. 자일즈는 한숨을 내쉬었다. 그는 여드름투성이인 뺨을 긁
으며 인도에서 동냥을 하는 상상을 했다.

"바지에 왜 빨간 잉크가 묻었어?"

"묻은 게 아냐. 바지를 염색했는데 잘 안 되더라."

"미쳤구나." 멜린다는 내뱉듯이 말하고 아버지와 새어머니를
찾아 기세 좋게 방을 나왔다. 그녀는 꼭대기층에서 미스 파치먼
이 쓸 방을 마지막으로 정리중인 두 사람을 발견했다. "두 분 모
두 안녕하셨어요." 그녀는 두 사람 모두에게 키스했지만 조지가
먼저였다. "아빠, 얼굴이 좀 탔네요. 이렇게 집에 일찍 오실 줄 알
았다면 역에 내려서 아빠 사무실로 전화를 걸었을 텐데. 제프 볼
럼이 태워다 줬어요. 월요일 아침 일찍 에바 아주머니 편으로 계
란을 보낸다더라고요. 새로 오는 가정부에게 낡은 텔레비전을 준
다면서요? 내 평생 이런 파시스트는 처음 본다고 말해 줬죠. 그러

면 그녀에게 밥은 주방에서 혼자 먹으라고 하시겠네요?"

조지와 재클린은 서로 마주 보았다.

"뭐, 당연하지."

"끔찍해라! 이러니 혁명이 필요하지. À bas les aristos(귀족들을 끌어내려)! 내 모자 어때요, 재키? 옥스팸 상점에서 샀어요. 단돈 오십 페니. 아이고, 배고파 죽겠네. 오늘 그 끔찍한 인간들은 아무도 안 오죠? 똥개라든지 돌무덤꾼, 으쓱쟁이 말이에요각각 curs, cairns, roisterers로 제임슨-커, 케언, 로이스톤 가문을 비꼬는 말."

"자, 멜린다, 그만하는 편이 좋겠구나." 내용은 훈계조였지만 말투는 부드러웠다. 조지는 자신이 가장 사랑하는 딸에게 진심으로 화를 낼 수가 없었다. "우리가 네 친구들에게 관대한 만큼 너도 우리 친구들에게 그렇게 대해 주렴. 사실은 로이스톤 부부랑 저녁 식사를 할 거란다."

멜린다는 신음을 토했다. 그녀는 아버지가 훈계를 시작하기 전에 재빨리 그를 끌어안았다. "스티븐이나 찰스 같은 애들에게 전화해서 데리러 오라고 할래요. 재키, 늦지 않게 돌아와서 뒷정리 도와 드린다고 약속할게요. 그래도 내일 양피지parchment, 파치먼과 유사한 발음을 이용한 농담인가 하는 사람이 오면 한시름 놓겠어요."

"멜린다……." 조지가 뭐라고 말하려 했다.

"그녀 얼굴 피부가 양피지같긴 해요." 재클린은 웃지 않을 도리가 없었다.

그리하여 멜린다는 의사 아들인 스티븐 크러츨리와 넌체스터로 영화를 보러 갔다. 로이스톤 부부가 로필드 홀로 저녁 식사를 하러 오자 재클린은 이야기를 꺼냈다. 드디어 내일이에요. 부러워하면 안 돼요, 제시카? 그런데 과연 어떤 사람일까? 정말로 그런 엄청난 칭찬을 받을 만한 사람일까? 조시는 의문스러웠다. 부디 재키가 바라는 대로 보물 같은 사람이기를. 로버트 경과 로이스톤 부인은 짓궂은 마음으로 그녀가 변변치 못한 사람이기를 몰래 기원했다. 자신들이 고용했던 안넬리제나 비르기트, 그리고 이름마저 잊고 싶은 스페인 부부 같은 사람이라면 얼마나 좋을까.

시간이 지나면 알게 되리라. 드디어 내일이었다.

# 4

　커버데일 가족은 유니스 파치먼이 얼마나 일을 잘 할지, 자신들에게 공손한 태도를 취할지 궁금했다. 그녀에게는 개인 욕실과 텔레비전, 안락한 의자 몇 개와 폭신한 침대를 제공해 주었다. 짐말에게는 좋은 마구간과 여물통이 필요하니까. 그녀가 이에 만족해서 앞으로도 계속 머물러 있기를 바랐다. 하지만 그들은 유니스 또한 한 명의 인간이라는 점을 간과했다. 유니스가 오기로 한 오월 구일 토요일이 되었지만, 커버데일 가족은 그녀의 과거가 어떠했는지, 이 집에 오는 일에 대해 불안해하고 있는지, 자신들에게 닥친 것과 똑같은 희망과 공포를 그녀도 느꼈는지에 대한 고려는 하지 않았다. 그 시점에서 그들에게 있어 유니스는 기계에 지나지 않았다. 기계에게서 만족스러운 효과를 얻으려면 적당히 기름을 치고 움직이는 데 지장이 없도록 계단에서 거치적대는 물건을 치우기만 하면 족하다.

　하지만 유니스는 한 명의 인간이었다. 멜린다의 말처럼 유니스는 살아 있는 존재였다.

유니스는 이제껏 그들이 만났을 법한 사람들 중 가장 이상한 사람이었다. 그들이 만일 유니스의 과거를 알았더라면, 그대로 달아나 버리거나 전염병이라도 발생한 양 문을 닫고 빗장을 질러 버렸으리라. 미래가 유니스와 불가분하게 엮여 있다는 사실을 알았더라면 두말할 나위도 없었을 테고.

유니스의 과거는 현재 그녀가 떠나려 하는 집에 쌓여 있었다. 투팅 레인보 거리에 죽 늘어서 있는, 현관을 열면 바로 도로가 나오는 고만고만한 테라스식 주택이었다. 그녀는 사십칠 년 전 이 집에서 서던 레일웨이 사 경비원의 외동딸로 태어났다.

처음부터 그녀의 삶은 외길 인생이었다. 근처 몇몇 거리에만 매인 채 살게 될 운명을 타고난 사람들의 인생과 다를 바 없어 보였다. 통학했던 레인보 영아 학교는 바로 옆 건물이었고, 친척들은 모두 엎어지면 코 닿을 거리에 살고 있었다. 제2차 세계 대전이 발발하자 운명은 일시적으로 바뀌는 듯했다. 그녀는 글도 깨우치기 전에 수천 명의 다른 런던 학생들과 함께 시골로 피신해야만 했다. 부모는 따분하고 눈치 없는 두더지 같은 사람들이었지만, 양육을 맡은 여자가 유니스를 방치하고 있다는 사실을 알아차리자 분노해서 딸을 폭탄으로 폐허가 된 도시로 다시 데려왔다.

그 이후로 유니스는 드문드문 학교에 다녔다. 이 학교에서 저 학교로, 몇 주에서 몇 달씩. 그러나 그녀가 새로 등교할 때마다 다른 학생들의 진도는 훨씬 앞서 있었다. 그 학생들은 유니스를 무시했다. 그녀의 습득 능력에 근본적인 격차가 있다는 사실을 굳이 알아내려고 노력하는 교사도 없었으니, 이를 바로잡아 줄 교사가 있을 리 만무했다. 그녀는 항상 어리둥절한 상태로 지루해하며 교실 맨 뒤에 앉아 이해할 수 없는 내용으로 가득 찬 교과서나 칠판을 바라보기만 할 뿐이었다. 또는 언제나 자신을 묵인해 주는 어머니를 빌미로 삼아 학교에 나가지 않았다. 그리하여 열네 살 생일을 한 달 앞두고 졸업할 때가 되었어도, 자신의 이름으로 서명하는 일과 '고양이가 매트 위에 앉았다'와 '짐은 햄을 좋아하고 잭은 잼을 좋아한다'라는 문장을 읽을 수 있는 것 말고는 할 수 있는 게 없었다. 대신 읽거나 쓸 줄 모른다는 사실을 감출 수 있는 각종 속임수와 수완을 깨우치게 되었다.

그녀는 같은 레인보 거리에 있는 과자 가게에서 일하게 되었는데, 그곳에서 마르스 초콜릿 바와 크런치 초콜릿을 포장지 색깔로 구분하는 법을 익혔다. 그녀가 열일곱 살이 되던 해, 어머니는 수 년 동안 앓던 병이 악화되어 장애를 갖게 되었다. 의사가 다발성경화증이라는 병명을 알아내기까지는 시간이 좀 걸렸고, 파치면 부인은 쉰 살의 나이에 휠체어에 매여 사는 처지가 되었다. 유니스는 어머니를 돌보고 살림을 꾸려나가기 위해 직장을 그만두었다. 그렇게 그녀의 인생은 어슴푸레한 좁은 세계에서 허비되기 시작했다. 문맹은 일종의 시각 장애이다. 커버데일 집안 사람들이 이 말을 들었더라면, 그런 세상이 존재한다는 사실 자체를 믿지 못했으리라. 왜 배우려 들지 않았지? 왜 야간 학교에 가거나 직업을 얻어 어머니를 돌볼 사람을 고용하고, 모임에라도 나가서 사람들을 만나지 않는 거지? 그 이유는 다음과 같다. 커버데일 집안과 파치먼 집안 사이에는 깊은 심연이 깔려 있었다. 조지 자신부터가 그런 함의가 담긴 말을 그다지 의식하지 못한 채 입 밖에 내곤 했다. 그에게 이런 소녀란, 언제나 폴라나 멜린다처럼 애지중지하고 찬사를 바치면서 잘 가르치고, 사랑을 기울여 자신이 상위 10퍼센트에 속한다는 사실을 자각하도록 키워야 하는 존재였다. 유니스 파치먼은 그런 소녀가 아니었다. 그녀는 골격이 크고 빼빼 마른데다 반항적이고 음침한 눈을 가진 소녀였다. 그녀는 찬송가나 그녀의 아버지가 면도할 때 부르곤 했던 길버트 앤 설리번빅토리아 시대의 극작가 W. S. 길버트와 작곡가 A. S. 설리번의 콤비로 수많은 오페라타를 만들었다의 소절 외에는 제대로 된 음악을 들어 본 적이 없었다. 학교 복도에 걸린 〈웃는 기사네덜란드의 화가 프란츠 할스가 그린 초상화〉와 〈모나리자〉말고는 다른 그림을 본 적도 없었다. 나폴레옹은 누구인가, 덴마크는 어디에 있는가 하는 질문에는 이해를 못했다는 듯 허공을 응시하며 철저하게 무시로 일관했다.

물론 유니스가 할 수 있는 일도 있었다. 그녀는 손재간이 상당히 좋았다. 청소를 아주 잘했고, 장보기나 요리, 바느질 솜씨도 뛰어났다. 어머니를 휠체어에 태워 공원으로 밀고 가는 일도 잘 해냈다. 이런 일을 할 수 있는데도 다른 일은 하지 않고 안전하고 평화롭게 지내려 하는 게 이상한 일일까? 중년의 이웃들과 수다를 떠는 한편, 읽고 쓸 줄 아는데다 직장에 다니고 이해할 수 없는 이야기만 하는 그들의 자식들을 피하려고 드는 게 특이한 일일까? 그녀는 살이 찌는데도 불구하고 좋아하는 초콜릿을 계속 먹거나, 다림질을 하거나, 은그릇이나 놋그릇을 닦거나, 이웃들에게 뜨개질을 해 주고 가계 수입을 늘리는 데서 즐거움을 얻었다. 서른 살이 되었을 무렵까지 술집에 가 본 적도, 연극 극장에 가 본 적도, 찻집보다 큰 레스토랑에 가 본 적도, 해외에 나가 본 적도, 남자친구를 사귄 적도, 화장을 하거나 머리를 하러 간 적도 없었다. 옆집에 사는 샘슨 부인과 영화를 보러 간 적이 딱 두 번 있었고, 샘슨 부인의 텔레비전으로 여왕의 결혼식과 대관식을 본 적은 있다. 일곱 살에서 열두 살 사이에 기차로 장거리 여행을 한 적이 네 번 있었다. 이것이 젊은 시절 유니스의 삶이었다.

그처럼 숨어 지내는 동안 선한 마음이 자연적으로 형성될 수도 있었다. 하지만 그녀는 나쁜 짓을 할 기회가 별로 없었는데도, 기회만 되면 나쁜 짓을 저질렀다.

"내가 유니스에게 딱 하나 가르친 게 있다면, 옳고 그른 걸 판단할 수 있는 능력이야." 그녀의 어머니는 이렇게 말하곤 했다. 이는 오리가 꽥꽥대는 것처럼 의미 없이 무의식적으로 지껄이는 상투적인 말에 불과했다. 파치먼 가문 사람들은 말을 하기 전에 먼저 한 번 생각해 보는 타입이 아니었고, 사실은 생각 자체를 그다지 하지 않았다.

유니스를 무관심한 상태에서 끄집어 내는 것은 충동이었다. 갑자기 충동이 밀려오면 그녀는 모든 일을 팽개치고 걷곤 했다. 아니면 방을 바꿔 보곤 했다. 옷 한 벌을 다 뜯어낸 다음 모양을 조금 바꿔 다시 꿰매기도 했다. 그녀는 이러한 충동에 항상 순응했다. 다 낡은 코트 단추를 꽉 채우고 그때까지는 아름다웠던 갈색 머리카락에 스카프를 두른 후, 몇 킬로미터든 걷고 또 걸었으며, 때로는 강에 놓인 다리를 건너 웨스트엔드까지 가기도 했다. 그녀에게 있어 산책은 교육의 장이었다. 그녀는 읽을 줄 아는 사람들조차 학교에서 배우지 못하는 것들이 있다는 사실을 알게 되었다. 글에 의해 통제되거나 억압되지 않은 본능으로, 그녀는 자신이 본 광경이 무엇을 의미하고 함축하는지 알 수 있었다. 그녀는 웨스트엔드에서 매춘부를 보았고, 공원에서 사랑을 나누는 사람들도 목격했으며, 광장에서 동성애자들이 지나가는 사람들에게 넌지시 호객 행위를 하려 기다리는 모습을 관찰했다. 어느 날 밤 그녀는 레인보 거리에 사는 어떤 남자가 소년 한 명을 골라 수풀 속으로 데려가는 광경을 목격했다. 유니스는 공감이라는 단어를 몰랐다. 협박으로 돈을 뜯어내는 일이 처벌받을 수 있는 흔한 범죄라는 사실도 몰랐다. 하지만 카인도 동생을 돌로 쳐 죽이기 전까지는 살인이라는 단어를 들어 본 적이 없었으리라.

사람에게는 해묵은 욕망이 존재하고, 특별히 배우지 않고도 이를 행동으로 옮길 수 있다. 유니스는 자신이 하는 일이 독창적이라고 생각했을지도 모른다. 그녀는 아이가 사라질 때까지 기다린 다음 이웃에게 다가가, 일주일에 십 실링씩 주지 않으면 그의 아내에게 일러바치겠다고 말했다. 잔뜩 겁에 질린 남자는 동의했고, 수 년 동안 그녀에게 일주일에 십 실링씩 바쳤다.

유니스의 아버지는 젊은 시절에는 신앙심이 깊은 사람이었다. 그는 딸의 이름을 신약 속 인물의 이름을 따서 지었고, 때로는 익살스럽게 그 이름을 그리스 식으로 발음하면서 이 사실을 언급하곤 했다.

"오늘 차 준비는 어떻게 되었는가, 티모시한국 가톨릭 교회에서 부르는 이름은 디모데. 사도 바울의 전도 여행을 함께한 사람 중 한 명이다. 사도 바울의 『디모데전서』와 『디모데후서』에 등장한다의 어머니 에우니세이여?"

이 말은 유니스를 짜증 나게 했고, 오랫동안 그녀를 괴롭혔다. 그녀는 자신이 장차 어머니가 되지 못하리라는 사실을 희미하게나마 짐작하고 있었을까? 문맹자의 생각은 그림과 아주 간단한 단어 몇 개로 기록된다. 유니스의 어휘는 굉장히 빈약했다. 그녀는 상투적인 문구를 반복하거나, 자신의 어머니나 길 아래에 사는 친척 아주머니인 샘슨 부인이 하는 말을 따라 할 뿐이었다. 사촌이 결혼했을 때 그녀는 질투심을 느꼈을까? 외판원과 외도를 하고 있던 유부녀에게서 일주일에 십 실링씩 더 뜯어내게 되었을 때 그녀의 마음은 신랄한 만큼 비통하기도 했을까? 그녀는 아무에게도 자신의 감정이나 인생에 대한 관점을 드러내지 않았다.

파치먼 부인은 유니스가 서른일곱 살이 되던 해에 죽었고, 홀아비가 된 아버지는 바로 환자 자리를 대신 차고앉았다. 유니스의 병구완 솜씨를 낭비하기는 아깝다고 여기기라도 한 듯, 신장은 예전부터 약했지만, 이제는 천식에까지 걸려 자리에 눕고 말았다.

"그대가 없었다면 어찌했을까 모르겠네, 티모시의 어머니 에우니세이여."

유니스가 없었다면 아마도 현재까지 투팅에서 살아 있있으리라.

어느 날 유니스는 충동에 휩싸여 버스를 타고 브라이튼영국 해변에 위치한 행락 도시에서 하루를 보냈다. 다음 날에는 거실에서 가구를 모조리 들어내고 벽을 핑크색으로 칠했다. 그녀의 아버지는 대략 이 주일 동안 병원에 입원해 있었다.

"좀 쉬시는 게 좋겠어요, 파치먼 씨. 아버님은 언제 돌아가셔도 이상하지 않습니다. 몇 년쯤 더 사실 수도 있지만." 의사가 말했다.

하지만 그는 죽을 기미를 보이지 않았다. 유니스는 물 좋은 생선을 사서 아버지에게 내놓았고 스테이크 앤 키드니 파이소고기에 소나 양의 콩팥을 섞어서 만든 파이. 영국 펍의 전통적인 점심 메뉴 중 하나를 만들어 주었다. 침실에 불을 지폈고, 아버지가 〈내 목자는 사랑의 왕성가〉과 〈나는 고귀한 사형집행인오페레타 〈미카도〉에 나오는 곡〉을 흥얼거리며 면도를 할 때 뜨거운 물을 가져다 주었다. 어느 화사한 봄날 아침, 그는 혈색 좋은 건강한 모습으로 침대에서 일어나 앉았다. 그러고는 폐가 아주 건강한 사람이 낼 법한 또렷한 목소리로 말했다.

"나를 따뜻하게 입혀 준 다음 그대의 어머니가 쓰던 휠체어에 태워 광장까지 데려다 주지 않겠는가, 티모시의 어머니 에우니세이여."

유니스는 아무 대답도 하지 않았다. 대신 아버지의 머리 뒤에서 베개를 빼서 얼굴에 대고 강하게 눌렀다. 그는 잠시 동안 몸부림치며 주변을 엉망으로 만들었지만 오래가지 못했다. 어쨌든 폐는 그다지 건강하지 않았으니까. 유니스에게는 전화기가 없었다. 그녀는 걸어가 의사를 데려왔다. 의사는 아무 질문도 하지 않고 즉시 사망 증명서에 서명했다.

이제 자유였다.

마흔 살의 그녀는 자신이 획득한 자유로 무엇을 해야 할지 몰랐다. 읽고 쓰지도 못하는 바보 같은 상황이나 타개하시오. 조지라면 이렇게 말했으리라. 유용한 기술을 배운다. 하숙을 친다. 나가서 사교 생활을 한다. 유니스는 이런 일에는 관심이 없었다. 그녀는 레인보 거리의 집에 남았다. 집세가 거저나 다름없을 정도로 싸기도 했거니와, 협박으로 뜯어내는 돈이 이제는 일주일에 이 파운드로 불어나 있었기 때문이다. 이전까지의 이십삼 년이 존재하지도 않았던 것처럼, 젊은 시절 중 가장 좋았던 날들이 눈 깜박할 사이에 지나가기라도 한 것처럼, 그녀는 다시 과자 가게로 돌아가 일주일에 사흘을 일했다.

어느 날 그녀는 길을 걷다가 애니 콜이 연금 증서를 들고 머튼 우체국에 들어가는 모습을 보았다. 유니스는 첫눈에 연금 증서를 알아보았다. 아버지가 자신의 대리인 자격으로 그녀에게 사인을 대신 하라고 시켰던 적이 있었던 것이다. 또한 애니 콜의 얼굴도 알고 있었다. 아버지의 장례식 행렬이 화장터에 도착했을 때, 막 장례식을 마치고 그 자리를 떠나는 그녀를 봤기 때문이다. 당시 죽은 사람은 애니 콜의 어머니였는데, 지금 애니 콜이 접수계원에게 자신의 불쌍한 어머니가 얼마나 나아졌는지 이야기하며 연금을 수령하고 있지 않은가. 문맹의 장점은 본 그대로 기억하여 거의 완전하게 재현해 낼 수 있다는 점이다.

이로써 애니는 유니스의 희생자이자 조수가 되어, 그녀에게 연금의 삼분의 일을 지불하고 그녀가 해야 하는 이런저런 일들을 대신 해 주었다. 애니는 유니스에게 악의를 품고 있지 않았다. 유니스의 행동을 그저 이 세상에서 어떻게든 살아가기 위한 자연스러운 행위라 여겼고, 때문에 유니스가 조앤 스미스를 만나기 전까지는 가장 가까운 친구로 지냈다. 하지만 시간이 흐르자 애니는 겁이 나기 시작했고 끝내 어머니를 '죽여야' 한다고 생각했다. 그러나 수혜자이기만 한 유니스는 허락해 주지 않았다. 결국 애니는 유니스를 쫓아 버리기로 작정했다. 그녀는 자신의 공갈범의 살림 솜씨를 한껏 치켜세우고 난 후, 은근슬쩍 커버데일 집안의 구인 광고를 보여 주었다.

"일주일에 삼십오 파운드나 벌 수 있다니까. 숙식까지 제공이래. 넌 그런 가게에서 썩어선 안 된다고 내가 항상 말했잖아."

유니스는 캐드버리 초콜릿을 우적우적 씹어 먹었다. "잘 모르겠어." 그녀가 가장 즐겨 하는 대답이었다.

"네가 다니는 곳은 망해 가고 있잖아. 만날 때려치워야겠다는 말만 한다면서. 손해 볼 거 없어. 장담할게." 애니는 쓰레기통에서 되는 대로 뽑아온 《타임》지를 자세히 들여다보았다. "아무리 봐도 여기가 가장 나은데. 일단 편지라도 한번 써 보자. 하고 싶지 않으면 안 가면 될 거 아냐."

"그럼 네가 편지를 쓰든지."

가까운 지인들처럼 애니도 유니스가 글을 전혀, 혹은 거의 모르는 게 아닐까 의심하고 있었다. 그러나 그렇다고 확신할 수 있는 사람은 아무도 없었다. 유니스는 때때로 잡지를 읽는 것 같았고, 서명도 할 줄 알았다. 어쨌든 세상에는 글을 알면서도 실제로는 전혀 읽거나 쓰지 않는 사람들도 많이 있으니까. 그리하여 애니는 재클린에게 보내는 편지를 썼고, 인터뷰 날짜가 다가오자 유니스에게 면접에 필요한 정보를 알려주었다.

"마님이라고 부르는 걸 잊지 마, 윤. 대답할 때 빼고는 말하지 말고. 우리 엄마는 어렸을 때 그런 일을 해서 알고 계셨어. 엄마가 알려 준 이야기를 다 해 줄게." 불쌍한 애니. 그녀는 어머니를 굉장히 좋아했다. 연금 사기를 저지른 이유 역시 금전적 이득 외에, 어머니가 계속 살아 있는 느낌이 들도록 해주었기 때문이다. "엄마가 신던 정장 구두도 빌려 줄게. 치수가 맞을 거야."

효과가 있었다. 이에 대해 깊게 생각해 보기도 전에 유니스는 커버데일 집안의 가정부로 고용되었다. 일주일에 삼십오 파운드가 아니라 이십오 파운드였더라도 그녀에게는 어쨌거나 큰돈이었다. 하지만 야생 동물처럼 자신의 토끼 굴 속에 매여 있던 그녀가 왜 그렇게 쉽게 설득당했을까?

새로운 환경이나 모험심, 금전적 이득 때문도 아니었고, 자신이 잘할 수 있는 일을 과시할 기회를 얻었기 때문도 아니다. 이 일을 하려는 가장 큰 이유는 자질구레한 책임을 회피하기 위해서였다.

아버지가 살아 있는 동안, 그는 많은 점에서 골칫거리이긴 했지만 한 가지만큼은 좋았다. 집세나 세금, 각종 청구서를 맡아 처리했고, 서류를 읽고 공란에 기입하는 일 또한 그의 몫이었다. 유니스는 의회 사무실에 들러 현금으로 세금을 냈고, 가스 요금이나 전기 요금 역시 같은 방식으로 처리했다. 하지만 서류를 작성해야 하기 때문에 텔레비전을 빌리거나 할부로 살 수는 없었다. 편지나 광고지가 와도 읽을 수 없었다. 로필드 홀에서 지내면 문제는 해결된다. 로필드 홀은 자신을 받아 주고 자신이 좋아하는 방식대로 영원히 살도록 돌보아 주리라.

집을 나간다고 하자 집주인은 놀라면서도 기뻐했고, 샘슨 부인이 가구 처분을 맡아 주었다. 유니스는 자신의 가재도구에 값을 매기는 남자의 무심한 얼굴을 보면서 헤아리기 어려운 표정을 지었다. 그녀는 가지고 있던 모든 물건을 샘슨 부인에게 빌린 여행 가방 두 개에 나누어 쌌다. 그런 다음 푸른색 스커트에 손으로 짠 푸른 스웨터, 그 위에 직접 만든 감색 레인코트를 입고, 친절한 이웃이자 자신이 태어났을 때에도 곁에 있어 준 친어머니와 다를 바 없는 사람에게 그녀다운 작별 인사를 했다.

"그럼 갈게요."

샘슨 부인은 그녀의 뺨에 키스했지만, 편지하라는 말은 하지 않았다. 그녀는 유니스의 비밀을 알고 있는 유일한 존재였다.

리버풀 역에 도착했다. 유니스가 지하철 외에 기차를 본 것은 거의 사십 년 만이었다. 하지만 어떻게 타야 할 기차를 찾지? 출발 안내판에는 검은 바탕에 흰 글씨로 의미 없는 상형문자가 적혀 있었다.

그녀는 질문하기를 싫어했지만 어쩔 수 없었다.

"스탠트위치로 가는 기차 플랫폼이 어디예요?"

"안내판에 나와 있잖습니까, 부인."

다른 사람에게 다시 시도해 보았다. "스탠트위치로 가는 기차 플랫폼이 어디예요?"

"안내판에 나와 있잖아요. 13번. 읽을 줄 몰라요?"

읽을 줄 모른다. 그녀는 읽을 줄 몰랐지만 감히 모른다고 할 수 없었다. 그럼에도 결국 기차에 오를 수 있었다. 이제껏 열한 명에게 물어봤으니 맞는 기차가 분명했다. 기차는 그녀를 시골로 데려가는 동시에 과거로 인도했다. 그녀는 다시 톤턴에 있는 학교에 다니는 작은 소녀가 되었고, 밝은 미래가 그녀 앞에 펼쳐져 있었다. 그때처럼 이름도 위치도 모르는 역들이 스쳐 지나갔다.

그러나 이제는 글을 몰라도 스탠트위치에 도착했다는 사실을 알 수 있을 터였다. 그곳은 종착역이어서 기차가 더 나아가지 않기 때문이다. 그녀의 미래 역시 마찬가지였다.

# 5

그녀는 실패할 수밖에 없는 운명이었다. 이런 일에 대한 교육을 받은 적도, 경험을 쌓은 적도 없었다. 커버데일 가족 같은 사람들은 그녀가 이제껏 알고 지내왔던 사람들과는 거리가 멀었고, 그녀는 환경에 자신을 맞추거나 쉽게 적응하는 사람이 아니었다. 그녀는 파티에 가 본 적은 고사하고 초대받아 본 적도 없었다. 레인보 거리에서 살았던 집을 제외하면 집안 살림을 꾸려 본 적도 없었다. 그녀의 가족은 대대로 하인을 고용해 본 역사가 없었고, 아는 사람 중에 하인은 고사하고 파출부조차 써 본 사람도 없었다. 그야말로 끝없이 추락할 수밖에 없는 패를 쥐고 있었다.

그러나 유니스는 자신의 무신경한 희망과 재클린의 열망을 넘어서는 성공을 거두었다.

물론 재클린이 정말 원했던 사람은 가정부가 아니었다. 그녀는 집안일을 조정하고 관리하는 사람 대신 모든 일에 순종적인 하녀를 원했다. 그리고 유니스는 순종하면서 지내는 생활과 고된 일에 익숙했다. 그녀는 딱 커버데일 가족이 원하는 사람이었다. 그녀에게는 그들과 동등한 사회적 위치를 차지하려는 욕망이 없었다. 심미안 또한 오직 한 방향, 바로 가재도구에게로 쏠렸다. 유니스에게 있어 꽃은 단지 꽃일 뿐이었지만 냉장고는 아름다웠다. 새나 야생동물은 기껏해야 '귀여울' 뿐이었지만 직물 커튼은 사랑스러웠다. 유니스는 분홍색 고급 중국 지기 꽃병과 테플론 코팅이 된 프라이팬 사이의 미적 가치를 구분하지 못했다. 둘 다 그저 '좋은 것'이었고 그녀는 양쪽에 똑같은 관심과 주의를 기울였다.

이상이 유니스가 성공을 거둔 이유였다. 처음부터 그녀는 좋은 인상을 심었다. 그녀는 리버풀 거리에서 산 마지막 초콜릿 바를 먹으며 기차에서 내렸다. 이제 해독해야 할 글자가 없다는 사실을 알자 더 이상 불안하지 않았다. '출구'라는 글자는 읽을 수 있으니 나가는 일은 문제가 아니었다. 재클린은 유니스에게 조지의 생김새를 알려 주지 않았기 때문에, 유니스는 혼자 있는 남자를 찾느라 정신이 없었다. 그러나 멜린다와 함께 나온 조지는 아내의 그리 친절하지 않은 묘사로도 그녀를 알아볼 수 있었다.

"안녕하세요." 유니스는 악수를 나누며 말했다. 그러고는 웃지도, 그들을 살펴보지도 않고 큰 흰색 차를 바라보았다.

조지는 그녀에게 앞자리를 권했다. "앞자리가 우리 마을이 얼마나 아름다운지 더 잘 보일 겁니다, 미스 파치먼."

멜린다는 가끔 유니스에게 질문을 던지기도 하면서, 잠시도 쉬지 않고 내내 떠들어 댔다. 시골을 좋아하나요, 미스 파치먼? 펜스에 가 본 적 있어요? 그런 코트를 입고 있으면 너무 덥지 않아

요? 포도덩굴잎말이쌀, 양파, 견과류 등을 포도나무 잎으로 말아서 찐 요리 **좋아해**
요? 새어머니가 오늘 저녁에 만들어 주실 거예요. 유니스는 그저
예, 아니오로 어정쩡하게 대답했다. 포도덩굴잎말이가 먹는 건지
보는 건지 아니면 그 위에 앉는 건지 도통 알 수 없었다. 하지만
그녀는 공손하게 가만히 대답했고, 때때로 긴장한 듯한 작은 미
소를 지었다.

조지는 이런 정중하고 신중한 태도가 마음에 들었다. 그녀가
무릎을 딱 붙인 채 양손을 그 위에 포개놓고 앉아 있는 모습도 좋
았다. 심지어 교도관 복장 규정에 맞춰 입은 것처럼 보이는 그녀
의 옷차림도 마음에 들었다. 그와 멜린다 모두 유니스에게서 차
가움이나 혐오스러움은 느끼지 못했다.

"그리빙으로 좀 돌아서 가요, 아빠. 미스 파치먼에게 마을을 구
경시켜 주게요."

그리하여 유니스는 자신의 피해자가 사는 집을 보기 전에 미래
의 공범이 될 조앤의 집을 먼저 보게 되었다. 그리빙 우체국 겸
잡화점인 N. 스미스의 집이었다. 하지만 조앤 스미스는 보지 못
했다. 그녀는 '하느님의 강림을 믿는 사람들'의 인쇄물을 배포하
러 출타중이었다.

하지만 그녀가 집에 있었더라도 유니스는 그다지 주의를 기울
이지 않았으리라. 그녀는 사람들에게 관심이 없었다. 전원 풍경
이나 서퍽 지역에서 가장 아름다운 마을에도 역시 관심이 없었
다. 그리빙은 그녀에게 단지 초가를 얹고 회반죽을 칠했으며 그

늘을 만들기 위해 나무나 잔뜩 심어 놓은 낡은 건물들이 모여 있는 곳일 뿐이었다. 다만 신선한 물고기가 먹고 싶을 때나, 그녀가 종종 그러하듯 느닷없이 초콜릿 한 상자가 먹고 싶을 때면 어떻게 해야 하는지 굉장히 궁금했다.

유니스에게 로필드 홀은 버킹엄 궁전처럼 보였다. 그녀는 여왕이나 유명한 영화배우가 살 법할 이런 집에 보통 사람들도 살 수 있다는 사실을 몰랐다. 홀 안에 다섯 명이 처음으로 한데 모였다. 재클린은 평상시처럼 에메랄드빛 벨벳 바지와 붉은 실크 셔츠를 입고 구찌 스카프를 걸친 모습으로 새로 온 고용인雇傭人을 맞이했다. 자일즈까지 나와 있었다. 때마침 힌디어 입문서를 들고 멍하니 지나가다 어머니에게 붙들려, 인사를 나누는 동안만 남아 있으라고 설득당한 참이었다.

"안녕하세요, 미스 파치먼. 여행에 불편한 점은 없었나요? 여기는 내 아들 자일즈예요."

자일즈는 멍하니 고개를 끄덕이고는 뒤돌아보지도 않고 위층으로 피신했다. 유니스는 그를 거의 제대로 보지 못했다. 그녀는 집 안을 둘러보았다. 자신에게 너무 과분해 보였다. 솔로몬 왕을 만난 시바 여왕처럼 정신이 하나도 없었다. 두터운 카펫 위, 앤틱 가구들과 꽃꽂이 수반 사이에 서서, 처음에는 대형 괘종시계를 바라보다가, 다음에는 가장자리가 소용돌이 금박 무늬로 장식된 커다란 거울에 자신의 모습을 비춰 보았다. 그녀는 반쯤 실신한 기분으로 서 있었다. 하지만 표정이나 태도에는 놀란 기미가 조금도 보이지 않았다. 커버데일 가족은 그러한 태도를 훌륭한 하인의 조용하면서도 자부심 있는 자제력이라고 생각했다.

"방으로 안내해 줄게요." 재클린이 말했다. "오늘 밤에는 아무 일도 할 필요 없어요. 가방은 나중에 올려 줄 테니, 먼저 위층으로 올라가 보도록 하죠."

커다랗고 쾌적한 방이 유니스의 눈앞에 나타났다. 올리브색의 칙칙한 카펫이 깔려 있었고, 옅은 노란색 줄무늬가 세로로 나 있는 흰색 벽지가 발라져 있었다. 진한 노란색 안락의자가 둘, 크레톤 천을 덧댄 긴 안락의자 하나, 같은 천이 깔린 침대가 하나, 방에 딱 맞게 제작된 찬장이 하나 있었다. 창문 밖으로는 아름다운 경치가 펼쳐졌다. 이 방은 이 저택에서 가장 경치가 좋은 곳이었다.

"마음에 들었으면 좋겠어요."

텅 빈 책장(앞으로도 그렇게 남을 운명이었다)도 있었다. 커피 테이블 위에는 흰색 라일락이 꽂힌 수반이 놓여 있었다. 오렌지색 불빛이 나오는 램프 두 개와, 컨스터블의 〈윌리 롯의 오두막〉과 〈도약하는 말〉의 복제화도 있었다. 화장실에는 밝은 녹색 조명이 달려 있었고, 전열기가 부착된 수건걸이에는 올리브색 수건이 걸려 있었다.

"저녁은 삼십 분 후에 주방에서 들도록 해요. 계단 뒤편 복도 끝에 문이 있어요. 자, 이제 좀 쉬고 싶겠지요. 아, 내 아들이 가방을 가져오네요."

조지가 자일스를 붙잡아 가방 두 개를 가지고 올라가도록 구슬린 모양이다. 자일스는 가방을 마룻바닥에 아무렇게나 내려놓고 가 버렸다. 유니스는 재클린에게 그랬던 것처럼 그에게도 무심했다. 그녀는 텔레비전을 바라보았다. 이 방에서 유일하게 관심이 가는 물건이었다. 텔레비전은 그녀가 항상 바라 마지않았지만, 살 수도 빌릴 수도 없었던 것이다. 재클린이 문을 닫고 나가자, 그녀는 텔레비전으로 다가가 자세히 살펴보았다. 폭발하거나, 만지면 감전되는 위험한 장치를 다루려는 사람처럼 보였다. 하지만 그 장치를 반드시 사용해야만 했다. 그녀는 갑자기 달려들더니 스위치를 켰다.

화면에 총을 든 남자가 등장했다. 남자는 의자 뒤에 몸을 웅크리고 있는 여자를 위협하는 중이었다. 총이 발사되자 여자는 비명을 지르면서 복도로 도망쳤다. 유니스가 텔레비전에서 처음으로 본 프로그램은 폭력과 총이 등장하는 것이었다. 이 영상과 앞으로 보게 될 수많은 프로그램들이 그녀의 잠재적 폭력성을 자극하여 공격성을 촉발시켰을까? 허구적인 드라마가 이 문맹자의 머릿속에 뿌리를 내려 끔찍한 열매를 맺은 걸까?

그럴지도 모른다. 그러나 텔레비전이 그녀가 커버데일 일가를 살해하도록 박차를 가했을지는 몰라도, 자신의 아버지를 질식시켜 죽여 버린 행위에는 아무런 역할도 하지 않았음이 분명했다. 아버지를 죽였을 때까지 그녀가 본 텔레비전 프로그램이라고는 왕실 결혼식과 대관식이 유일했으니까.

유니스는 점차 텔레비전에 중독되어 한여름에도 커튼을 드리우고 방에 틀어박혀 있게 되지만, 처음에는 단지 십 분 정도만 봤을 뿐이었다. 그녀는 조심스레 저녁 식사를 했다. 처음 먹어 보는 음식이었기 때문이다. 식사 후에는 재클린에게 이끌려 집 안을 돌아다니며 해야 할 일들을 지시 받았다. 처음부터 그녀는 즐겁게 지냈다. 몇 가지 실수를 저질렀지만 으레 있을 법한 일이었다. 식탁을 차리는 법은 애니 콜에게 배워 왔기 때문에 무사히 마칠 수 있었지만, 첫날 아침에는 커피 대신 홍차를 내고 말았다. 유니스는 인스턴트 커피를 제외하고는 살면서 단 한 번도 커피를 끓여 본 적이 없었다. 하지만 어떻게 하는지 묻지 않았다. 그녀는 질문을 하는 법이 거의 없었다.

재클린은 유니스가 자신들이 쓰는 필터 대신 퍼컬레이터<sub>가운데 있는 관을 타고 끓는 물이 올라가서 커피 가루 속으로 들어가 커피가 추출되는 방식의 커피 끓이는 기구</sub>만 써 봤을 거라고 추측하고, 필터를 사용하는 방법을 보여 주었다. 유니스는 그녀의 환상을 깨트리지 않고 잠자코 지켜보았다. 이런 종류의 작업은 한 번만 보고도 충분히 따라 할 수 있었다.

"알겠습니다, 마님."

요리는 재클린이 했다. 쇼핑도 재클린이나 조지가 했다. 처음 며칠간 유니스는 재클린이 외출한 틈을 타, 여가 활동 삼아 로필드 홀을 샅샅이 탐색했다. 그녀는 집 안이 지저분하다고 생각하고, 매우 기쁜 마음으로 대청소에 돌입했다. 사랑스러운 카펫과

벽걸이, 쿠션, 자단紫檀과 호두나무, 떡갈나무로 만든 가구들, 유리그릇과 은식기에 도자기까지! 그중에서 주방이 제일이었다. 소나무로 만든 벽과 찬장, 쌍으로 된 철제 싱크대, 세탁기와 건조기, 식기세척기 등등. 그녀는 거실에 놓여 있는 자기는 먼지를 털기만 해서는 충분하지 않다고 생각했다. 물로 씻어야 했다.

"그렇게까지 할 필요는 없어요, 미스 파치먼."

"이런 일을 좋아하거든요."

재클린은 유니스를 생각해서라기보다는, 물건을 깨먹기라도 할까 봐 두려워 말리려 했다. 하지만 유니스는 아무것도 깨뜨리지 않았거니와, 원래 있던 자리에 실수 없이 도로 가져다 놓기까지 했다. 한 번 본 것은 머리 한구석에 사진처럼 영원히 각인되기 때문이다.

로필드 홀에서 그녀가 관심을 두지 않았던 물건은 그리 많지 않았다. 그녀가 만지거나 조사하기조차 꺼린 물건은 거실 책상에 놓인 서류와 책, 재클린이 화장대에 놓아 둔 조지가 보낸 편지뿐이었다. 그리고 현 단계에서는 두 자루의 엽총도 포함되어 있었다.

그녀의 고용주들은 압도당하고 말았다.

"완벽해요." 재클린은 세탁소로 보낼 조지의 셔츠를 꾸리다가 유니스에게 뺏긴 참이었다. 그녀는 냉장고의 성에를 제거하고 침대 시트를 가는 와중에 이 또한 깔끔하게 세탁해 버렸다. "그녀가 뭐라고 했는지 알아요, 여보? 그저 평소 하는 대로 온화한 표정으로 날 바라보면서 이렇게 말했다니까요. '이리 주세요. 다림질을 좋아하니까요.'"

온화하다고? 유니스 파치먼이?

"굉장히 유능한 사람이로군. 당신이 그렇게 행복하고 편히 지내는 모습을 보니 나도 기뻐요."

"할 일이 하나도 없긴 해요. 우리 침대에 녹색 시트를 한 번 잘못 깔고 내가 남긴 메모를 그냥 지나쳐 버린 일 말고는 흠 잡을 데가 없어요. 에바 할멈이랑 끔찍한 잉그리드를 겪고 보니 그런 일도 실수라고 하기엔 좀 우습지만."

"에바랑은 잘 지내나요?"

"무시하는 것 같아요. 나도 그렇게 좀 대범하면 좋을 텐데. 미스 파치먼은 바느질도 잘한다고요. 내가 녹색 스커트 단을 좀 올려 보려는데 가져가더니 완벽하게 해 버리지 뭐예요."

"우리가 굉장히 운이 좋았어요."

그렇게 오월은 지나갔다. 봄에 피는 꽃들이 지고 나무는 잎을 틔웠다. 꿩은 풋옥수수를 먹으러 들판으로 날아왔고, 나이팅게일은 과수원에서 지저귀기 시작했다. 하지만 유니스는 모르고 있었다. 토끼들은 경계하듯 몸을 떨면서 생목 울타리 아래에서 풀을 뜯어 먹었으며, 달은 그리빙 언덕 뒤에서 또 하나의 태양처럼 붉은빛을 띠고 느릿느릿 떠올랐다. 하지만 유니스는 모르고 있었다. 그녀는 커튼을 치고 램프에 불을 붙인 후 텔레비전을 켰다.

저녁이 되면 자신이 원하는 대로 지낼 수 있었다. 이때가 바로 좋아하는 일을 할 수 있는 순간이었다. 처음에는 뜨개질을 했다. 하지만 스포츠 경기나 수사물이 점차 그녀를 사로잡았고, 그녀는 어린아이 같은 순수한 흥분에 넋을 잃고 뜨개질거리를 무릎에 내려놓은 채 텔레비전을 향해 몸을 기울였다.

유니스는 행복했다. 만일 그녀에게 자신의 생각이나 감정, 행복한 이유를 분석할 능력이 있었다면, 간접 체험이야말로 이제껏 겪었던 어떤 삶보다 더 훌륭하다고 이야기했으리라. 하지만 그녀에게 정말로 그런 능력이 있었다면, 그렇게 허울 좋은 방식으로 여가 시간을 낭비하는 데 만족하지는 않았을 것이다. 유니스의 중독 증세는 한 가지 질문을 떠올리게 한다. 어떤 사회 복지 기관이든 그녀의 무해한 갈망을 알게 되었더라면, 커버데일 가족의 생명을 구하고 사회 전체적으로도 이득이 되는 일을 할 수 있지 않았을까? 그녀에게 방 한 칸과 연금, 텔레비전을 안겨 주고 남은 일생 동안 텔레비전에 빠져 지내게 할 수는 없었을까? 그러나 어떤 기관도 제때에 그녀와 접촉하지 못했다. 어떤 정신과 의사도 그녀를 진찰했던 적이 없었다. 만일 유니스가 자신이 문맹이라는 사실을 숨기지 않았다면 강박증의 근원을 알아낼 수 있었으리라. 하지만 그녀는 아직 극복할 수 있었던 때부터 이미 능수능란하게 이 사실을 은폐해 왔다. 어린 시절부터 글을 완벽하게 읽을 수 있어서 성경을 처음부터 끝까지 읽은 적도 있던 유니스의 아버지야말로 그녀의 결점을 숨기는 데 있어 일등 공신이었다. 그는 글을 배우는 일보다 한층 더 귀찮고 복잡한 음모를 유니스와 공모하는 대신, 글을 배우도록 독려했어야 했다.

이웃 사람이 신문이라도 들고 찾아와 유니스에게 건네주면, 그는 작게 인쇄된 활자를 바라보면서 이렇게 말하곤 했다. "내가 읽지. 이 아이 눈을 망가뜨릴 셈이야?" 유니스의 좁은 인간 관계 내에서는 그녀가 시력이 나쁘다고 알려져 있었고, 교육을 받지 못한 문맹으로서 글을 아는 척할 때 이러한 해결책을 유용하게 사용하곤 했다.

"못 읽는다고요? 글씨가 안 보인다는 말이죠?"

그녀는 어린 시절에는 글을 읽는 법을 배우고 싶지 않았다. 나이가 들어 가면서 점차 배우고 싶다는 생각이 들었지만, 글을 가르쳐 줄 사람이 없었다. 가르쳐 줄 사람을 구하는 행위 자체가 다른 사람들에게 들킬 빌미를 제공할 뿐이었다. 그녀는 모든 이들이 자신의 비밀을 파헤치는 데 열중하고 있다는 생각에 사람들을 피하기 시작했다. 그때 이후로 이런 식으로 남을 피하거나 스스로를 고립시키는 행동은 습관처럼 굳어졌다. 그녀가 인간을 혐오하게 된 근원적인 이유는 반쯤 잊힌 채.

가구나 장식품, 텔레비전 같은 사물들은 그녀에게 상처를 주지 않았다. 그녀는 그런 물건들을 기꺼이 받아들였다. 유니스는 커버데일 가족에게는 쌀쌀맞게 대했지만, 사물은 그녀로 하여금 이제껏 느꼈던 감정 중 가장 따뜻한 정서를 불러일으키도록 했다. 그렇다고 그녀가 다른 사람들보다 커버데일 가족을 특별히 더 냉정하게 대했던 것은 아니다. 그저 다른 사람들을 대하는 방식대로 그들을 대할 따름이었다.

이 사실을 처음으로 눈치챈 사람은 조지였다. 커버데일 가족 중 그가 가장 예민했기 때문에, 그는 그토록 탁월했던 유니스의 모습에서 결점을 발견한 첫 번째 사람이 되었다.

# 6

일요일 아침, 커버데일 부부는 교회에 나갔다. 아처 목사가 설교를 했다. "훌륭하구나. 너희는 온갖 일을 겪고도 충직함을 잃지 않았도다. 내가 너희에게 세상을 지배토록 하리라." 재클린이 조지에게 미소 지으며 그의 팔을 어루만지자, 조지는 흡족한 기분으로 마주 보고 웃어 주었다.

다음 날 그는 마주 웃었던 기억을 떠올리며 얼빠진 행동을 했다고, 어쩌면 지나치게 자기 만족에 가까운 행동이었을지도 모른다고 생각했다.

"폴라가 병원에 입원했대요. 요즘 세상처럼 아이를 낳을 날짜를 딱 정해 놓는 게 사실은 더 끔찍하지 않아요? 입원해서 주사한 방 맞으면 짠!" 조지가 귀가하자 재클린이 이야기해 주었다.

"인스턴트 아기라고 한다죠. 브라이언이 전화했어요?"

"두시쯤에 전화가 왔었어요."

"내가 전화를 걸어 봐야겠군."

평소라면 거실에서 저녁 식사를 할 시간이었다. 유니스가 식탁을 차리러 들어왔다. 조지는 다이얼을 돌렸지만 아무도 받지 않았다. 일 분 후 그가 전화를 내려놓자 전화벨이 울렸다. 그는 폴라의 남편과 무뚝뚝한 말투로 대화를 나눈 다음, "또 전화하게"라는 말을 남기고 전화를 끊었다. 그는 재클린에게 다가가 그녀의 손을 잡았다.

"문제가 좀 있다는구려. 두고 봐야겠지만, 폴라가 너무 지쳐 있어 제왕 절개 수술을 해야 할지도 모른다던데."

"여보, 이 일을 어떡하죠." 그녀는 걱정하지 말라는 소리는 하지 않았고, 그도 그런 태도가 고마웠다. "크루츨리 박사에게 전화를 걸어 봐요. 도움이 되는 말을 해 줄지도 몰라요."

"그게 좋겠어요."

유니스는 방에서 나갔다. 조지는 눈치껏 조용히 굴어준 그녀가 고마웠다. 그는 의사에게 전화를 걸었지만, 의사는 폴라의 상태에 대해 아는 바가 없어 섣부른 논평은 삼갔다. 일반적인 경우라면 여성이 아이를 낳다가 사망하는 일은 거의 일어나지 않는다는 말로 조지를 위로할 뿐이었다.

그들은 저녁 식사를 했다. 자일즈는 자신의 몫을 다 먹었지만, 재클린은 깨작거리기만 했고, 조지는 음식에 거의 손을 대지 않았다. 자일즈는 다른 사람들이 심각하게 걱정하는 모습을 보자 작은 양보를 했다. 책을 읽는 대신 허공을 응시한 것이다. 나중에 긴장되는 순간이 다 지나가자, 재클린은 웃으면서 조지에게 자일즈의 저런 행동은 다른 사람이라면 격려 연설을 하거나 위로차

술을 권하는 모습과 마찬가지라고 이야기했다.

긴장의 순간은 오래 가지 않았다. 브라이언은 두 번 전화를 걸었고, 삼십 분 후에는 약 삼 킬로그램 정도 되는 아기가 제왕 절개로 태어났으며 폴라도 건강하다는 소식을 알려 왔다.

유니스는 식탁을 치우는 중이었다. 조지가 "하느님, 감사합니다!"라고 외쳤고, 재클린은 "잘됐어요, 여보. 당신이 한시름 놓아서 다행이야"라고 말했으며, 자일즈는 "다행이네요"라는 말을 남기고 위층으로 올라갔다. 유니스는 이 모든 소리를 듣고 있었음이 분명했다. 확실히 안도하는 소리를 듣고 기뻐하는 광경을 보았다. 그러나 그녀는 최소한의 반응도 하지 않은 채 방을 나가 문을 닫았다.

재클린은 조지를 감싸 안았다. 조지는 당시에는 유니스에 대한 생각을 하지 못했다. 그러나 침대에 들어 머리 위에서 희미한 텔레비전 소리가 들려오자, 비로소 그녀의 기이할 정도로 차가운 행동에 대해 생각해 보기 시작했다. 그녀는 그토록 초조한 순간에도 걱정하는 모습을 보이지 않았고, 위험한 순간이 지난 후에도 축하의 말을 건네지 않았다. 의식적으로 그녀에게 그런 행동을 바랐던 건 아니다. 그 순간에는 "따님이 건강하시다니 정말 다행이에요, 주인님" 같은 말을 기대할 여유가 없었다. 하지만 이제는 왜 그런 말을 듣지 못했는지 궁금했다. 이 사실은 그를 괴롭혔다. 같은 여성에 대해 무관심하고 한집에 사는 사람들에 대한 배려를 하지 않는다는 점은 분명 부자연스러웠다. 훌륭하구나, 그

대는 나의 선량하고 충직한 종복일지니…… 하지만 전혀 훌륭한
태도가 아니야.

조지는 고용인에게 만족하여 행복에 젖은 재클린에게 자신의
걱정을 알리고 싶지 않았다. 게다가 공사 구분을 못하고 지나치
게 스스럼없이 구는 말 많은 하인을 둘 생각은 추호도 없었다. 그
래서 이 일은 마음속에서 지워 버리기로 결심했다.

한 날 후 갓난아기가 세례를 받으러 올 때까지, 그는 이 사실을
성공적으로 잊고 지냈다.


첫째인 패트릭은 예전에 그리빙에서 세례를 받았다. 아처 목사
는 커버데일 부부의 친구였고, 여름 시골 마을에서 거행되는 세
례식은 도시에서 하는 것보다 훨씬 즐거운 행사였다. 유월의 마
지막 토요일, 폴라와 브라이언은 아이들과 함께 로필드 홀에 도
착하여 일요일까지 머물렀다. 토요일 오후에는 굉장히 큰 파티가
열렸다. 브라이언의 부모와 누이는 물론이고, 로이스톤 부부, 제
임슨-커 부부, 베리에 사는 재클린의 친척 아주머니, 뉴마켓에
사는 조지의 사촌 몇 명까지 등장했다. 재클린의 지휘 아래 유니
스가 수행한 만찬 준비는 완벽했다. 로필드 홀이 이처럼 훌륭하
게 보였던 적은 없었고, 샴페인 잔은 먼지 하나 없이 반짝거렸다.
재클린은 자신들이 그토록 많은 리넨 냅킨을 갖고 있었는지 미처
몰랐거니와, 저마다 바짝 풀을 먹여 한데 늘어놓은 모습은 한 번
도 본 적이 없었다. 예전에 그녀는 가끔 어쩔 수 없이 종이 냅킨

을 사용하기도 했다.

교회로 떠나기 전 멜린다가 아기를 유니스에게 보여 주러 응접실에 들어왔다. 아이의 세례명은 자일즈로 정해졌고, 무슨 일이 일어났는지조차 알지 못한 사이에 대부가 되어 버린 자일즈 몬트는 이 사실에 경악했다. 멜린다는 길게 수가 놓인 예복을 입은 아이를 안고 들어왔다. 자신은 물론이고 그녀의 오빠와 언니, 실은 조지까지도 한 번씩은 입었던 옷이다. 잘생긴 아기였다. 덩치가 크고 피부는 새빨갰으며 튼튼해 보였다. 케이크 옆 테이블에는 커버데일 가문의 세례 역사를 기록한 책이 놓여 있었다. 이 책에는 그 예복을 입었던 아기들의 이름과 언제 어디서 세례를 받았는지 같은 내용이 기록되어 있었다. 책은 새로운 입회자를 맞이하여 펼쳐져 있었다.

"정말 사랑스럽지 않나요, 미스 파치먼?"

유니스는 차갑고 뻣뻣한 모습으로 서 있었다. 조지는 태양이 집 안을 비추고 있는데도 그녀에게서 한기를 느꼈다. 미소 짓지도, 아이에게 몸을 굽히지도, 아이를 싸고 있는 포대기를 만지려 들지도 않았다. 그저 아이를 바라보기만 했다. 조지가 그녀에게서 은수저를 꺼내 받침 접시 위에 올려놓을 때 보여 주었던 열정을 찾아볼 수 없었다. 그녀는 아기를 바라보더니 이렇게 말했을 뿐이었다.

"가 봐야 해요. 할 일이 있어요."

오후 만찬이 거행되는 동안 그녀는 쟁반을 들고 들락날락했지만, 조지와 재클린에게 아이가 예쁘다든지, 날씨가 좋아서 다행이라든지, 젊은 부부가 행복하겠다든지 하는 말은 단 한 마디도 하지 않았다. 조지는 이상하다고 생각했다. 차가워. 이상할 정도로 차가워. 그게 아니라면 그저 끔찍하게 수줍어하는 걸까?

유니스는 수줍어하는 성격이 아니었다. 펼쳐져 있는 책이 두려워 아이에게서 시선을 돌렸을 뿐이다. 직접적인 이유는 아니었지만, 아이에게도 그다지 관심이 없었다. 하지만 세상에 책이 존재했기 때문에 아이에게 관심이 없었던 것도 사실이다.

그녀는 활자로 도배된 세상이 끔찍했다. 활자를 자신에게 닥친 위협이라고 생각했다. 활자는 거리를 두고 피해야 할 대상이었으며, 그녀에게 활자를 보여 주려는 사람 또한 마찬가지였다. 활자를 피하려는 버릇은 몸에 깊이 배어 있었다. 더 이상 의식하고 하는 행동이 아니었다. 따뜻한 마음이나, 타인을 향한 애정, 인간적인 열정이 솟아나는 샘은 이러한 이유로 오래전에 말라 버렸다. 이제는 고립된 상태로 지내는 일이 자연스러웠고, 이러한 자신의 상태가 인쇄물이나 책, 손으로 쓴 글자로부터 스스로를 고립시키는 행위에서 비롯되었다는 사실을 알지 못했다.

그녀가 문맹이라는 사실은 그녀의 동정심을 앗아갔고 상상력을 위축시켰다. 심리학자들이 애정이라고 부르는, 타인에게 관심을 가질 수 있는 능력은 그녀의 기질 안에서 설 자리가 없었다.

고든 장군찰스 조지 고든. 영국의 육군 장군으로 19세기 후반 영국의 식민지였던 수단 총독을 역임했다은 포위당한 하르툼수단의 수도 시민들의 사기를 높이기 위하여, 신이 공포를 세상 사람들에게 나누어 줄 때 자신에게 가장 나중에 왔다고 이야기했다. 신이 자신에게 왔을 때 나누어 줄 공포가 더 이상 남아 있지 않아, 자신은 공포가 결여된 채 태어났다고. 이 품격 높은 우화를 유니스에 대해서는 이렇게 바꾸어 표현할 수 있다. 신이 그녀에게 왔을 때 그는 그녀에게 나누어 줄 상상력이나 애정을 다 소진해 버린 상태였다.

커버데일 가족은 참견꾼들이었다. 그들은 사람들을 행복하게 해 주려는 선의를 품고 다른 사람 일에 끼어들었다. 타인에 대한 품평을 양해해 준다면, 자일즈가 좋아하는 작가 중 한 명의 말을 인용하여 '그들의 의도는 나쁘지 않았다'고 할 수 있었다. 그들은 이기적인 인간이 되지 않으려 애를 썼다. 하지만 그들은 자일즈가 본능적으로 아는 사실, 이기심이란 자신이 원하는 방식대로 살아가는 게 아니라 타인에게 자신의 방식대로 살라고 요구하는 것임을 절대로 이해하지 못했다.

"양피지 할멈이 걱정돼. 끔찍한 인생을 살아온 것처럼 보이지 않아?" 멜린다가 말했다.

"글쎄." 자일즈가 대답했다. 멜린다는 오랜만에 그의 방을 찾아왔고, 지금 침대 위에 앉아 있었다. 이 두 행동 모두 그를 행복하게 하기도, 공포에 질리게 하기도 했다. "난 모르겠던데."

"아, 진짜, 넌 눈치가 빵점이잖아. 뭐가 이상한지 말해 줄게. 그녀는 우리 집에 온 이후로 단 한 번도 외출한 적이 없어. 텔레비전밖에 안 본다니까. 들어 봐. 이제 시작한다." 그녀는 과장스럽게 동작을 멈추고는 시선을 천장으로 돌렸다. 자일즈는 멜린다가 방에 들어왔을 때 하고 있던 일을 계속하기 시작했다. 한쪽 벽에 붙여 놓은 코르크 타일 위에 이것저것 핀으로 꽂는 일이었다. "그녀는 분명 끔찍하게 외로운 거야. 친구들을 엄청나게 그리워하고 있을걸." 멜린다는 자일즈의 팔을 붙들고 그의 몸을 돌렸다. "걱정되지도 않니?"

그녀의 손길이 몸에 닿자 그는 놀라 얼굴을 붉혔다.

"내버려둬. 괜찮을 거야."

"안 괜찮아. 그럴 리가 없어."

"혼자 있는 걸 좋아하는 사람도 있잖아." 그는 멍하니 자신의 방을 둘러보았다. 오렌지색 옷이 한 무더기를 이루고 있었고, 책과 사전이 뒤죽박죽 쌓여 있었으며, 마그누스 와이든 고등학교 교육 과정에 포함되지 않은 주제로 절반쯤 쓰다 만 에세이가 쌓여 있었다. 그는 여기가 좋았다. 학구적인 친척이 한 번 데려가 주었던 런던 도서관만 빼면, 이곳보다 나은 곳은 존재하지 않았다. 런던 도서관 내에 세를 놓는 방이 있다면, 자일즈는 대기 명단 첫째 줄에 이름을 올렸으리라. "난 혼자 있는 게 좋아."

"혹시 나더러 나가 달라는 소리……."

"아니, 그게 아니야." 그는 서둘러 대답했다. 그러고는 마침내 자신의 속내를 털어놓기로 마음을 정한 뒤에, 탁하고 떨리는 목소리로 이야기를 꺼냈다. "멜린다……."

"저건 뭐야? 저런 끔찍한 포스터는 어디서 난 거야? 왜 저런 헬쑥한 얼굴을 하고 있지?"

자일즈는 한숨을 쉬었다. 때를 놓치고 말았다.

"내가 붙여 놓은 이달의 인용문이나 읽어 봐."

인용문은 녹색 잉크로 종이에 적혀 코르크 벽에 핀으로 고정되어 있었다. 멜린다는 크게 읽었다.

"'도대체 왜 한 세대와 다른 세대는 서로 겹쳐져야 하는가? 왜 우리는 알로 태어나 각각 만 파운드에서 이만 파운드짜리 잉글랜드 은행 지폐로 포장되어 좁은 은신처 안에 파묻혀 있다가, 아빠와 엄마가 바로 옆에 충분한 음식을 마련해 놓고 몇 주 전에 이미 참새에게 잡아 먹혔다는 사실을 알아차리는, 말벌 같은 존재가 될 수 없는가?'"

"괜찮지? 새뮤얼 버틀러빅토리아 시대의 종교적 도덕을 풍자한 영국의 소설가야."

"그런 걸 벽에 붙여놔서는 안 돼, 스텝. 아빠랑 재키가 보기라도 하면 분명 노발대발할 거야. 그런데 넌 고전을 읽어야 하는 거 아냐?"

"아무것도 안 읽어도 괜찮을지 몰라. 인도에 갈지도 모르니까. 혹시……." 용기 있게 말을 꺼냈다. "나와 함께 가고 싶지는 않겠지?"

멜린다는 얼굴을 찌푸렸다. "넌 인도에 안 가. 너도 알고 있잖아. 그저 어딘가에 엮이게 되는 상황을 피하려고 그러는 거지. 난 아래층으로 내려가서 양피지 할멈 문제에 대해 아빠랑 담판을 지을 건데, 같이 갈래? 물론 안 간다고 하겠지만."

자일즈는 손가락으로 머리카락을 빗어 내렸다. 그녀를 기쁘게 해 주고 싶었다. 그는 세상에서 유일하게 멜린다의 기분에만 유독 신경을 썼다. 하지만 여기에도 한계가 있다. 아무리 그녀를 위한 일이라 할지라도, 자신의 원칙에 저항하고 본성을 어길 수는 없었다. "아니." 그는 침울해지다 못해 거의 비탄에 잠긴 채, 절망적인 기분이 되어 얼굴을 찌푸렸다. "아니, 안 갈래."

"그러니까 미쳤다는 거야." 멜린다는 펄쩍 뛰어 내려갔다.

그녀의 아버지와 재클린은 정원에 있었다. 땅거미 속에서 재클린이 그날 한 일을 살펴보는 중이었다. 담배밭의 처음 피어난 꽃에서 진하고 달콤한 향기가 풍겼다.

"아빠, 생각을 좀 해 봤는데요. 불쌍한 양피지 할멈에게 뭐라도 해 주자고요. 밖에 데리고 나가서 취미 생활이라도 좀 할 수 있게요."

의붓어머니는 그녀에게 쌀쌀맞은 미소를 지었다. 어떤 점에서는 그녀도 아들 못지않게 톡 쏘는 성격을 가지고 있었다. "모두 너처럼 그렇게 외향적인 사람은 아니잖니."

"우리는 미스 파치먼에게 고용주로서 해야 할 도리는 다 했다고 본다, 멜린다. 넌 이제 버릇없는 고등학생이 아니잖아."

"말 돌리지 마세요."

"그게 아니야. 재키랑 나는 이 일에 대해 진지하게 이야기를 나눈단다. 우리도 미스 파치먼이 외출하지 않는다는 사실은 잘 알고 있어. 하지만 그녀는 어디로 가야 하는지도 모를 테고, 차 없이 외출하기도 힘들잖니."

"차를 빌려 주면 되겠네요! 우린 두 대 있잖아요."

"그러려던 참이다. 아마 너무 수줍어서 우리에게 부탁도 못했을 테지. 굉장히 부끄러움을 타는 여자 같아."

"지배 계급에 억압당해서 그런 거라고요." 멜린다가 말했다.

그 제안을 건넨 사람은 재클린이었다.

"운전 못해요." 유니스가 대답했다. 그런 말을 하면서도 거리낌이 없었다. 그녀가 못한다고 인정하기 꺼리는 일은 단 두 가지뿐이었다. 그녀 주변에 운전을 할 줄 아는 사람은 거의 없었고, 레인보 거리에서는 여자가 운전하는 일은 더욱 괴상한 일로 취급당했다. "배운 적이 없어요."

"불쌍해라! 내 자동차를 빌려도 괜찮다고 말해 주려 했는데요. 차도 없는데 어떻게 외출하려고요?"

"버스 타고 가죠." 유니스는 투팅 88번가에서 붉은 이층 버스가 도로를 빈번하게 오가던 모습을 희미하게 기억해 냈다.

"그럴 순 없어요. 가장 가까운 버스 정류장도 삼 킬로미터가 넘게 떨어져 있는데다, 버스가 하루에 세 번밖에 서지 않거든요."

조지가 자신의 가정부에게서 결점을 하나 발견했던 것처럼, 유니스 또한 자신의 평화로운 삶을 위협하는 작은 먹구름을 감지했다. 커버데일 가족이 유니스의 삶을 바꾸고 싶어 하는 기색을 보이기는 이번이 처음이었다. 그녀는 불안해하며 다음 변화를 기다렸다. 그 기다림은 그리 길지 않았다.

커버데일 가문의 수장인 조지야말로 가족들 중 최고의 참견꾼이었다. 커버데일 통조림 회사 직원들은 사장실로 끌려 들어와 결혼이라든지 융자 문제, 자녀들의 고등 교육에 이르기까지 일일이 조언을 들어야 했다. 메도즈와 힉스, 키티 집안의 부인네들은 그가 자신들의 집에 불쑥 들어와 이런저런 설교를 늘어놓는 데 익숙했다. 나무의 질병이 심하니 업자를 부르시오. 자투리땅에 채소라도 심는 건 어떻소? 조지 커버데일은 무척이나 멋진 남자였지만 아무도 그가 하는 말에 귀를 기울이려 하지 않았다. 지금이 무슨 고리짝 시대인 줄 알아. 그때는 지주의 말이라면 꼼짝하지 못했지만, 이제 그런 낡은 시대는 지났다고. 얼마나 다행인지. 하지만 조지는 다른 사람들을 위해 계속해서 참견해 나갔다.

마침내 그는 사자의 수염을 건드리고 말았다. 길들여진 듯 보이는 사자는 여성의 모습을 한 채 그의 드레스 셔츠를 다림질하고 있었다.

유니스는 얼룩 고양이 같은 머리를 말쑥하게 빗고 푸른색과 흰색 체크무늬가 있는 작업용 드레스를 입고 있었다.

평생 동안 조지는 많은 고용인을 두었지만, 그의 '예장용' 셔츠를 세탁하고 풀을 먹여 다림질하는 어마어마한 과업을 시도했던 사람은 아무도 없었다. 조지는 이와 같은 일에 딱히 신경을 쓴 적이 없었지만, 이런 작업은 특별한 기술이 필요할뿐더러 좋은 기계를 가진 세탁소에서나 할 수 있는 일이라고 생각했다. 그는 만족스러운 미소를 지었다.

"아, 내가 고난도의 작업을 수행하는 전문가를 방해하고 있었군. 솜씨가 참으로 훌륭하오, 미스 파치먼."

"다림질을 좋아해서요."

"반가운 말이오. 그런데 좁은 로필드 홀에만 갇혀 지내고 싶지는 않을 텐데, 어떻소? 그 이야기를 하러 온 겁니다. 아내가 말하길 당신이 이제까지 너무 바쁘게 사느라 운전을 배울 시간을 내지 못했다고 하던데. 사실이오?"

"예."

"알겠소. 그렇다면 이런 상황을 바로잡아야 하겠지. 운전 교습에 나갈 생각이 있소? 내가 기꺼이 비용을 대도록 하겠소. 우리는 당신이 와 준 덕분에 아주 잘 지내고 있고, 그 보답으로 뭔가 해 주고 싶소."

"운전을 못 배워요." 유니스는 어렵사리 생각을 짜내 대답했다. 가장 자주 쓰던 변명거리가 튀어나왔.

"시력이 안 좋아서요."

"안경 쓴 모습은 보지 못했는데."

"써야 해요. 새로 맞추려고요."

집요한 질문 탓에, 유니스는 안경을 써야 하지만 전에 쓰던 안경으로는 번호판이나 방향 표지판도 읽을 수가 없게 되어 그리빙에 올 때 '두고 왔다'는 이야기를 어렵사리 지어내야만 했다. 조지는 당장 시력 검사를 받아야 한다고 말했다. 그는 반드시 그녀를 스탠트위치까지 차로 태워다 주겠노라 다짐했다.

"나 자신이 못내 부끄럽더군." 그는 재클린에게 말했다. "그 불쌍한 여자가 내내 박쥐처럼 앞이 안 보이는 상태로 지냈다니. 그녀가 지나치게 내성적이라 그동안 정이 안 갔는데, 이제 이유를 좀 알 것 같구려."

아내의 눈에 경계하는 빛이 나타났다. "오, 조지, 그런 말은 하지 말아요! 그 사람이 오고 나서 내 생활이 얼마나 달라졌는데."

"그런 뜻이 아니잖아요, 여보. 그녀가 근시인데다 그런 말을 하기에는 너무 소심한 성격이라는 걸 확실히 이해했다는 뜻이지."

"노동 계급 사람들은 좀 얼토당토않은 면이 있다니까요." 재클린은 안경을 쓰느니 차라리 벽을 들이받고야 말겠다는 입장이라, 극심한 고통에 시달려 가면서도 콘택트렌즈를 사용했다. 두 사람다 조지가 발견해 낸 사실에 크게 만족했다. 그리고 반쯤 눈이 먼여자가 창문을 다이아몬드처럼 반짝반짝하게 닦거나 매일 저녁세 시간 동안 텔레비전을 볼 수는 없을 거란 생각은 결코 하지 않았다.

# 7

유니스는 마흔일곱 살이었지만 열일곱 살인 자일즈 몬트보다 시력이 좋았다. 그녀는 차 안 조지의 옆자리에 앉아, 그가 안경점까지 따라가겠다고 하면 어떻게 할까 고민했다. 하지만 이 사태를 피하기 위한 변명거리를 도저히 지어낼 수 없었다. 보수적인 중년의 지주는 보통 자신의 중년 여성 하인이 진료소 같은 곳에 갈 때 동행하지 않는 법이었지만, 그 사실을 알기에는 그녀의 경험이 부족했다. 침울하고 당황스러운 감정에서 비롯된 분노가 안에서 끓어올랐다. 가장 최근에 그녀를 견딜 수 없도록 몰아붙인 남자는 하릴없이 베개에 짓눌려 죽고 말았다.

그러나 다시는 못 볼 줄만 알았던 친숙하고도 경이로운 보물창고 같은 상점들이 눈에 들어오자, 그녀의 마음은 약간 활력을 되찾았다. 조지가 안경점까지 따라 들어갈 기색을 보이지 않자 기분은 훨씬 더 고무되었다. 그는 삼십 분 안에 돌아올 테니 청구서는 자신 앞으로 끊어 놓으라 말하고 떠났다.

차가 떠나자 유니스는 일단 모퉁이를 돌아 예전에 봐 두었던 과자 가게로 걸음을 옮겼다. 그녀는 킷캣 두 개, 마르스 초콜릿 바 한 개, 마시멜로 한 봉지를 사서 찻집으로 들어갔다. 그곳에서 차 한 잔과 건포도 빵 한 개, 초콜릿 에클레어 한 개를 먹었다. 로필드 홀에서 카술레고기와 콩을 넣어 뭉근히 끓인 요리나 포도덩굴잎말이 같은 가짜 음식들만 먹던 생활에서 벗어나 완벽하게 기분 전환을 할 수 있었다. 그녀는 진한 감색 양장과 나일론 스타킹, 애니 콜의 어머니가 신던 정장 구두 차림에, 머리에는 거의 눈에 띄지도 않는 망사를 쓰고 있었다. 그런 모습으로 토요일 오전에 탁자 앞에서 꼿꼿이 앉아 있으니 점잖은 부인처럼 보였다. 아무도 그녀가 머릿속에서 속임수를 꾸며내려 달음박질하고 있다는 생각은 하지 못할 터였다. 글을 읽고 쓸 줄 알고 아이큐가 백이십 정도 되는 사람에게는 별것 아닌 일이었겠지만. 어쨌든 결국 계획이 완성되었다. 그녀는 길을 건너 잡화점에 들어가 어둡지 않고 옅은 색조가 들어간 선글라스 두 벌을 샀다. 한 벌은 투명한 푸른색 테였고, 다른 한 벌은 가짜 거북 등껍질로 만든 테였다. 그녀는 선글라스를 핸드백에 넣고 일주일 동안 꺼내지 않았다.

커버데일 부부는 안경이 그렇게 빨리 완성된 사실에 놀란 듯 보였다. 이번에는 재클린이 그녀를 스탠트위치까지 태워다 주었다. 다행스럽게도 안경점 앞에는 주차 금지선이 쳐져 있어 재클린은 안경점까지 들어가지 못했다. 그녀는 자일즈가 위반한 벌금을 내는 것만으로도 족했다. 유니스는 초콜릿을 좀 더 사고 케이크도 더 먹어 치웠다. 선글라스를 재클린에게 보여 주고는 투명한 푸른색 안경테를 써 보기까지 했다. 안경을 쓰고 있으니 바보가 된 기분이었다. 이제 항상 이런 걸 끼고 있어야 하나. 삼십 미터나 떨어진 과수원에서 날고 있는 참새의 날개 깃털까지 볼 수 있는 내가? 혹시 글을 읽어 보라고도 하지 않을까?

현재에만 발을 딛고 살아가는 사람은 존재하지 않는다. 그러나 유니스는 대부분의 사람들과는 상당히 다른 존재였다. 그녀에게는 당장 저녁 식사가 오 분 늦는 사태가 십 년 전에 겪은 크나큰 슬픔보다 더 중요했다. 미래에 대해서는 전혀 생각하지 않았다. 하지만 이제 안경을 수중에 지니고 가끔씩은 코에 걸치기까지 해야 하다 보니, 주변에 있는 활자에 점점 신경이 쓰이기 시작했다. 언젠가 활자를 읽어야 하는 상황이 닥칠지도 몰랐으니까.

로필드 홀은 책 천지였다. 유니스에게 이곳은 예전에 샘슨 부인의 연체된 소설책을 반납하러 딱 한 번 가 봤던 투팅 공립 도서관만큼 책이 많아 보였다. 그녀에게 책은 알 수 없는 공포심을 불러일으키는 작고 평평한 상자와 다를 바 없었다. 거실의 벽 한쪽은 전체가 책장이었다. 응접실에는 커다란 유리문이 달린 붙박이 책장 두 개가 벽난로 양 옆에 있었고, 다닥다닥 나뉜 칸에는 책들이 가득했다. 탁자 옆에도 책들이 있었고 선반에도 잡지와 신문이 놓여 있었다. 커버데일 가족은 항상 책을 읽었다. 유니스는 그들이 자신을 도발하려 책을 읽는다고 생각했다. 아무도, 심지어 학교 선생들조차 재미로 그렇게 책을 많이 읽을 수는 없다고 여겼기 때문이다. 자일즈는 손에서 책을 놓는 법이 없었다. 읽을거리를 주방까지 가지고 들어와서, 식탁에 팔꿈치를 괴고 앉아 그 속에 빠져들었다. 재클린은 신간 소설이라면 가리지 않고 읽었다. 조지와 함께 빅토리아 시대의 소설들을 처음부터 끝까지 재독하기도 했다. 그들은 종종 디킨스, 새커리윌리엄 새커리. 19세기 영국 문학을 대표하는 소설가, 조지 엘리엇19세기 영국의 소설가로, 20세기 작가의 선구적 역할을 수행한 것으로 평가받는다의 작품을 동시에 읽고 등장인물이나 장면에 대해 함께 토론하면서, 서로에 대한 애정을 과시하곤 했다. 영문학을 전공하는 학생답지 않게 멜린다가 책을 가장 적게 읽었다. 하지만 그녀조차도 종종 정원이나 아니면 거실 바닥에 누워 문법책을 들여다보곤 했다.

사실 이는 자발적인 행동이 아니라 "계속 진도를 나가려면 다음 학기 전에 대명사 부분은 이해하고 있어야 하네. 알겠나?"라는 지도 교수의 경고 때문이었지만, 유니스가 이를 어찌 알 수 있단 말인가?

지금까지는 행복했지만 안경이 그녀의 행복을 파괴했다. 이 저택과 집 안을 채우고 있는 사랑스러운 물건들에는 만족하며 지냈다. 반면 그녀에게 있어 커버데일 가족은 거의 존재하지 않는 것과 마찬가지였다. 그동안은 이 가족을 무시하면서 지냈다. 그러나 이제는 그들이 툭하면 꺼내서 계획을 짜곤 하는 여름휴가를 어서 빨리 떠나주었으면 하고 바라는 형편이 되었다.

하지만 그들이 떠나기 전(이들은 팔월이나 돼야 휴가를 떠날 예정이었다), 세 가지 불행한 사건이 일어났다. 그들이 출발한 후 유니스가 자유롭게 돌아다니며 둘러보다가 조앤 스미스를 만나게 되기 전이었다.

첫 번째는 그 자체로는 아무것도 아니었다. 이는 유니스를 성가시게 한 두 번째 사건의 서곡이었다. 그녀는 제프 볼럼이 가져온 계란 하나를 주방 바닥에 떨어뜨렸다. 곁에 있던 재클린은 "세상에, 이를 어째!"라고 말했을 뿐이었지만, 유니스는 전광석화처럼 바닥을 치웠다. 다음 날 아침 그녀는 자일스의 침실을 청소하러 올라갔다. 매번 엄청나게 힘든 작업이었다. 그날 처음으로 방 안의 코르크 벽을 바라보았다. 왜 그랬을까? 본인도 그 이유를 몰랐을 것이다. 어쩌면 집 안의 읽을거리에 대한 대비를 철저히 한 나머지 신경쇠약에 걸릴 지경이었기 때문일지도, 그리고 이 저택에 존재하는 숨 막힐 정도로 많은 책을 지나치게 의식하고 있었기 때문일지도 모른다. 추잡한 포스터 옆에 글귀가 하나 붙어 있었다. '왜'로 시작하는 문장이었다. 필기체가 아니라 인쇄된 활자일 경우 그녀가 알아볼 수 있는 얼마 안 되는 단어 중 하나였다. '하나'와 '계란'이라는 단어도 읽을 수 있었다. 이는 분명 유니스를 겨냥한 말이다. 자일스는 계란을 깨뜨린 일을 책망하고 있었다. 그녀는 그의 책망 따위에는 신경 쓰지 않았다. 하지만 지금까지 그가 단 한 번도 그녀에게 말을 걸지 않았다는 점을 감안하면, 자신에게 왜 그랬냐고 물어보려 침묵을 깼다는 사실이 중요했다. 저 여잔 왜 내 메시지를 무시하죠? 유니스는 그가 의붓아버지에게 일러바칠지도 모른다는 생각에, 조지가 안경을 쓰지 않은 자신의 얼굴을 바라볼 때마다 안절부절못했다.

결국 그 글귀는 사라졌지만 대신 다른 글귀가 붙고 말았다. 유니스는 거의 숨이 멎는 듯한 기분을 느껴, 일주일 동안 자일즈의 방에서는 침대 시트를 갈고 창문을 여는 일 이상은 하지 않았다. 자일즈가 방 안에서 뱀을 키운다고 해도 이렇게까지 놀라지는 않았으리라.

하지만 세 번째 불행한 사건, 즉 재클린의 쪽지 사건에 비할 만한 일은 아니었다. 어느 날 아침 유니스가 자신의 침대를 정리하러 위층에 올라가 있는 동안, 재클린은 주방 탁자에 쪽지를 한 장 남겼다. 그녀가 아래층으로 내려왔을 때, 재클린은 이미 폴라를 만나 머리를 매만지고 휴가 기간 동안 입을 옷도 사려고 런던으로 출발한 후였다.

재클린은 이전에도 쪽지를 몇 장 남긴 적이 있었고, 순종적인 미스 파치먼이 쪽지로 남긴 지시만큼은 왜 한 번도 따른 적이 없는지 의아해했다. 하지만 알고 보니 안 좋은 시력 탓이었다. 이제 안경이 있으니 괜찮겠지. 그러나 유니스는 안경을 끼고 있지 않았다. 안경은 위층에 있는 가방 속에 처박아 두었다. 그녀는 쪽지를 응시했지만 재클린이 그리스어로 된 글을 바라보는 것이나 진배없었다. 재클린이 알파와 오메가, 파이 알파벳을 알아볼 수 있는 것처럼 유니스도 몇몇 대문자와 단음절로 된 특이한 단어는 알고 있다는 점에서, 이는 정확한 비유라고 할 수 있겠다. 하지만 단어들을 연결하고 더 긴 단어를 해석하여 전체를 이해하는 것은 그녀의 능력을 넘어선 일이었다. 런던에서는 애니 콜의 도움을 받을 수 있었다. 하지만 이곳에는 주방을 어슬렁거리고 있는 자일즈뿐이었다. 그는 스탠트위치로 가서 상점가에서 시간을 보내거나 어두운 영화관에서 죽치고 있을 작정이었다. 그는 그녀를 거들떠보지도 않았고, 그녀도 그에게 도움을 청할 생각은 추호도 없었다.

에바 볼럼이 오는 날도 아니었다. 쪽지를 잃어버렸다고 할까? 그녀에겐 창의력이 없었다. 보잘것없는 능력은 안경점에서 청구서가 오지 않은 이유를 만들어 내는 데 다 써 버린 지 오래였다. 그녀는 신세를 지고 싶지 않아 자신이 이미 값을 치렀다고 조지를 간신히 납득시켰다.

그때 멜린다가 들어왔다.

유니스는 그녀가 집에 와 있다는 사실을 잊고 있었다. 유월부터 여름 방학이라는 사실에 좀처럼 익숙해지지 못했던 것이다. 멜린다는 정오가 되자 춤을 추며 들어왔다. 예쁘고 건강하며 풍만한 멜린다는 아주 꽉 끼는 청바지에 미키 마우스 티셔츠를 입었고 금발 머리는 독일 소녀처럼 양 갈래로 땋았으며 맨발 차림이었다. 태양은 빛나고 바람이 불었으며 주방 전체가 들뜬 춤을 추는 햇빛으로 반짝였다. 멜린다는 여자애 한 명, 남자애 두 명과 함께 쌍쌍으로 오렌지색과 보라색으로 칠한 자동차를 타고 해변으로 놀러 나갈 예정이었다. 그녀는 쪽지를 집어 들고 큰 소리로 읽었다. "이건 뭐지? '미안하지만 시간이 나면 내 노란색 주름 스커트를 다려 주겠어요? 오늘 밤 입으려고요. 내 옷장 오른쪽 어딘 가에 있을 거예요. 정말 고마워요. J. C.' 당신에게 쓴 거네요, 미스 파치먼. 기왕이면 내 빨간 스커트도 함께 다려 주겠어요?"

"아, 그럼요. 문제없어요." 한결 마음이 가벼워진 유니스가 그녀 기준으로는 만면에 웃음을 띤 표정을 지으며 말했다.

"친절도 하셔라."

팔월은 무더위와 함께 찾아왔고, 조지의 땅과 인접한 곳에서 농사를 짓는 메도즈 씨는 밀을 수확하기 시작했다. 신형 추수 탈곡기가 잘라 놓은 롤빵처럼 생긴 건초 다발을 떨어뜨렸다. 멜린다는 동네 여자들과 함께 과수원에서 체리를 땄다. 자일즈는 이달의 인용문을 새 걸로 바꿨는데, 이번에도 새뮤얼 버틀러의 문장이었다. 재클린은 정원의 잡초를 뽑다가, 백일초 사이에서 독이 있지만 아름답고 하얀 나팔꽃 모양의 꽃을 한 송이 피운 흰독말풀을 발견했다. 팔월 칠일, 드디어 떠날 시간이었다.

"카드 꼭 보낼게요." 멜린다가 말했다. 이따금 그녀는 양피지 할멈을 위로하는 게 자기 의무라 여기곤 했다.

"어디 연락할 일이 생기면 전화기 옆에 있는 전화번호부에서 전화번호랑 주소를 찾아봐요." 멜린다의 말에 조지가 끼어들었다. "급한 일이 생기면 언제든지 전보를 치도록 해요."

모두 소용없는 짓이라는 걸 그들은 몰랐다.

유니스는 걱정하지 말라는 듯 푸른색 안경을 쓰고 정문에서 커버데일 가족을 배웅했다. 이른 아침이라 옅은 아지랑이가 그리빙에 내려앉아 있었다. 아지랑이는 메도즈 씨가 밭 그루터기를 태우면서 난 연기와 섞여 더욱 짙어졌다. 유니스는 이슬을 머금고 환하게 피어 있는 보라색 달리아를 바라보거나, 떠나기 전 작별인사를 하는 뻐꾸기의 노랫소리에 귀를 기울이려고도 하지 않았다. 그저 이제껏 고대해 왔던 일을 하러 재빨리 안으로 들어갔다.

그녀는 집안일을 등한시할 생각이 없었고 평상시처럼 금요일에 하는 일들을 해치웠지만, 여기에 몇 가지 일을 추가했다. 침대 시트를 벗기고 거의 죽은 꽃들을 치워 버렸다. 어쨌거나 지금은 꽃잎을 사방에 날리는 끔찍하게 지저분한 물건에 지나지 않으니까. 그런 다음 가능한 한 모든 책과 잡지, 신문을 침대 시트로 가렸다. 책장 또한 가리고 싶었지만 그 정도로까지는 미치지 않았다. 유니스는 정신병자는 아니었다.

그 일이 끝나자 저녁 식사를 준비했다. 커버데일 가족이라면 오후 한 시에 먹는 식사를 점심 식사라고 불렀을 테지만. 그들은 자신의 가정부가 대낮에 속을 든든하게 해 주는 뜨거운 음식을 얼마나 절실하게 먹고 싶어 했는지 절대로 알지 못했으리라. 유니스는 냉동실에서 커다란 스테이크 한 조각을 꺼내 기름에 구웠다(석쇠가 아니라 기름이었다). 깍지콩과 당근, 파스닙배추 뿌리같이 생긴 채소을 삶는 동안 감자도 튀겼다. 뒤이어 애플 커스터드 크림을 얹은 애플 푸딩에 비스킷과 치즈, 진한 홍차도 곁들였다. 그녀는 식기를 닦고 말린 후 곧바로 정리했다. 식기세척기를 쓰지 않아도 되어 얼마나 마음이 놓이는지 몰랐다. 그녀는 그레이비소스나 빵 부스러기가 잔뜩 달라붙은 더러운 식기를 하루 종일 식기세척기 안에 넣어 두는 게 굉장히 마음에 걸리곤 했다. 식기세척기 문을 닫아 놓아 그 안은 볼 수 없다 할지라도.

샘슨 부인은 여자의 일은 절대로 끝나는 법이 없다고 말하곤 했다. 그러나 아무리 집안일을 열심히 꾸려나가는 사람일지라도, 그날 로필드 홀에서처럼 많은 일거리를 찾아내지는 못했을 것이다. 내일은 거실에 커튼을 쳐 버려야지. 오늘은 말고. 지금은 싫어. 지금은 가장 좋아하는 일, 텔레비전 시청에 열중할 때였다.

팔월 칠일은 그 해 가장 더운 날로 기록되었다. 기온은 26, 27도를 넘어 오후 두시쯤에는 약 29도까지 올랐다. 그리빙에서는 잼을 만들던 주부들이 주방을 빠져나와 뒷문 현관에서 햇볕을 쬐였다. 빌 강둑은 힉스 집안과 볼럼 집안 아이들의 수영장이 되었고, 농장의 개들은 혀를 길게 늘어뜨렸다. 케언 부인은 자제력을 잃고 비키니 차림으로 앞마당에 드러누웠다. 조앤 스미스는 가게 문을 개 비스킷 상자로 받쳐 열어 놓고 파리채로 부채질을 했다. 하지만 유니스는 위층으로 올라가 커튼을 드리운 채, 뜨개질거리를 들고 텔레비전 앞에 편안하게 앉아 깊은 만족감에 빠져 있었다. 초콜릿 바만 있으면 더 이상 바랄 게 없었겠지만, 그녀가 스탠트위치에서 사온 것들은 오래전에 이미 먹어 치워 버린 후였다.

처음에는 스포츠 중계를 보았다. 수영과 육상 경기였다. 그다음에는 유니스가 레인보 거리에서 익히 알고 지냈던 사람들과 같은 등장인물들이 나오는 연속극을 보았다. 어린이 프로그램과 뉴스, 일기 예보도 있었다. 뉴스에는 그다지 신경을 쓰지 않았고, 날씨가 어떨지는 직접 살펴보면 될 터였다. 그녀는 아래층으로 내려가서 잼 샌드위치와 초콜릿 아이스크림 한 덩어리를 가져왔다. 여덟 시가 되자 가장 좋아하는 프로그램인 〈로스앤젤레스 경찰 이야기〉가 시작했다. 유니스가 어째서 이 프로그램을 그토록 좋아했는지는 설명하기 어렵다. 시청자는 텔레비전 속 인물과 자신을 동일시하기 마련이라고 주장하는 매체 비평가들은 분명 당황했으리라. 그녀는 젊은 경찰 경위나 그의 스물한 살짜리 금발 여자친구에게 동질감을 느끼지 못했다. 매 화마다 잔뜩 등장하는 갱이나 재벌, 영화배우, 콜걸, 도박꾼, 주정뱅이에 대해서도 마찬가지였다. 어쩌면 딱 부러지는 냉혹한 대사나, 반드시 등장하는 자동차 추격 장면, 혹은 이런 드라마에서 없어서는 안 될 총격전 같은 것들을 좋아했을지도 모른다. 커버데일 가족은 일부러 금요일을 파티를 여는 날로 정해 놓은 것 같았다. 이제까지 이 드라마를 못 보고 지나가는 날이 종종 있었고, 그녀는 그때마다 극심한 짜증을 느꼈다.

하지만 이번에는 방해할 사람이 아무도 없었다. 그녀는 좀 더 집중하려 뜨개질거리를 내려놓았다. 오늘 밤은 첫 장면부터 한 층 더 재미있어 보였다. 시작한 지 이 분 만에 시체가 나왔고 오 분 만에 자동차 추격전이 시작됐다. 총잡이의 차가 가로등을 들이받아 부서졌다. 문이 열리고 총잡이가 뛰어나와 거리를 가로질렀다. 그는 총을 쏘며 경찰의 총격을 피해 어떤 집 현관으로 숨어들었다. 놀란 소녀를 방패 삼아 재차 총을 겨누다가……, 갑자기 소리가 사라지더니 화면마저 줄어들기 시작했다. 검은 물이 구멍으로 빠져나가는 것처럼 화면은 가운데 지점으로 오그라들었다. 가운데 점은 별처럼 조그마한 점으로 밝게 빛났다가 이내 사라졌다.

유니스는 스위치를 껐다가 다시 켰다. 아무 일도 일어나지 않았다. 텔레비전 앞에 달린 다이얼을 움직여 보았다. 심지어는 절대로 만지지 말라고 한, 뒤에 달린 다이얼의 손잡이까지 건드려보았다. 아무 일도 일어나지 않았다. 그녀는 소켓을 열고 전선이 제대로 연결되어 있는지 확인했다. 침실 램프에서 퓨즈를 뽑아와서는 갈아 끼워 보기도 했다.

화면은 여전히 텅 빈 채였고, 차라리 거울이라고 부르는 편이 더 나을 지경이었다. 그녀의 망연자실한 얼굴과, 닫힌 커튼 틈 사이로 타오르는 붉고 뜨거운 저녁 노을이 화면에 비쳤다.

# 8

그녀는 거실에 있는 컬러텔레비전을 사용할 생각은 꿈에도 하지 않았다. 그 텔레비전은 제대로 작동한다는 사실을 알고 있었지만, 그것은 '그들'의 물건이었다. 유니스 파치먼이라는 인간의 흥미로운 특성은, 비록 살인이나 협박은 주저하지 않았어도, 물건을 훔치거나 주인의 허락 없이 무언가를 빌린 적이 평생 동안 한 번도 없었다는 사실이다. 사물이란 인생처럼 특정 사람에게 귀속되도록 정해져 있는 것이다. 유니스는 조지만큼이나 사물의 질서가 흐트러지는 모습을 보고 싶어 하지 않았다.

잠시 동안 그녀는 처음 텔레비전이 고장 났을 때처럼 자연스럽게 저절로 정상으로 돌아오기를 바랐다. 하지만 스위치를 켜 봐도 텔레비전은 여전히 텅 빈 채 아무런 소리를 내지 않았다. 물론 그녀도 물건이 고장 났을 때는 수리공을 불러야 한다는 걸 알고 있었다. 투팅에서는 철물점이나 전기상에 들르면 됐다. 하지만 여기서는? 전화기 한 대와 해석할 수 없는 이름과 숫자가 가득한 쓸모없는 전화번호부를 갖고 무얼 한단 말인가?

토요일, 일요일, 월요일이 지났다. 우유 배달부가 전화를 했고 제프 볼럼은 계란을 가져왔다. 그들에게 전화번호부에서 이러이러한 번호를 찾아 달라고 부탁해 볼까? 끔찍하게 지루해서 지칠 지경이었다. 시간을 함께 보낼 이웃도, 구경할 만한 복잡한 거리도, 버스도 찻집도 없었다. 그녀는 커튼을 뜯어 모조리 빨고 다림질했으며, 페인트칠한 곳을 닦고 양탄자를 물세탁하는 등, 느릿느릿 지나가는 시간을 보내기 위해 할 수 있는 일은 전부 했다.

수요일에 에바 볼럼이 찾아와 전날 밤의 큰 시합을 보았는지 물어보고는, 무슨 일이 일어났는지 쉽게 알아차렸다. 사실 그녀는 그저 아무 말이나 던져 봤을 따름이었다. 미스 파치먼에게 말을 거는 일은 어떤 때라도 그다지 내키는 일이 아니었으니까.

"고장 났다고? 그렇다면 수리를 맡겨야겠구먼. 메도즈네 내 사촌이 고스버리에서 전자상을 하는데, 그리로 보내 봐요. 그런데 낡은 은그릇을 닦는 일은 금요일부터 해도 되겠지? 전화 좀 씁시다."

로지라는 사람과의 긴 통화가 이어졌다. 에바는 도리스와 그의 어머니, 그 '꼬마 녀석'과 '여자애'(이들은 진작에 결혼해서 아이들까지 있는 젊은 부부였다)에 대한 이야기를 줄줄이 늘어놓더니 마지막에 가서야 도와 주겠다는 약속을 얻어냈다.

"일 끝나는 대로 들르겠다던데."

"가져가서 고쳐야 하는 건 아니죠?"

"그 낡은 텔레비전 상태가 어떨지 누가 알아요? 대신 신문이라도 좀 보지그래."

글을 읽고 쓸 줄 아는 능력은 피처럼 우리의 혈관 속을 흐른다. 모든 말에 두 번에 한 번 꼴로 스며든다. 지시나 묵인을 공유하는 것과는 대조적으로, 인쇄된 글에 대한 언급을 하지 않거나 읽은 내용에 대한 암시를 담지 않는다면, 진정한 대화가 이루어지기란 거의 불가능하다.

로지 메도즈는 로필드 홀을 방문해서 텔레비전을 살펴본 후, 가져가서 수리해야 한다고 말했다.

"이틀 정도 걸릴 겁니다. 어쩌면 일주일이 될 수도 있고요. 에바 아주머니에게 연락을 못 받으면 전화해 주세요. 제 번호는 전화번호부에 있으니까요."

로필드 홀에서 고독과 고요, 따분함으로 점철된 이틀을 보내자 유니스에게 충동이 밀려왔다. 어디로 가는지 왜 가고 있는지도 알지 못한 채, 그녀는 푸른색과 흰색 체크무늬의 작업용 드레스를 구김 없는 정장으로 갈아입은 다음, 다른 사람을 동반하지 않고 처음으로 바깥 세상에 대한 탐험을 나섰다. 창문은 모조리 닫고 현관에는 빗장을 질렀다. 총기실 문도 잠근 후에 진입로를 내려가기 시작했다. 팔월 십사일이었다. 만일 텔레비전이 고장 나지 않았더라면 결코 길을 나서지 않았으리라. 물론 그녀의 충동이나 커버데일 가족들의 노력 때문에라도 조만간 집을 나섰을 테지만, 그랬더라면 그리빙 우체국이나 N. 스미스 잡화점이 문을 닫았을 때인 저녁때나 일요일 오후에 외출하게 되었으리라. 만약, 만약에, 유니스가 글을 읽을 수 있었더라면, 텔레비전이 여전히 그녀에게 매력적인 존재였을지는 몰라도, 어쨌든 그녀는 토요일에 수리공의 전화번호를 전화번호부에서 찾아내어 화요일이나 수요일쯤에 텔레비전을 돌려받았을 것이다. 실제로 로지는 십오일 토요일에 텔레비전을 가져왔다. 하지만 때는 너무 늦었다.

그녀는 자신이 어디로 가고 있는지 알지 못했다. 당시만 하더라도 그리빙에 도착하게 될지 확신할 수 없었다. 그녀는 처음으로 길을 벗어나 사십오 분 동안 삼 킬로미터 넘게 걸어 코클필드 세인트 주드라는 곳에 도착했다. 코클필드 세인트 주드는 큰 교회가 있을 뿐 상점 하나 없는 작은 마을에 지나지 않았다. 유니스는 교차로에 도달했다. 그녀에게 표지판은 아무 소용 없었지만 그녀는 길을 잃을까 두려워하지 않았다. 하느님은 털을 막 깎은 양에게는 모진 바람을 보내지 않는다. 특이한 불행에 대한 보상일지는 몰라도 그녀에게는 동물적인 방향 감각이 있었다. 그래서 그녀는 교차로에서 골짜기로 빠지는 한적한 길로 방향을 틀었다. 그 길은 너비가 이 미터밖에 되지 않았고 늦여름의 물푸레나무와 떡갈나무의 짙은 잎사귀가 늘어져 있어서, 자동차가 울타리 쪽으로 바짝 붙지 않는 한 서로 스쳐 지나가기란 불가능했다.

그녀는 평생 동안 이런 장소에 와 본 적이 없었다. 커다랗고 하얀 유령 같은 얼굴을 한 암소가 울타리 밖으로 머리를 내밀고 음메 하고 울었다. 나무가 뜸한 공터에 해가 비치는 작은 채마밭이 보였다. 그곳에서 수꿩 한 마리가 반짝이는 밤색과 불타는 듯한 초록색 깃털을 펄럭이며 느릿느릿 그녀 앞을 지나쳤다. 그녀는 불안했지만 이내 자신이 올바른 방향으로 가고 있다고 확신하며 서둘러 걸어갔다.

그리하여 마침내 그리빙 중심지로 들어설 수 있었다. 그 길은 블루 보어 맞은편으로 연결되어 있다. 그녀는 오른쪽으로 돌아 주택가를 지나쳤다. 그곳은 힉스 집안, 뉴스테드 집안, 카터 집안 사람들이 모여 사는 지역이었고, 케언 부인이 살고 있는 조지 왕조 풍의 작은 저택도 있었다. 짐 메도즈가 경영하는 주유소는 네온사인 하나 켜지 않은 채 특별히 치장되지 않은 모습이었다. 그녀는 잡화점 앞의 삼각형 잔디밭에 도착했다. 문이 두 개인 이 상점은 상당히 크고 낡은 시골집을 개조한 곳이었다. 전면부 박공 지붕은 목재 골조가 드러나 있었고 지붕을 덮은 초가는 몹시 손상되어 새로 이어야 했다. 집 뒤에 있는 정원은 빌 강둑 방향으로 경사져 있었고, 더 나아가 그리빙 다리 아래 목초지로 곡선을 그리고 있었다. 현재는 만 부부가 그리빙 잡화점을 잘 운영하고 있지만, 당시에는 커다란 두 개의 쇼윈도 너머로 시리얼 상자와 과일 통조림, 그다지 신선하지 않은 토마토와 양배추가 담긴 바구니가 먼지를 뒤집어쓴 채 진열되어 있었다. 유니스는 한쪽 쇼윈도로 다가가 안을 들여다보았다. 가게는 비어 있었다. 스미스 부부는 상품의 구색만 맞춰 놓고 가격은 높게 매겼기 때문에 가게에는 종종 아무 손님도 없곤 했다. 차가 있는 그리빙 주민들은 스탠트위치나 넌체스터에 있는 슈퍼마켓을 더 선호했으며, 옆에 딸린 우체국을 이용할 때만 잡화점을 방문했다.

유니스는 안으로 들어갔다. 가게 왼편에는 철사로 만든 쇼핑용 바구니가 놓여 있었다. 오른편에는 전형적인 우편물 취급 매대가 있었고, 그 옆에 창살이 쳐진 곳에는 사탕과 담배가 진열되어 있었다. 한때는 문이 열릴 때마다 종이 울리게 되어 있었지만 지금은 고장 난 상태였고, 스미스 부부는 이를 고치려 하지 않았다. 그래서 아무도 그녀가 들어가는 소리를 듣지 못했다. 유니스는 흥미로운 기분으로 선반을 탐색했지만, 그녀가 런던 남부로 원정을 떠나 구매했던 물건들은 보이지 않았다. 유니스는 글을 읽을 수 없지 않느냐고? 하지만 포장지나 깡통에 인쇄된 상품명이나 제조사를 '읽어 보고' 물건을 구매하는 사람이 있을까? 어원학 교수라 할지라도 문맹자들처럼 포장지 색깔이나 모양, 그림을 보고 물건을 고르지 않을까?

그녀가 사탕을 먹어 본 지도 한 달은 족히 지났다. 이제 초콜릿 한 상자를 손에 넣는 것 이상으로 세상에서 중요한 일은 없었다. 그래서 창살 옆 카운터로 걸어가 헛되이 몇 초간 기다린 후 헛기침을 했다. 기침 소리가 나자 가게 뒤편에 난 문이 열리더니 유니스보다 몇 살 더 먹은 듯 보이는 여자가 모습을 드러냈다.

당시 조앤 스미스는 쉰 살이었다. 그녀는 굶주린 새처럼 말랐고, 성냥개비처럼 앙상한 뼈대와 닭 껍질 같은 피부를 갖고 있었다. 머리카락은 재클린 커버데일과 같은 색깔이었다. 두 사람 모두 멜린다처럼 자연스럽고 풍성한 금발처럼 보이려 머리를 물들였고, 상대적으로 돈이 많은 재클린 쪽이 좀 더 성공적이었다. 철사처럼 뻣뻣하고 반짝거리는 조앤의 헤어스타일은 선반에 판매용으로 전시해 놓은 금속 냄비를 닦는 노란 수세미 같았다. 얼굴에는 아무렇게나 화장을 했고, 빨간 손은 제대로 가꾸지 않아 거칠었다. 그녀는 애니 콜과 그다지 다르지 않은, 런던 사투리가 남아 있는 새된 목소리로 유니스에게 무엇이 필요하냐고 물었다.

잠시 동안 두 여자는 서로를 쳐다보았다. 작은 푸른 눈과 날카로운 회색 눈이 부딪쳤다.

"블랙 매직 초콜릿 일 파운드짜리 박스 하나요."

열정 때문이든 고통 때문이든, 이익이나 불운 때문이든, 서로 맺어지는 사람들 중 얼마나 많은 사람들이 이처럼 진부한 말로 관계를 시작하게 되는지.

조앤은 초콜릿을 가져왔다. 그녀는 언제나 활기찬 얼굴로 내숭을 떨며 여자아이처럼 장난스럽게 행동했다. 그녀는 얌전히 물건을 건네고 돈을 받는 법이 없었다. 처음에는 공들여 과장된 몸짓을 꾸며댔고, 다음으로는 미소를 지었으며, 미키 마우스 신발이 거의 벗겨질 정도로 깡충 뛰어오르고는 머리를 악당처럼 한쪽으로 기울였다. 심지어 자신의 종교에 대해서도 친근하고 쾌활한 태도를 유지했다. 주님은 그녀의 친구였다. 주님은 회개하지 않는 자에게는 잔혹했지만 선택받은 이에게는 다정하고 친근했다. 같이 사진을 찍고 맛있는 차 한 잔을 나누며 수다와 함께 킥킥댈 수 있는 친구처럼.

"팔십오 페니예요." 그녀는 금전 등록기에 돈을 집어넣고, 유니스에게 눈을 맞추며 엉뚱한 미소를 지어 보였다. "커버데일 집안 사람들이 휴가는 어떻게 보내고들 있는지 혹시 소식 들은 거 있나요?"

유니스는 놀랐다. 그녀는 영국 시골 마을에서 비밀이란 존재하지 않는다는 사실을 몰랐고, 알 턱도 없었다. 그리빙에 사는 모든 사람들이 커버데일 일가가 어디로 휴가를 떠났는지, 언제 떠났는지, 언제 돌아오는지, 휴가 비용은 대략 얼마인지는 물론, 그녀가 그날 오후 처음으로 마을에 찾아왔다는 사실까지 이미 알고 있었다. 넬리 힉스 부인과 짐 메도즈가 그녀를 발견하자 정보망이 가동되기 시작했다. 그리하여 그날 밤 블루 보어에서는 유니스의 등장과 그녀가 마을에 출타한 이유에 대하여 온갖 토론과 추측이 난무할 터였다. 하지만 조앤 스미스가 자신이 누구인지, 어디에서 일하는지 알고 있다는 사실은 유니스에게 있어서 마치 점이라도 친 것처럼 보였다. 감탄하는 마음이 솟아올랐다. 그때부터 조앤 스미스를 의존하고 그녀가 하는 말이라면 뭐든지 믿게 되는 마음이 움트기 시작한 것이다.

하지만 당시 유니스는 이렇게 말했을 뿐이었다. "못 들었어요."

"아직 떠난 지 얼마 안 됐으니까. 삼 주씩이나 휴가를 가다니 굉장하지 않아요? 그럴 수 있다니 얼마나 좋아. 그 가족 같은 사람들 또 없죠? 커버데일 씨는 진짜배기 옛날 신사에 부인은 천생 숙녀라니까. 절대 마흔여덟 살로는 보이지 않잖아요?" 이렇게 그녀는 순전히 악의로 불쌍한 재클린의 나이에 여섯 살을 더해 버렸다. 사실 조앤은 커버데일 가족을 끔찍하게 싫어했다. 그들은 그녀의 가게를 이용하는 법이 없었고, 조지는 우체국 운영에 사사건건 간섭했기 때문이다. 하지만 그녀는 유니스가 어떤 사람인지 알아내기 전까지 이런 감정을 내비칠 생각이 없었다. "그 집에서 일하게 되다니 얼마나 운이 좋아요. 하지만 내가 듣기로는 그들도 당신이 와 줘서 다행이라던데요."

"모르겠어요."

"오, 겸손하기도 해라. 내 딱 알아봤다니까. 소문을 듣자 하니 그 저택이 요즘처럼 멀끔했던 적이 없었다던데요. 이런 말 하기는 좀 뭣하지만, 에바 할망구는 요 몇 년 동안 날림으로 일을 해 왔으니, 그렇게 바뀌는 게 당연하지. 그래도 좀 외롭지 않아요?"

"텔레비전이 있어요." 유니스는 말을 늘이기 시작했다. "할 일도 항상 있고요."

"맞아요. 나도 여기를 꾸려나가려면 죽도록 일하지 않으면 안 된다니까. 교회 안 다니죠? 그 가족이랑 세인트 메리 교회에 나왔다면 내가 봤을걸."

"난 독실한 사람이 아니라서. 그럴 시간도 없어요."

"아, 뭘 모르고 있는지 모르시는군." 조앤은 집게손가락을 흔들며 전도를 시작했다. "하지만 늦은 때란 없다는 걸 기억해요. 주님의 인내심은 무한해서 결혼식의 신랑처럼 언제라도 당신을 맞아 주실 거예요. 주님께서 내려 주신 날씨가 아름답지 않아요? 뼈

빠지게 일하지 않아도 되는 사람들은 더 좋아하겠네."

"이제 가 봐야 해요."

"남편이 차를 가져가지만 않았더라도 태워다 줬을 텐데."

조앤은 유니스를 따라 문가로 와서 '영업 종료' 표시를 내걸었다. "초콜릿 챙겼어요? 좋아요. 할 일이 없으면 놀러 와요. 나는 언제나 여기 있으니까. 폐가 된다느니 하는 생각은 말아요. 친구랑 나누는 차 한 잔과 즐거운 대화는 언제나 환영이니까."

"그래요." 그녀는 애매모호하게 대답했다.

조앤은 그녀를 향해 명랑하게 손을 흔들었다. 유니스는 다리를 건너 로필드 홀로 향하는 흰색 도로를 따라 걸었다. 그녀는 초콜릿 상자를 쇼핑백에서 꺼내서 쇼핑백을 울타리 너머로 던지고는 오렌지 크림이 든 초콜릿을 우적우적 먹었다. 잡담을 나눈 일은 그다지 기분 나쁘지 않았다. 조앤 스미스야말로 그녀와 가장 잘 지낼 수 있는 부류의 사람이었다. 그녀를 교회로 데려가려는 기미가 보이는 건 자신의 인생에 참견하려는 듯해서 싫었지만. 어쨌거나 그녀는 그들의 대화에서 특별히 위안이 되는 점을 발견했다. 활자에 관련된 이야기가 조금도 끼어들지 않았던 것이다.

그러나 텔레비전이 새것과 다름없는 상태로 돌아왔기 때문에, 조앤 스미스가 먼저 찾아오지 않았더라면 유니스는 그녀를 찾아갈 생각조차 하지 않았으리라.


조앤 스미스는 새처럼 가냘팠고 밝은 색의 머리카락을 가졌으며 활기가 넘쳤다. 작은 몸집을 가진 그녀는 겉모습과 달리, 유니스가 함께 사는 사람들에 대해 무심해하는 만큼, 커버데일 집안의 속사정에 엄청 굶주려 있었다. 또한 특이한 편집증에 시달렸다. 그녀는 자신의 감정을 신에게 투사했다. 독실한 여성은 야박해서는 안 된다. 그래서 그녀는 싫어하는 사람들에 대한 험담을 마음껏 늘어놓지는 않았다. 그들에게서 결점을 발견하고 그들을 싫어하는 존재는 자신이 아닌 하느님이었다. 그들이 상처를 입히는 존재도 자신이 아니라 하느님이었다.

주께서 말씀하시길, 복수는 나의 것이니 내가 갚으리라<sub>로마서 12장</sub> 19절. 조앤 스미스는 주님의 변변치 못하지만 정력적인 도구일 따름이었다.

그녀는 로필드 홀의 내부 모습과 그곳에 살고 있는 사람들의 생활에 대해 오랫동안 궁금해했다. 가끔 우편물에 김을 쏘여 열어 보는 것만으로는 충분하지 않았다. 그리고 드디어 기회가 찾아왔다. 유니스를 만나게 되었고, 처음으로 나누었던 대화는 굉장히 만족스러웠다. 마침 크레타 섬에서 멜린다 커버데일이 유니스 파치먼 앞으로 보낸 엽서까지 있었다. 조앤은 월요일에 집배원의 가방에서 엽서를 빼돌린 다음 직접 저택으로 가져갔다.

유니스는 놀랐지만 그녀와의 만남을 불쾌하게 여기는 것 같지는 않았다. 그러나 엽서를 보고는 벌레에 쏘이기라도 한 듯이 화들짝 놀라서 평소처럼 자기 방어에 들어갔다.

"안경이 없어서 못 읽어요."

"그럼 내가 읽어 줄게요. 혹시 내가 멋대로 찾아온 건 아니죠? '여긴 정말로 멋진 곳이에요. 기온도 26도를 훌쩍 넘겼어요. 우리는 테세우스가 미노타우로스를 죽인 크노소스 궁전에도 갔었어요. 나중에 봐요. 멜린다.' 착하기도 해라. 테세우스란 사람이 누구람? 모르겠네. 신문에 나온 사람인가. 그쪽 나라 궁전에서는 전쟁이라든지 살인 같은 끔찍한 일이 매번 일어나지 않나요? 부엌 좀 봐요! 어쩌면 이렇게 반짝반짝하게 해 놨지. 바닥에 떨어진 음식을 주워 먹을 수도 있겠네."

유니스는 안도와 기쁨이 교차하여 겨우 입을 열 수 있었다. "주전자를 올려놓고 올게요."

"오, 고맙지만 사양할게요. 금방 가 봐야 해요. 노먼을 혼자 두고 왔거든요. 멜린다가 자기 이름 쓴 거 한번 봐요. 애가 속물은 아니겠지만, 주님의 시녀로서 살기에는 문제가 되는 짓을 좀 하고 다니던데." 조앤은 자신의 수다 속에 하느님이 존재한다고 생각하는 듯, 마지막 말은 냉정하고 사무적인 어투로 내뱉었다. 그러고는 열린 문 사이로 홀을 들여다보았다. "엄청 넓네요. 응접실만 잠깐 들여다봐도 돼요?"

"그래요. 난 괜찮아요."

"그 사람들도 괜찮을 거예요. 이 마을에 사는 사람들은 다 서로 친구이니까. 내가 죄인처럼 거짓말을 한다면, 좁은 문「마태복음」에 등장하는 생명으로 인도하는 문도 보지 못하는 사람들보다 나 자신을 스스로 높이지는 못할 테지. 나한테서 거짓말은 절대 못 들을걸요. 감사합니다, 하느님, 저는 다른 사람들 같은, 특히 이 집 주인 같은 사람이 아닙니다. 가구가 굉장히 아름답지 않아요? 취향 한번 고상하네?"

이 모든 일은 조앤이 로필드 홀 전체를 샅샅이 훑어보면서 마무리되었다. 많이 배운 듯한 말투에 압도당한 유니스는 자랑스레 죄다 꺼내 보여 주었고, 조앤은 감탄사를 연발하며 그녀를 기쁘게 했다. 그들은 원래 구경하려던 것보다 더욱 깊이 들여다보았고, 유니스는 재클린의 옷장을 열어 그녀의 이브닝 가운을 보여 주기도 했다. 자일즈의 방에 들어서자 조앤은 코르크 벽을 바라보았다.

"참 별나네."

"아직 어린애니까요."

"끔찍해라. 얼굴에 난 그 볼썽사나운 여드름 좀 봐요. 당연히 알고 있겠지만, 그 애 친아버지는 알코올 중독으로 시설에 들어갔다잖아요." 유니스는 다른 사람들이 알고 있는 사실 이상은 알지 못했고, 그 일은 자일즈 몬트조차 모르는 일이었다. "그래서 그 애 엄마랑 이혼한 거라지요. 커버데일 씨도 간통을 저지른 거나 다름없어요. 아직 전 부인이 죽은 지 여섯 달밖에 안 됐을 때였는데. 내가 재판관은 아니지만 성경은 읽을 수 있거든요. '이혼한 여자와 결혼하려는 자는 간음하는 자이니라.' 저기 붙여 놓은 종이쪽지는 뭐람?"

"항상 저래요." 자일즈가 뭐라고 했는지 드디어 알아낼 수 있을까?

그랬다.

그녀는 놀라고 진노한 채 새된 목소리로 커다랗게 읽었다.

"'바르부르크독일의 생화학자. 세포 호흡에 대한 연구로 1931년 노벨 의학상을 받았다의 친구가 병든 아내를 둔 바르부르크에게 말했다. 만일 신이 고맙게도 우리 둘 중 한 명을 데려가려 한다면, 내가 가서 파리에서 살겠네.'"

새뮤얼 버틀러의 이 인용문은 자일즈의 삶에는 적용될 여지가 없었다. 하지만 자일즈는 이 글귀를 좋아해서 읽을 때마다 매번 웃음을 터뜨리곤 했다.

"불경한 놈 같으니. 학교에서 배워 온 걸 테지. 선생이란 작자들은 사람의 영혼에는 관심을 기울이지 않는다니까."

학교를 비난하는 말을 듣고 나니 유니스는 조앤 스미스에게 한결 따뜻한 감정을 느끼게 되었다. 그녀는 자신을 깨우치고 마음을 가라앉혀 주는 다정한 힘을 가진 사람이었다.

"차 한 잔 내올 테니 거절하지 말아요." 그들은 조앤이 양탄자와 욕실, 텔레비전을 둘러보고 칭찬하고 난 후(조앤의 말에 따르면 유니스처럼 훌륭한 가정부이자 친구 이상의 존재에게는 어떠한 칭찬도 부족하겠지만), 주방으로 돌아온 참이었다.

"노먼이 계속 혼자 있어서 마음에 걸리네. 그래도 자기가 굳이 붙잡는다면야."

조앤 스미스는 한 시간 더 머무르면서 유니스에게 커버데일 가족의 사생활에 대한 온갖 거짓말을 늘어놓았다. 유니스가 여태껏 지내 온 이야기도 끄집어내 보려고 했지만 그다지 성공적이지 못했다. 그들이 처음 만났던 때보다 조금 더 나아갔을 뿐이었다. 유니스는 조앤이 아무리 도움이 되었다 할지라도, 어머니와 아버지, 레인보 거리와 과자 가게에 대한 이야기는 물론, 자기에 대한 이야기를 이 여자에게 할 생각은 없었다. 이번 일요일에 조앤과 함께 넌체스터에서 열리는 기도회에 가려는 기색도 보이지 않았다. 일요일 저녁에 스파이 드라마를 보는 대신 짜증나는 사람들 속에서 찬송가나 부르라고?

조앤은 굳이 강요하지 않았다.

"황홀한 구경도 시켜 주고 이렇게 환대해 줘서 고마워요. 이제 정말 가야 해요. 노먼은 내가 사고라도 당한 줄 알걸요."

그녀는 자신의 남편이 걱정할 가능성을 떠올려 보고는 명랑하게 웃었다. 그러고는 자동차에 올라타 진입로를 내려가는 내내 작별 인사를 외쳐댔다.

# 9

유니스 파치먼과 조앤 스미스는 결코 동성애 관계가 아니었다. 그들은 1933년, 르망에 사는 한 모녀의 집에서 요리사와 가정부로 일하다가 그들을 살해한 파팽 자매와는 닮은 점이 없었다. 그들과 유니스의 공통점은 여성에 피고용인이었다는 점뿐이다. 그녀는 거의 무성적인 존재여서 정상적인 쪽으로든 비정상적인 쪽으로든 성욕을 갖고 있지 않았다. '티모시의 어머니 에우니세이여' 같은 말에 희미하게 들떴던 적도 있지만, 이미 오래전 일이었다. 조앤 스미스로 말하자면, 성적 에너지가 모조리 소진된 상태였다. 이는 빅토리아 여왕 시대의 일화처럼 보일 수도 있었다. 유니스는 이리저리 돌아다니면서 흥미진진한 모습들을 봐 왔지만 동성애가 무엇인지는 몰랐다. 조앤 스미스는 대부분의 일들을 경험했던 것으로 보아 동성애에 대해 분명 알고 있었을 테고, 또한 익히 경험해 봤을 공산이 컸다.

조앤 스미스가 태어난 후 십육 년 동안의 모습, 즉 조앤 스키너였던 시절의 모습을 본다면, 어떤 심리학자라도 그녀는 사회에 잘 적응하며 훌륭하고 책임감 있는 일원이 되리라 예상했을 것이다. 조앤을 폭행하거나 소홀히 대하거나 방치한 사람은 없었다. 오히려 사랑받는 소중한 존재였고 항상 격려를 받으며 자랐다. 아버지는 꽤 잘나가는 보험 영업사원이었다. 그녀의 가족은 킬번에서도 부유한 지역에서 살았고, 부모의 금실도 아주 좋았다. 조앤에게는 오빠가 세 명 있었는데 모두 막내 여동생을 굉장히 아꼈다. 스키너 부부는 오랫동안 딸을 고대했고 그녀가 태어나자 엄청 기뻐했다. 태어난 직후부터 주변 사람들이 조앤에게 말을 걸거나 함께 놀아 주었기 때문에, 그녀는 네 살 때부터 글을 읽기 시작했고 다섯 살도 되기 전에 자발적으로 학교에 다녔으며 열 살이 되자 오빠들보다 더 똑똑하다는 사실을 입증했다. 심지어 장학금을 받고 고등학교에 들어가 대학 입학 시험을 면제받는 보기 드문 성적을 거두며 졸업했다. 그만큼 머리가 좋았다.

전쟁이 발발하자 런던에서 학교를 다니던 조앤은 유니스 파치먼처럼 시골로 떠났다. 그녀를 맡은 남자는 친절하고 사려 깊은 사람이었다. 하지만 그녀는 아무 이유 없이 갑자기 윌트셔에 있는 지역 경찰서로 걸어가 보호자를 강간과 폭행 혐의로 신고하면서, 그 증거로 자신의 몸에 난 멍 자국들을 제시했다. 조앤은 동정을 잃었다고 판명되었다. 그녀의 보호자는 강간 혐의로 기소되었으나, 알리바이가 타당하고 완벽하다고 입증되어 무죄 방면되었다. 당연하게도 판결이 오심이었다고 믿은 부모는 조앤을 집으로 데려갔다. 하지만 그녀는 일주일도 안 되어 자신에게 상처를 입힌 장본인인 솔즈베리의 빵집 배달부에게로 도망쳐 버렸다. 그는 유부남이었지만 부인을 버리고 오 년 동안 조앤과 동거했다. 그가 전부인과 두 명의 아이들에 대한 양육비 지급 의무 불이행으로 감옥에 가게 되자, 조앤은 그를 떠나 런던으로 돌아갔다. 그러나 부모에게 돌아가지는 않았다. 예전부터 부모에게 온 편지에 확고부동하게 답장도 하지 않았던 그녀였다.

다시 약 이 년의 시간이 흘렀고, 조앤은 술집에서 일하던 중 가게 돈에 손댄 것이 들통나서 해고당했다. 그러다가 부지불식중에 교외를 떠도는 매춘부가 되었다. 그녀는 한 동료와 함께 셰퍼드 부시에 방을 얻었다. 그들에게 믿을 수 없을 만큼 짠 화대를 지불하던 기능 장인이 살던 곳이었다. 이런 생활을 하면서 서른 살이 되던 해, 그녀는 노먼 스미스에게 구제받았다.

유약하고 순진한 성품을 지닌 그는 조앤이 염색과 파마를 하러 다니던 할레스덴의 미용실에서 그녀를 만났다. 한쪽은 여성들을 위한 미용실이었고 다른 한쪽은 남성용 이발소였지만, 종업원들은 양쪽을 끊임없이 오가곤 했다. 노먼은 조앤이 머리를 말리는 동안 그녀와 종종 잡담을 나눴다. 그녀는 그가 제대로 바라볼 수 있었던 거의 첫 번째 여자였고, 생전 처음 데이트를 신청한 여자였다. 그녀가 굉장히 친절하고 다정하고 친근하게 굴어, 그는 두려움 없이 데이트를 할 수 있었다. 노먼은 격렬히 사랑에 빠져, 두 번째로 조앤과 단둘이 있게 되었을 때 청혼했다. 그녀는 선뜻 승낙했다.

노먼은 그녀가 어떻게 생활을 꾸려 왔는지 알지 못했다. 타자치는 일을 하면서 가끔씩 단기 비서 일을 했다는 그녀의 이야기를 믿을 뿐이었다. 그들은 그의 어머니와 함께 살았다. 한두 해 동안 시어머니와 매일같이 맹렬한 말다툼을 벌이고 난 후, 조앤은 그녀를 닥치게 하는 가장 좋은 방법을 발견했다. 시어머니가 이제까지 절제하면서 즐겨 왔던 술을 더욱 많이 마시도록 부추긴 것이다. 그녀는 시어머니로 하여금 매일같이 위스키 반 병을 마시는 일에 저축한 돈을 허비하도록 만들었다.

"노먼이 알면 노발대발 할 거예요"

"그 애한테 말하면 안 된다, 얘야."

"그이가 퇴근할 때가 되면 침대에 누워 계시는 게 어떨까요. 그이는 어머님을 끔찍하게 아끼니까 자리에 누워 버리시면 아예 떠받들어 모실걸요. 어머님이 집 안에서 매일같이 술판을 벌이신다는 사실을 그이가 알게 되면 가슴이 찢어질지도 몰라요."

그리하여 스미스 부인은 조앤의 격려를 받으며 자발적인 병상 생활에 들어갔다. 그녀는 하루의 대부분을 침대에 누워 위스키를 마시며 보냈고, 조앤은 의사가 자신의 '신경증'에 처방해 준 진정제 사나흘 치를 한꺼번에 설탕과 섞어, 홍차에 타서 시어머니에게 가져다주며 사태를 더욱 진전시켰다. 시어머니가 거의 혼수상태나 다름없어지자, 그녀는 낮 동안에는 셰퍼드 부시에서의 예전 생활로 돌아갔다. 그녀는 이 일로 돈은 거의 벌지 못했거니와, 점차 성적인 접촉 자체를 혐오스러워하게 되었다. 조앤에 대해 주목할 만한 사실은, 그녀가 자신의 남편과는 물론 수백 명의 남자와 성관계를 맺어 왔음에도, 행위를 하면서 한 번도 즐거움을 느낀 적이 없었고 빵집 배달부를 제외하고는 '전통적인' 불륜 관계를 맺은 적도 없었다는 점이다. 그녀가 성매매를 계속했던 이유를 알기란 어렵다. 어쩌면 그저 괴팍함의 발로일 수도, 아니면 노동 계급으로서 지나치게 모범적이었던 노먼에 내한 반항이었을 수도 있다.

만일 반항심 때문이었다면 이는 비밀스러운 반항이었던 셈이다. 노먼은 절대 그녀가 하는 일을 알아채지 못했기 때문이다. 그러자 그녀는 결국 여봐란 듯이 대놓고 모든 사실을 고백해 버렸다.

고백하게 된 계기는 종교였다. 당시 마흔 살에 가까웠던 그녀는 열네 살 때부터 종교에 대한 생각은 해 본 적이 없었다. 하지만 이 모든 일련의 일들은 필연적으로 그녀를 변화시켰다. '하느님의 강림을 믿는 사람들'이라는 종파에 속한 남자가 집 앞으로 전도하러 찾아왔고, 그녀는 부름을 받아 열광적인 복음 전도자로 변모해 버렸다.

"미안하지만 바빠요." 조앤은 이렇게 말했지만 그날 오후에 딱히 할 일은 없었기 때문에, 그 남자가 현관에서 주고 간 잡지 내지는 팸플릿처럼 보이는 소책자를 뒤적거렸다. 이런 일에는 우연이 따르기 마련인지라, 다음 날 그녀는 때마침 '하느님의 강림을 믿는 사람들'의 예배당을 지나치게 되었다. 물론 엄밀히 따져 보면 우연이 아니었다. 이전까지 그녀는 이곳이 어떤 곳인지 전혀 알지 못한 채 그 앞을 수백 번이나 지나다니곤 했었다. 기도회가 막 시작되려는 참이었다. 그녀는 호기심에 안으로 들어갔다. 그리고 마침내 구원받았다.

'하느님의 강림을 믿는 사람들'은 1920년대에 엘로이 캠프스라는 은퇴한 장의사가 캘리포니아에 설립한 종파였다. 대축일은 물론 일월 육일, 동방 박사가 아기 예수의 탄생에 입회하고 선물을 바치려 베들레헴에 왔던 때라고 여겨지던 날이었다. 엘로이 캠프스와 그의 신도들은 자신들을 가리켜 특별한 계시를 받은 '현자'라고 칭했다. 오직 자신들만이 신성한 징후를 목격하였고, 오직 자신들처럼 비밀스럽게 선택받은 자들만이 구원을 받을 수 있다는 뜻이었다. 엘로이 캠프스는 정말로 자신이 동방 박사 중 한 명이 환생한 존재라고 믿었고, 교단 내에서는 그를 발타자르<sub>아기 예수를 찾아갔던 동방 박사 중 한 사람</sub>라고 불렀다.

신도들에게는 엄격한 도덕률이 부과되어, 예배에 꼬박꼬박 참석하고 일 년에 적어도 백 가구에 복음을 전해야 했다. 또한 두 번째 강림이 얼마 남지 않았으며 현명한 자들은 선택받고 나머지 사람들은 변방의 암흑 속에 유배되리라는 믿음을 신봉해야 했다. 그들의 회합은 시끌벅적하고 드라마틱했지만, 차와 케이크를 들며 영화를 보는 모임처럼 지나치게 명랑했다. 새롭게 귀의한 신도들은 공개적으로 자신의 죄를 고백해야 했고, 나머지 신도들이 마음에서 우러난 충고를 쏟아낸 후, 다들 찬송가를 부르며 자리를 마무리했다. 충고의 대부분은 발타자르 자신이 쓴 말이었다.

예를 들면 다음과 같다.

오래전 세 동방 박사가 여러 날 동안 달려왔던 것처럼
우리는 충심으로 주 예수를 드높이기 위해 달려가야 하느니.
그들이 주 예수를 위한 선물을 품고 갔듯이
우리도 자신의 죄를 품고 나아간다면
주님의 신성 속에서 우리의 죄는 사하여지리라.

처음에는 조앤이 왜 이 모든 것을 매력적이라고 생각했는지 신기하게 보일 수도 있다. 하지만 그녀는 언제나 극적인 면을 좋아했고, 특히 다른 사람들에게 본질적인 충격을 안겨 주는 행위가 마음에 들었다. 그녀는 한 여자가 자신의 죄를 고백하는 모습을 보았다. 여자는 런던에서 무임승차를 했다든지 일하던 집의 돈을 유용했다든지 극장에 갔다든지 하는 사소한 죄목을 큰 소리로 말하고 있었다. 내가 저런 여자보다 얼마나 더 잘할 수 있는지 보라고! 조앤은 당시 마흔 살이었다. 금발 머리는 하얗게 세고 피부는 탄력을 잃어 가고 있었기 때문에, 더 이상 젊어 보이지 않는다는 사실을 알고 있었다. 그렇다면 둘 중에 어떤 삶을 선택해야 할까? 할레스덴에서 시어머니나 모시며 사람들로부터 잊히는 우울한 삶과 '하느님의 강림을 믿는 사람들' 신도들의 찬사를 받는 삶. 게다가 여기서 하는 이야기는 모두 사실일 수도 있지 않을까. 그녀는 이곳의 교리가 모조리 진실이라고 믿게 되었다.

그녀는 올해의 고백으로 꼽힐 발언을 쏟아내었다. 모두 잘 풀려나갔다. 신도들은 그녀가 쏟아내는 도를 넘는 폭로에 충격을 받아 할 말을 잃었지만, 그녀는 지하철에 무임승차한 죄를 저지른 사람처럼 태연하게 용서를 구했고 끝내 받아내었다.

부정한 아내라는 딱지를 단 조앤은 노먼에게도 모든 사실을 솔직하게 털어놓아 그를 충격과 환멸에 빠뜨렸다. 그녀는 전도사가되어 할레스덴과 우드 레인, 셰퍼드 부시 등지를 집집마다 돌아다녔다. 심지어 단지 팸플릿을 나눠 주는 선에서 그치지 않고, 주님의 부름을 받기 전까지 매춘부라는 사실을 감추며 살아온 과정을 이야기하고 다녔다. 그녀는 문간에서 이렇게 말하곤 했다. "나는 천박한 생활을 하고 다녔죠. 간음을 저지르는 추악하고 가증스러운 인간이었어요. 부정한 생각이란 생각은 모조리 품고 다니는, 더럽고 혐오스러운 새가 사는 새장 같은 상태였지요."

얼마 지나지 않아 노먼이 조앤을 만났던 이발소에서는 더럽고 혐오스러운 새에 대한 이야기가 주된 화제이자 조롱거리가 되었다. 노먼은 그녀에게 그만두라고 부탁했지만 헛된 시도일 뿐이었다. 그렇지 않아도 예전에 그녀가 어떻게 살아왔는지 알게 된 것만으로 충분히 고통스러웠다. 거리는 이 소문으로 웅성거렸고 아이들은 그가 출근할 때마다 쫓아오며 놀려댔다.

하지만 개심하여 모든 비난을 전적으로 수용하는 여자를 어떻게 비난할 수 있을까? "나도 알아, 노먼. 내가 비천한 쓰레기처럼 살아왔다는 사실을 알고 있어. 난 당신과 주님께 죄를 지었어. 가증스러운 잘못을 저지른 대가로 지옥에 떨어지겠지."

"그냥 다른 사람들에게 떠벌리고 다니지만 않으면 된다고."

"발타자르 님은 숨어서는 속죄할 수 없다고 말씀하셨는걸."

그 무렵 스미스 부인이 죽었다. 조앤이 집에 붙어 있질 않는 바람에, 부인은 춥고 더러운 집 안에 방치되어 있었다. 어느 날 스미스 부인은 침대에서 나오다 떨어져 얇은 잠옷 차림으로 바닥에 일곱 시간 동안 누워 있었다. 그날 밤 노먼이 어머니를 발견했고 얼마 지나지 않아 그녀는 병원에서 사망했다. 사인은 저체온증이었다. 얼어 죽었던 것이다. 다시 한 번 거리가 소란스러워졌다. 이제 노먼을 쫓아다니며 비난하는 사람은 아이들뿐만이 아니었다.

그의 어머니는 그에게 집과 천 파운드를 남겨주었다. 노먼은 시골 마을에 술집이나 가게를 내는 게 꿈인 사람이었다. 한번도 시골에서 살아 본 적도, 잡화점을 운영해 본 적도 없었지만, 어쨌든 이는 그의 꿈이었다. 그는 우체국에서 일을 배운 다음, 커버데일 가족이 로필드 홀에 이사를 왔을 때와 비슷한 시기에 그리빙에 가게 자리를 얻을 수 있었다. 그리빙으로 와야 했던 이유는 전국에서 단 두 곳뿐이었던 '하느님의 강림을 믿는 사람들'의 예배당이 넌체스터에 하나 있었기 때문이다.

스미스 부부는 끔찍하리만큼 엉망으로 가게를 꾸려나갔다. 때로는 아홉시에, 때로는 열한시에 가게 문을 열었다. 물론 우체국

업무만은 규정된 시간을 지켰지만, 조앤은 (유니스에게는 그토록 바지런한 척 떠벌렸지만) 노먼 혼자에게만 일을 맡겨 두고 몇 시간 동안 돌아오지 않기 일쑤여서, 노먼은 손님을 상대하느라 창살이 쳐진 작은 방을 떠날 수 없었다. 단골손님들은 떨어져 나갔다. 차가 없어 다른 곳에 갈 수 없는 사람들만이 어쩔 수 없이 충성을 바치며 맹렬하게 불평을 해댔다. 조앤은 우편물을 뜯어보기도 했다. 그녀는 주변 사람들 중 누가 죄인인지 알아내는 게 자신의 의무라고 주장했다. 그녀는 편지 봉투에 김을 쏘여서 연 다음 다시 붙였다. 노먼은 고통과 절망 속에서 그녀를 바라보았다. 그는 그녀를 때릴 수 있는 용기가 솟아나기를, 자신의 천성에도 불구하고 언젠가는 그럴 수 있게 되기를 바랐다.

그들 사이에는 아이가 없었고, 조앤 자신이 '이른 변화'라 지칭했던 시기도 지나쳐 버렸다. 그녀의 생각과는 달리, 쉰 살이라는 점을 감안하면 폐경기는 그리 늦지도 빠르지도 않게 딱 알맞은 시기에 온 셈이었다.

"노먼과 나는 항상 아이를 고대했죠." 그녀는 이 말을 늘 입에 달고 다녔다. "하지만 주님께서 점지해 주시지 않았어요. 주님께서는 분명 무엇이 최선인지 알고 계실 테니 그분께서 하시는 일에 토를 달아서는 안 되겠지요."

분명 신은 알고 있었다. 조앤 스미스에게 아이가 생긴다면 어떻게 했을지 궁금해하는 사람도 있을 것이다. 아마도 잡아먹어 버렸으리라.

# 10

조지 커버데일은 오래전부터 스미스 부부 중 누군가가 자신의
우편물을 뜯어보고 있다는 의심을 품고 있었다. 휴가를 떠나기
일주일 전 아들 피터에게서 온 편지 봉투의 접는 부분에 풀 자국
이 얼룩져 있었고, 재클린이 가입한 북클럽에서 온 소포에는 분
명 개봉했다가 끈으로 다시 묶은 흔적이 남아 있었다. 하지만 그
는 결정적인 증거를 잡기 전까지 신중을 기했다.

그는 삼 년 전부터 스미스 부부의 잡화점에 발을 들여놓거
나 우체국을 이용해 본 적이 없었다. 예전에 조앤은 재미있어하
는 농장 일꾼의 부인네들 앞에서 이혼한 여자와 결혼한 일로 그
를 비난했고, 죄 많은 삶을 청산하고 하느님에게 귀의하라고 권
했다. 그때 이후로 그는 스탠트위치에 있는 우체국을 이용했으
며, 마을에서 조앤을 만나면 고개만 대충 까딱이며 지나치곤 했
다. 만일 그녀가 자신의 집을 샅샅이 탐색하고 침실에 들어와 자
기 옷까지 건드렸다는 사실을 알았더라면 분명 기겁했으리라.

그러나 그가 가족과 함께 휴가를 마치고 돌아왔을 때, 유니스

가 지금까지 고수해 온 생활을 청산했다는 기미는 어디에도 보이지 않았다.

"집 밖으로는 한 발자국도 나가지 않은 것 같아요, 여보."

"아니에요. 제프가 힉스 부인한테 들었다고 이야기해 줬어요. 그 자전거 타는 힉스 부인 말이에요. 제프 할머니의 올케이지요. 힉스 부인이 그녀가 그리빙 쪽으로 걸어가는 모습을 봤대요." 그들은 늘 멜린다를 통해서 마을 소식을 들었다.

"잘됐군. 마을 주변을 돌아다니며 빈둥거리는 게 좋다면, 구태여 운전을 배우라고 강요할 필요는 없을 테지. 하지만 네 개인 정보 통신망에 미스 파치먼이 운전을 배우고 싶어 한다는 소식이 들어오면 내게도 좀 알려 주렴."

늦여름을 지나 초가을로 접어들자 채소는, 사람은 물론이고 이를 낳은 자연조차 다루기 어려울 정도로 무성해졌다. 꽃들은 제멋대로 쑥쑥 자랐고 울타리는 나뭇잎과 딸기나무, 브리오니 덩굴로 뒤덮였으며 야생 클래머티스는 속이 훤히 비치는 솜털 망토를 둘렀다. 멜린다는 블랙베리를 따왔고 재클린은 그 블랙베리로 잼을 만들었다. 유니스는 이전까지 잼 만드는 모습을 한 번도 본 적이 없었다. 그녀가 알고 있기로 잼이란 하늘에서 만나처럼 떨어지는 게 아니라면 용기에 담겨 상점에서만 구할 수 있는 물건이었다. 자일즈는 딸기를 따러 나가지도, 세인트 메리에서 열리는 추수 감사제에도 참석하지 않았다. 그는 코르크 벽에 자신을 위해서 쓴 것 같은 구절을 핀으로 붙여 놓았다. '사람들은 세상에는

할 일이 많다고 말하지만, 나는 그저 읽기만 하면서 지내고 싶다.'
그는 이내 『우파니샤드힌두교의 철학 사상을 담고 있는 경전』와 씨름하기 시작했다.

꿩 사냥이 시작되었다. 유니스는 조지가 총기실에 들어가 벽에 걸린 엽총을 내려 주방으로 통하는 문을 열어 둔 채 총을 손질하고 장전하는 모습을 바라보았다. 그녀는 이 광경을 바라보며 순수한 흥미를 느꼈지만, 나중에 그 총을 사용하게 되리라고는 꿈에도 생각하지 못했다.

조지는 총 두 정을 모두 손질하고 장전했지만, 자일즈가 그와 함께 사냥에 따라 나서리라는 기대는 애당초 하지 않았다. 그는 낚시 도구나 이제는 들판에 고개를 처박고 풀만 뜯어 비대해진 백마를 샀던 것처럼, 두 번째 총 역시 자신의 의붓아들에게 주려고 구입했다. 하지만 자일즈가 무관심과 뚜렷한 적의만 보인 채 삼 년이 흐르자, 조지는 그를 스포츠맨으로 만들려는 기대를 포기하고 말았다. 그래서 두 번째 총은 육군 준장의 아들인 증권 중개인 프랜시스 제임슨-커에게 대여되는 신세가 되었다.

꿩은 지천에 널려 있었다. 유니스는 주방 창문을 통해 밖을 내다보고는 양배추를 뽑으러 뒷마당으로 나갔다. 거기서 그들이 사냥해 온 장끼 네 마리와 까투리 다섯 마리를 보았다. 꿩 한 쌍은 제임슨-커 댁으로 보냈고, 피터와 폴라에게도 한 쌍씩 보내 주었다. 남은 새들은 로필드 홀 차지였다. 유니스는 이 피투성이 깃털 뭉치들을 주방 뒤편에 얼마나 걸어 두어야 하는지 궁금했다. 그때까지는 이름을 몰랐던 이 신선한 고기를 어서 맛보고 싶었다. 하지만 그녀는 물어보려 하지 않았다. 그녀는 그런 식으로 행동하는 사람이 아니었다. 일주일 후 재클린은 꿩을 오븐에 구웠다. 유니스가 가슴살을 두껍게 썰어 자신의 접시에 내려놓자, 둥글고 작은 총알 세 개가 그레이비소스 속으로 떨어졌다.

쇼핑은 항상 재클린의 몫이었다. 아니면 재클린이 전화로 스탠트위치에 있는 상점에 주문하고 나중에 조지가 찾아오기도 했다. 유니스는 언젠가 자신이 쇼핑 목록을 보고 전화를 걸어야 할 거라는 만성적인 걱정에 시달렸다. 구월도 다 지난 어느 화요일, 걱정하던 일이 일어나고야 말았다. 아침 여덟시에 전화벨이 울렸다. 로이스톤 부인이 넘어져서 팔이 부러진 것 같으니, 재클린에게 넌체스터에 있는 병원까지 차로 데려다 달라고 부탁하는 전화였다. 로버트 경이 이미 차 한 대를 몰고 나갔고, 다른 한 대는 아들이 몰고 나간 후였다. 로이스톤 부인은 오전 일곱시 반이라는 이른 시각에 사과를 따려고 사다리에 올랐다가 발을 헛디디고 말았다.

커버데일 가족은 아직 식사중이었다. "불쌍한 제시카. 굉장히 아픈 목소리던데. 바로 가 봐야겠어요. 쇼핑 목록은 여기 있으니 미스 파치먼더러 가게 문을 열면 전화로 주문해 달라고 전해 줘요. 물건은 천사 같은 당신이 가져다 주겠죠?"

조지와 자일즈는 조용히 식사를 마쳤다. 중간에 조지가 좋은 의붓아버지가 되려는 마음에, 이렇게 날씨가 좋은 아침이면 꼭 나중에 비가 온다는 이야기를 꺼냈다. 자일즈는 《타임아웃》지에서 미니버스로 푸나에 갈 여행단의 마지막 열 번째 승객을 구한다는 광고를 보고 있던 중이어서, 그저 "그런가요?"라고 대답하며 자신은 기상학에 대해 아는 바가 없다고 말했다. 유니스가 식탁을 치우려고 들어왔다.

"아내가 다른 사람의 고통을 달래 주러 길을 떠났으니," 유니스의 으스스한 모습을 보고 조지는 격식을 갖춰 거만한 투로 말했다. "이 전화번호로 전화를 걸어 목록에 있는 물건을 주문해 주겠소?"

"알겠습니다." 유니스는 무의식적으로 대답했다.

"오 분 안에 준비를 마쳐라, 자일즈. 아홉시 반 지나서 전화를 걸면 됩니다. 알겠습니까, 미스 파치먼? 요즘 가게들은 우리 젊었을 때와는 달리 일찍 문을 여는 법이 없어서."

유니스는 목록을 바라보았다. 그 목록에서 읽을 수 있는 건 전화번호뿐이었다. 조지는 이미 메르세데스를 꺼내러 밖으로 나가 버렸다. 자일즈는 위층에 있었다. 멜린다는 방학의 마지막 주를 로스토프트에 사는 친구네 집에서 보내는 중이었다. 공포가 서서히 고개를 들기 시작하자, 유니스는 자일즈가 일층에 내려오면 안경을 위층에 두고 내려왔으니 목록을 읽어 달라고 하면 어떨까 하는 생각을 했다. 그녀의 기억력으로는 한 번만 읽어 주면 충분할 터였다. 하지만 변명치고는 너무 조악했다. 가게 문이 열릴 때까지는 한 시간이나 남았고, 그 사이에 직접 안경을 가지러 갈 수도 있으니까. 고민하는 사이 자일즈마저 몽유병자 같은 얼빠진 걸음으로 홀을 지나 집 밖으로 나가 현관문을 쾅 닫아 버리고 말았다. 그녀는 자포자기하여 더러운 접시들을 그대로 둔 채 주방 바닥에 주저앉았다.

그녀는 쇠퇴한 상상력에 불꽃을 튕기려 모든 노력을 기울였다. 창의적인 생각을 가진 사람이라면 이미 문제에 대한 해결책을 찾아냈으리라. 독서용 안경이 망가졌다고 하거나 (그리고 이를 입증하기 위해 안경을 밟아 버린다), 꾀병을 부릴 수도, 친척이 병에 걸려 급히 런던으로 가 봐야 한다고 둘러댈 수도 있었다. 그러나 유니스는 직접 스탠트위치의 가게까지 가서 지배인에게 목록을 건네 주는 방법밖에는 생각해 내지 못했다. 하지만 어떻게 가지? 버스가 돌아다닌다는 사실은 알고 있었지만, 삼 킬로미터쯤 떨어진 곳에 있는 정류장 외에는 어디에 정차하는지 몰랐다. 버스가 언제 출발하고 어디로 향하는지, 심지어는 그 상점이 어디에 있는지조차 몰랐다. 그녀는 습관적으로 그릇을 깨끗하게 닦아 놓은 다음 위층으로 올라가 침대를 정리하면서 자일즈가 붙여 놓은 이달의 인용문을 우울한 표정으로 바라보았다. 그녀가 글을 읽을 줄 모른다는 점을 생각하면, 이 문구는 굉장히 역설적인 의미였다. 아홉시 십오분이 지났다. 화요일은 에바 볼럼이 오는 날이 아니었고, 우유 배달부는 이미 다녀간 후였다. 게다가 이런 사람들에게 도와 달라고 부탁함으로써 자신의 결점이 발각될 수도 있는 위험을 감수할 마음은 없었다. 그녀는 재클린에게 전화 거는 일을 깜빡 잊었다고 할 작정이었다. 만일 재클린이 제때 돌아와서 직접 전화를 해 준다면…….

유니스는 코르크 벽을 재차 바라보았다. 조앤 스미스와 이곳에서 함께 서 있었던 모습이 머릿속에 선명하게 떠올랐다.

조앤 스미스.

그다지 명쾌하다고는 할 수 없는 계획이 떠올랐다. 유니스는 에바나 우유 배달부, 재클린 앞에서처럼 조앤 스미스가 자신의 비밀을 알아차릴 위험에 대해서만 걱정하고 있었다. 하지만 조앤 역시 식료품점을 운영하고 있으니, 목록을 넘겨 주기만 하면 일이 해결될 수도 있다. 그녀는 분홍색 면 드레스 위에 손으로 짠 가장 좋은 카디건을 걸치고는 그리빙으로 출발했다.

"오랜만이에요." 조앤이 반색을 하며 맞았다. "아직 인사 안 했죠! 여긴 내 남편 노먼이에요. 이쪽은 내가 말한, 그 저택에서 일하는 미스 파치먼이라고 해."

"안녕하세요." 창살 뒤에서 노먼이 말했다. 창살 뒤에 있으니 꼭 우울한 반추 동물처럼 보였다. 자유를 그리워하기에는 너무 오래 갇혀 있었지만, 여전히 우리 안에서 불안해하는 염소나 라마 같았다. 그의 얼굴은 쐐기 모양에 창백하고 뼈가 앙상했으며, 머리카락은 희끗희끗한 옅은 갈색이었다. 그는 반추 동물의 이미지를 유지하고 싶어 하기라도 하는 듯, 하루 종일 스피어민트 껌을 씹어댔다. 조앤이 그에게 입냄새가 난다고 말했기 때문이다.

"무슨 바람이 불어서 여기까지 왔어요? 커버데일 부인께서 드디어 우리 미천한 가게를 애용해 주시려는 건 아니겠죠. 오늘이 무슨 날인가 모르겠네."

"쇼핑 목록을 가져왔어요." 유니스는 주변의 선반을 건성으로 둘러보다가 조앤에게 목록을 떠넘겼다.

"어디 봅시다. 밀가루와 귀리는 있을 테고. 그런데 세상에, 강낭콩이랑 바질 잎하고 마늘은 없는데!" 조앤은 무능한 가게 주인이나 하는 변명을 주워섬겼다. "진작에 주문했는데 오지를 않네. 자, 목록을 한번 쭉 읽어 봐요. 내 뭐가 있나 찾아볼 테니."

"당신이 읽어요. 내가 찾아볼게요."

"난 정말 눈치가 없다니까! 자기 눈이 나쁘다는 걸 들어 놓고도 잊어버리다니. 그럼 시작해요."

유니스는 목록에 있는 물건 중 단 두 가지밖에 이곳에 없다는 사실을 확인했지만, 오히려 한시름 놓았다. 조앤이 목록에 있는 물건을 분명하고 느린 목소리로 읽어 주었기 때문이다. 이 정도면 충분하다. 그녀는 밀가루와 귀리를 샀다. 이것들은 숨겨 두어야 하기 때문에 자신의 돈으로 값을 치렀다. 하지만 그게 대수인가? 유니스의 마음속에서 자신을 구해 준 조앤에 대한 따뜻한 감정이 솟아올랐다. 그녀는 오래전, 아주 오래전, 어머니가 아파서 의존적으로 변하기 전에 이와 비슷한 감정을 느낀 적이 있었다는 사실을 희미하게 기억해 냈다. 그랬다. 그녀는 조앤이 내온 차를 마시면서 십 분 동안 편히 쉴 수 있었다.

"스탠트위치에 있는 가게에 전화라도 걸어 봐요." 그녀는 유니스가 일부러 자신의 가게에 왔다고 생각했다. "우리 전화기를 써요. 어서요. 목록은 여기 있고. 안경 가져왔어요?"

유니스는 안경을 가져왔다. 거북 등껍질 테였다. 조앤이 찻잔을 치우며 부산하게 움직이는 동안, 그녀는 아찔할 정도의 행복을 느끼며 전화를 걸었다. 그리고 머릿속에 기억하고 있는 내용을 소리 내어 읽는 척하면서 희열을 느꼈다. 이는 프랑스어 표현을 하나 외운 여행자가 이를 적재적소에 성공적으로 써먹고 자신의 말을 듣는 사람에게 질문 하나 받지 않았을 때 느꼈을 법한 자부심을 훨씬 능가했다. 그녀가 글을 읽는 모습을 보여 줄 수 있는 기회는 좀처럼 쉽게 오지 않았으니까. 그래서 전화기를 내려놓고 나자 유니스는 조앤에게, 다른 사람을 앞에 두고 자신이 별다른 재능을 갖지 못한 분야에서 절묘한 기량을 발휘했을 때 느끼는 기분, 즉 따스한 느낌과 뻐기고 싶지만 동시에 겸손해지는 마음, 그리고 속을 터놓고 싶은 감정을 느끼고 있었다. 그녀는 지저분하다 못해 불결하게까지 보이는 방을 무시하며 아름다운 방이라고 칭찬했다. 가슴이 뭉클해진 나머지 조앤의 머리카락과 꽃무늬 드레스, 초콜릿 비스킷의 맛에 대해서까지 찬사를 보냈다.

"자기더러 그 짐을 다 들고 오라는 거야?" 조앤은 그럴 리 없다는 사실을 알면서도 이렇게 말했다. "사람들은 다 커버데일 씨가 매정한 사람이라고 한다니까. 자기가 씨를 뿌리지도 않은 밭에서 수확하려 들고 자기가 저장해 놓지도 않은 곳간에서 제 몫을 챙

겨갈 사람이라나. 내가 집까지 태워다 줄게요. 괜찮죠?"

"귀찮을 텐데요."

"괜찮아요. 오히려 기뻐요." 조앤은 부대자루가 꼴망태라도 되는 듯 절망적으로 안을 들여다보는 남편은 아랑곳하지 않고, 유니스를 이끌고 가게를 빠져 나왔다. 낡은 녹색 자동차는 공기 흡입 조절 장치를 조정하고 액셀러레이터를 몇 번 걷어차자 움직이기 시작했다. "가자, 제임스. 전속력으로 달려!"

자동차는 털털거리며 길을 따라 올라갔다. 조앤은 유니스를 로필드 홀 정문 앞까지 데려다 주었다. "자, 도움을 받았으면 갚아야지. 읽어 봤으면 하는 책을 하나 줄게요." 그녀는 『하느님께서는 당신이 현명해지기를 바라신다』라는 제목의 소책자를 하나 꺼냈다. "다음에 나랑 같이 기도회에 안 갈래요? 일요일 밤이에요. 따로 연락하지는 않을 테니, 다섯시 반쯤 길가에 나와 있으면 데리러 올게요. 알았죠?"

"알았어요."

"분명 마음에 들 거예요. 우린 다른 교회에 다니는 사람들처럼 기도책 같은 걸 갖고 있지 않지만 대신, 그냥 노래 부르고 서로 사랑하고 마음속에 있는 이야기들을 털어놓아요. 그런 다음 교우들이랑 차를 들며 이야기를 나누죠. 우리가 주님께 모든 것을 바치면, 주님께서는 우리가 즐겁게 지내기를 바라신다니까요. 하지만 주님을 거역하는 자들에게는 눈물과 이를 갈게 되는 분노만 닥쳐요. 그 카디건 당신이 직접 짰어요? 기막히게 멋지네. 밀가루랑 귀리 잊지 말고 가져가요."

조앤은 만족해하며 차를 몰고 노먼이 있는 가게로 돌아왔다. 유니스와 친교를 맺어 봤자 아무 이득도 없을 것 같았지만, 사실 그녀는 마을 내에 자신의 곁에 있어 줄 사람이 절실하게 필요했다. 노먼은 자신의 아내가 예전 결혼 생활의 실체가 어떠했는지 폭로해 버린 이후, 남자라는 껍데기만 뒤집어썼을 뿐 점점 더 변변찮은 인간이 되어갔다. 최근에는 부부 사이에 이렇다 할 대화조차 없었고, 조앤은 지인들에게 부부 사이의 금실이 좋다고 꾸며대는 일조차 포기하고 말았다. 그녀는 노먼이 자신이 짊어져야 할 십자가라고 떠벌리고 다녔다. 부인으로서 감내해야 할 의무가 있기는 하지만, 그가 주님께 등을 돌렸기 때문에 자신 같은 사람의 반려가 될 수 없다는 식이었다. 하느님께서는 그에게 분노하고 계신다. 그러니 주님의 종인 나 또한 그 분노에 동참해야 하느니. 이처럼 조앤이 다른 사람들 앞에서 공공연하게 하느님의 개인 비서인 자신은 틀리지 않았다고 선언하고 다니자, 그녀와 친구가 되었을지도 모를 힉스 집안, 볼럼 집안, 뉴스테드 집안 사람들은 그녀에게서 떨어져 나갔다. 사람들은 조앤 앞에서는 인사를 건넸지만, 뒤에서는 욕을 했다. 그들은 그녀가 미쳤다고 생각했고, 실제로 그랬을 가능성도 충분하다.

조앤은 유니스가 세상 물정을 몰라 금방 구워삶을 수 있다고 생각했다. 게다가 길 잃은 양을 넌체스터의 울타리 안으로 인도하는 것이야말로 정의를 실천하는 일 아닌가. '하느님의 강림을 믿는 사람들'에 충직하게 감탄하는 새 신도를 소개하고, 갱생의 의지가 없는 그리빙 사람들에게 특별한 친구를 과시하는 것은 그녀에게 있어 승리요, 기쁨이었다.

유니스는 성공에 들떠 얼굴이 상기된 채 응접실에 들어왔다. 재클린이 돌아왔을 때 그녀는 아이보리색으로 칠한 벽을 닦고 있었다.

"세상에, 뭐가 이렇게 바빠요! 로이스톤 부인은 불쌍하게도 왼팔에 복합 골절을 입었지 뭐예요. 구월에 봄맞이 대청소를 하나요? 미스 파치먼, 당신은 지칠 줄 모르는 일꾼이에요. 내가 남긴 쇼핑 목록은 봤어요?"

"예, 마님. 주인어른께서 다섯 시에 가져오신답니다."

"잘됐네요. 그러면 나는 점심 식사 전에 셰리주나 한잔해야겠어요. 잠시 쉬면서 나랑 같이 한잔하지 않을래요?"

하지만 유니스는 이 제안을 거절했다. 그녀는 친척들의 결혼식이나 장례식에서 드물게 와인을 입에 대기는 했어도 애초에 술을 즐기지 않았다. 이는 그녀와 조앤 스미스 사이의 몇 안 되는 공통점이었다. 조앤은 셰퍼드 부시에 살던 시절에는 진이나 기네스를 좋아해서 많이 마셨지만, 교단에 서약한 이후 술을 삼갔다.

『하느님께서는 당신이 현명해지기를 바라신다』는 당연히 펴 보지도 않은 채였지만, 유니스는 기도회에 참석했다. 그곳에서는 어떤 것도 읽을 필요가 없었다. 그녀는 조앤의 차를 타고 하는 드라이브는 물론, 노래를 부르고 차를 마시는 일도 즐거웠다. 그리빙으로 돌아오는 길에 그녀는 스미스 부부와 수요일 저녁 약속까지 잡고 말았다. 조앤과 유니스는 이제 서로 이름을 불렀다. 그들은 친구가 되었다. 유니스 파치먼이라는 황무지에 샘슨 부인과 애니 콜의 후계자가 등장하는 순간이었다.

멜린다는 대학으로 돌아갔고, 조지는 꿩 사냥을 계속했으며, 재클린은 전구에 색칠을 하고 관목을 다듬는 한편 로이스톤 부인의 원기를 북돋아 주었다. 자일즈는 푸나행 버스의 열 번째 자리가 마침내 차 버렸다는 소식을 듣고 침울해 있었다. 나뭇잎은 짙은 녹색에서 탈색된 금빛으로 변했고, 사과는 모두 수확되었으며, 개암나무 열매는 무르익고 있었다. 뻐꾸기는 떠난 지 오래였고, 제비와 딱새도 남쪽으로 떠나기 시작했다.

여우 사냥 모임은 그리빙 언덕에서 모여 길을 따라 내려가, 말리 숲에서 두 시간 동안 사냥을 했다.

"안녕하시오, 로이스톤 공." 평상시에 로버트 로이스톤 경을 밥이라고 부르던 조지는 문 앞에서 그를 맞이하며 이렇게 인사했다.

"안녕하시오, 커버데일 경." 분홍색 코트를 입고 안전모를 쓴 밥이 대답했다.

시월은 아직 여름처럼 따스했다. 서글픈 따스함 속에 안개가 짙어 가고 달콤한 과일은 비옥한 결실을 맺었다. 빌 강 위에 핀 아지랑이는 햇살을 받아 금빛으로 물들었다.

# 11

멜린다라면 요즘 들어 빈번하게 외출하곤 하는 유니스가 조앤 스미스를 만나러 간다는 사실을 알아냈으리라. 일요일 저녁 땅거미가 깔리면 그녀는 집을 나섰고, 진입로 끝에서는 스미스 부부의 자동차가 기다리고 있었다. 하지만 멜린다는 대학으로 돌아가서 집에는 매달 한 번씩만 오는 처지였다. 이따금 집에 돌아오는 날에도 그녀는 평소와는 달리 말없이 다른 곳에 정신이 팔린 채, 밖에 나가지도 않고 음악을 듣거나 가만히 깊은 생각에 잠기곤 했다. 멜린다는 사랑에 빠져 있었다.

그리하여 그리빙에 사는 사람이라면 갓난아기나 노망든 노인을 제외하고 너나없이 파치먼-스미스 연합에 지대한 관심을 보이는 중이었지만, 커버데일 가족은 이에 대해 전혀 아는 바가 없었다. 유니스는 집에 있을 때도 별로 존재감이 없던 터라, 그들은 그녀가 집을 비워도 알아차리지 못하는 경우가 허다했다. 자신들이 집을 비울 때면 조앤 스미스가 들어와 함께 꼭대기층에서 차를 마시고 텔레비전을 보며 즐거운 시간을 보낸다는 사실도 알

턱이 없었다. 자일즈는 변함없이 집에 틀어박혀 있었다. 그러나 그들은 계단을 오르내리는 동안 입을 열지 않도록 주의했고 두꺼운 양탄자가 발소리를 지워 주었기 때문에, 눈에 띄지 않고 드나들 수 있었다. 유니스의 침실에 있을 때는 텔레비전에서 끊임없이 나오는 소리가 그들이 소곤거리는 목소리를 덮어 버렸다.

그 우정은 유니스가 제멋대로 행동했더라면 조기에 파탄 났을 터였다. 그녀가 조앤에게 느꼈던 따스함은 쇼핑 목록을 해석해 냈다는 기쁨이 가라앉으면서 점차 식어 가기 시작했다. 그녀는 이제 조앤을 자신이 평소에 대부분의 사람들을 생각하는 방식, 즉 이용해 먹을 수 있는 존재로 여기기 시작했다. 이번에는 협박해서 돈을 뜯어낼 수 있는 존재가 아니라, 애니 콜처럼 자신의 손아귀에 들어와 글을 읽고 쓸 일이 생기면 언제나 써먹을 수 있고 자신의 비밀을 알아챈다 할지라도 누설하지 않을 사람이어야 했다.

에바 볼럼이 조앤을 수중에 넣을 수 있는 기회를 마련해 주는 듯했다.

에바는 요즘 제임슨-커 부인에게 고용되어 이전보다 더 많은 돈을 받고 있었지만, 로필드 홀에서 일하는 날이 일주일에 반나절로 줄어들어 심기가 불편한 상태였다. 그녀는 이처럼 자신의 비중이 줄어든 것을 유니스 탓으로 돌렸다. 사실 유니스는 자신이 평소에 앓는 소리를 내면서 하던 일들을 모두 손쉽게 해치웠다. 게다가 인정하긴 싫지만 일을 훨씬 더 잘했다. 그녀는 유니스

의 신경을 건드리는 방법을 알아냈다고 생각하자마자 곧바로 실
행에 옮겼다.

"스미스 부인과 굉장히 사이가 좋아 보이던데."

"무슨 소린지 모르겠어요."

"만날 서로 들락날락 하잖아요. 그게 친한 게 아니면 뭐람. 메
도즈네 내 사촌이 주유소를 하는데, 지난주에 당신이 그 여자 차
를 타고 가는 걸 봤다잖아요. 당신은 그 여자에 대해 모르는 게
좀 있을걸."

"뭐가요?"

"그 여자가 여기 오기 전에 뭘 하고 살았는지라든가. 거리의 여
자였다니까. 바로 그 여자가 말이에요. 평범한 매춘부보다 하등
나을 게 없지." 에바는 다들 아는 일이라고 말해서 이야기의 격을
떨어뜨릴 생각은 추호도 없었다. "허구한 날 남자들이랑 놀아났
는데, 남편은 그 일을 까맣게 모르고 있었다지뭐유. 불쌍한 사람
같으니."

그날 밤 유니스는 저녁 식사 초대를 받아 스미스 부부네 집으
로 갔다. 그들은 유니스가 좋아하는 음식들을 먹었다. 로필드 홀
에서는 계란, 베이컨, 소시지, 포테이토 칩 같은 음식을 도통 먹
을 수가 없었다. 저녁 식사가 끝나고 그녀는 가게에서 초콜릿 바
하나를 가져왔다. 노먼은 조용히 식사를 마치고는 블루 보어로
떠났다. 그곳에서 그를 측은히 여긴 힉스 집안이나 뉴스테드 집
안 사람들과 함께 다트 게임을 하곤 했다. 조앤은 커다란 찻잔에

135

차를 내왔다. 그러고는 신뢰감을 주는 태도로 탁자에 기대어 자신의 방식대로 복음을 전파하기 시작했다. 과자를 다 먹어 치운 유니스는 기회를 포착했다.

그녀는 큰 소리로 조앤의 말을 끊었다. 평상시보다는 좀 더 명령조의 어투였다. "너에 대한 소문을 좀 들었어."

"좋은 이야기야?" 조앤은 밝은 표정으로 말했다.

"좋은 이야기인지는 모르겠고. 돈을 받고 남자한테 몸을 팔았다던데."

조앤의 지칠 대로 지친 얼굴에 신성한 황홀경 같은 빛이 서렸다. 그녀는 자신의 납작한 가슴을 주먹으로 쾅 하고 쳤다. "아, 나는 죄인이었어!" 그녀는 열변을 토했다. "나는 주홍 글자를 달아야 하는 죄를 짓고 가장 역겨운 구렁텅이에 발을 담갔지. 난 매춘부처럼 도시를 방황했지만 하느님께서 나를 부르셨어. 하, 그분의 말씀을 들었다니까! 수많은 교우들 앞에서 내 죄를 고백하고 남편에게도 숨김없이 털어놓았던 날을 절대 잊지 못할 거야. 내가 진실된 겸허함으로 열린 귀를 가진 사람들에게 내 죄를 있는 그대로 드러냈으니, 이들은 가장 사악한 자조차 구원받을 수 있다는 깨달음을 얻게 되었을지도 몰라. 차 한 잔 더 들어. 어서."

유니스는 놀라움에 얼어붙었다. 공갈 행위의 어떤 잠재적 희생자도 이런 식으로 행동한 적은 없었다. 조앤에 대한 존경심이 한없이 솟아올랐다. 완전히 압도당한 유니스는 온순하게 찻잔을 내밀었다.

조앤은 이렇게 되리라는 걸 알고 있었을까? 어쩌면. 그녀는 똑똑한데다 경험도 굉장히 풍부한 여자였다. 만일 조앤이 이를 알고 있었다면, 유니스에게 폭탄을 던져 그녀를 끌어내는 일은 그녀와 소원해질 위험 없이 엄청난 즐거움을 안겨 주는 유희인 셈이었다. 즉 그녀는 사람들이 죄인이기를 바랐다. 죄인들이 없으면 그녀는 현자가 될 수 없었으니까.

오크 나무와 물푸레나무, 느릅나무에서는 노란 잎이 떨어졌고, 층층나무는 붉은 단풍을 흩날렸다. 그때까지 남아 있던 꽃들은 첫 서리에 검게 변했고, 생목 울타리 밑과 쓰러진 나무 위에는 균사가 자라 느타리버섯과 자줏빛 주름버섯이 되었다. 제임스 뉴스테드의 집에서는 새 초가를 얹는 작업이 한창이어서, 정원은 밀밭에서 가져온 금빛 짚으로 가득했다.

야회복을 입은 조지와 금박이 수놓인 붉은 드레스를 입은 재클린은 코번트 가든에서 오페라 〈티토의 자비〉를 보고 그날 밤은 폴라네 집에서 묵었다. 이달의 인용문은 말라르메19세기 프랑스 시인였다. '아, 육체는 슬프도다. 모든 책을 다 읽었으니.' 하지만 세상의 모든 책을 다 읽었을 리 없는 자일즈는 에드거 앨런 포에 심취해 있었다. 이런 모습으로 보건대 만일 그가 인도로 가지 않는다면, 멜린다에게 둘 다 학업을 마치고 나서 함께 살자고 말할지도 모른다. 그는 웨스트 켄징턴에 있는 고딕 풍 아파트를 마음속에 그리고 있었다. 말하자면 흑단처럼 검은 마룻바닥이 깔려 있고 격자 모양으로 끼운 유리창을 통하여 새빨갛게 물든 빛이 희미하게 들어오는, 아주 작은 어셔 가의 저택 같은 집이었다.

그러나 그는 멜린다가 사랑에 빠져 있다는 사실을 몰랐다. 상대는 현대언어를 전공하는 조나단 텍스터였다. 조지 커버데일은 막내딸이 그녀의 어머니가 지금 그녀의 나이 때 그랬던 것처럼 아직 동정일까 궁금했다. 그러나 이 생각을 재클린에게조차 털어놓지 않았다. 의심을 거둘 수는 없었지만, 그녀가 현재의 자유방임적인 세태를 따라가는 건 어쩔 수 없다고 체념한 상태였다. 멜린다가 아직 처녀라는 사실을 알았다면 그는 놀라면서도 기뻐했을 것이다. 그녀가 조만간 돌이킬 수 없는 상태에 접어들기로 결심했음을 알았더라면 매우 불안해했을 테지만.

얼음이 어는 시기가 되자 유니스는 종종 산책을 나섰다. 런던을 배회했던 것처럼, 코클필드에서 말리로, 말리에서 캐팅엄으로 서둘러 쏘다니곤 했다. 도로는 낙엽으로 뒤덮였지만, 인디언 섬머가 늦가을에 자리를 내줬음에도 들판을 가로지르고 숲을 둘러가는 오솔길은 아직 깨끗했다. 그녀는 아무런 목적 없이 걷기만 했다. 나무 아래에서 휴식을 취할 때조차 나무가 우거진 산비탈이나 완만한 골짜기 같은 경치에 눈길 한 번 주지 않았고, 시골 마을의 정취에도 전혀 관심을 기울이지 않았다. 런던에 있을 때와 하등 다를 바가 없었다. 그녀는 자유에 대한 갈망을 충족시키고 집안일로는 소진되지 않는 기력을 소모하기 위해 여기저기 쏘다녔다.

그녀와 조앤 스미스는 전화로 연락을 하진 않았다. 조앤은 로 필드 홀에 유니스 외에는 아무도 없다고 확신할 때에만 자동차를 몰고 찾아왔다. 재클린은 어떤 친구를 찾아가든 그리빙을 거쳐가 야 했고, 마을 잡화점에 있는 조앤은 이를 놓치는 법이 거의 없었 다. 그러면 조앤은 로필드 홀로 차를 몰고 와서 노크 한 번 없이 총기실을 통해 들어왔고, 이 분도 못 되어 유니스는 주전자를 불 에 올렸다.

　　"놀러 다니기만 하는 인생이라니. 오늘 아침만 해도 케언 부인 이랑 셰리주 술판을 벌였다니까. 하느님께서 이런 꼴을 내려다보 신다면 어떤 생각을 하실지 뻔하지뭐야. 사악한 자들은 푸른 월 계수처럼 떵떵거리며 살겠지만, 그날이 오면 그들은 흔적도 없이 사라지리라. 오늘 아침에는 코클필드로 가서 네 군데나 방문해야 해. 그래서 잠시도 지체할 수 없어." 방문이란 가게 물건이나 우 편 배달이 아닌 전도 방문이었다. 여느 때처럼 그녀는 안내 책자 무더기로 무장했다. 만화책처럼 보이는데다 『내 별을 따르라』라 는 교묘한 제목까지 달린 새 책자도 있었다.

　　이처럼 그녀는 굉장히 열정적인 신도여서, 유니스가 산책하는 와중에 잡화점에 가면 노먼 혼자 가게를 지키고 있기 일쑤였다. 그는 우리 속에 갇힌 채 창살 너머로 애처롭게 고개를 흔들었다.

　　"밖에 나갔어요."

　　때로는 유니스가 제때 도착해서 조앤의 전도에 끌려 다니기도 했다. 그녀는 자동차의 조수석에 앉아 친구가 시골집 문간에서 전도하는 모습을 바라보았다.

"시간 되시면 제가 가져온 작은 책자 하나만 봐 주시겠어요……."

그렇지 않으면 각 마을 변두리마다 붙어 있는 공용 주택 단지를 돌아다녔다. 이 지역의 붉은 벽돌 움막들은 침엽수 장벽으로 가려져 기존 거주지에서 보이지 않았다. 가끔 순진한 주부도 있어 조앤은 안으로 들어가 잠시 동안 머물러 있기도 했다. 하지만 조앤의 눈앞에서 문이 쾅 닫히는 경우가 대부분이었고, 그럴 때마다 그녀는 순교자적 기쁨을 드러낸 채 자동차로 돌아왔다.

"어쩌면 그렇게 할 수 있지. 나 같으면 당한 만큼 갚아 줬을 텐데."

"주님께서는 당신의 종이 겸허하기를 바라셔, 윤. 천사가 아브라함의 품으로 인도해 줄 사람이 있고 지옥불 안에서 영원히 신음할 사람이 있다는 걸 기억해. 그리고 이따가 메도즈네 주유소에 꼭 들르라고 나한테 이야기해 줘." 휘발유가 거의 떨어져 있었다.

『내 별을 따르라』를 보고 분개하며 쓰레기통에 처넣는 사람들의 눈에는 두 사람 모두 이상하게 보였다. 조앤은 막대기처럼 깡말랐다. 자선 모금 포스터에 그려져 있는 기아 상태의 아이처럼 보일 정도였다. 그러나 조앤의 종교조차 이제는 거의 무의식적으로 매춘부처럼 입고 다니는 그녀의 뿌리 깊은 버릇을 이겨내지 못했다. 미니스커트와 속이 비치는 검정 스타킹, 뒷굽이 다 닳아 빠진 에나멜 구두, 반짝이는 커다란 핸드백, 어깨를 강조한 포근한 흰색 재킷 등. 머리는 흡사 (새들이 금빛 철사로 둥지를 짓는다면) 새 둥지를 엎어 놓은 것 같았고, 초췌하고 작은 얼굴에는 화장이 퍼렇고 불그죽죽하게 떠 있었다.

조앤은 유니스가 자신을 완벽하게 돋보이게 해 준다는 생각에 그녀를 선택했는지도 모른다. 유니스가 로필드 홀에 온 이후 생긴 옷이라고는 자신이 직접 짠 옷가지밖에 없었고, 이런 쌀쌀한 가을날에는 털실로 짠 둥근 모자를 쓰고 어두운 회청색 스카프를 둘렀다. 두꺼운 적갈색 코트를 입은 그녀는 조앤보다 훨씬 컸다. 그들이 나란히 걸어가면, 잰걸음으로 넘어질 듯 걸어가는 조앤과 몸을 꼿꼿하게 세우고 당당하게 걸음을 내딛는 유니스의 모습은 극심한 대조를 이뤘다.

각자 속으로는 상대의 모습이 바보 같다고 여겼지만, 이 때문에 사이가 소원해지지는 않았다. 우정이란 때로는 자신이 다른 사람보다 우위에 있다고 확신할 때 가장 돈독해지곤 한다. 유니스는 입 밖으로는 내지 않았지만, 조앤은 굉장히 똑똑하니 자신이 무언가를 읽어야 하는 상황에 부딪친다면 언제든지 도움이 되리라 여겼다. 하지만 멍청한 새끼 양의 털을 뒤집어쓴 꼴을 하고 있는데다, 집안일에 대해서는 기대할 게 없고 행실도 지저분한 여자라고 생각했다. 조앤도 입 밖으로는 내지 않았지만, 유니스를 상당히 괜찮은 사람이라고 생각했다. 만일 노먼이 자신을 구타하겠다는 말뿐인 협박을 실천에 옮긴다면 그녀를 보디가드로도 써먹을 수 있을 터였다. 하지만 왜 여경처럼 차려 입고 다닐까?

조앤은 유니스가 가게에 올 때마다 선물로 초콜릿을 안겨 주었다. 유니스는 조앤에게 그녀가 가장 좋아하는 색인 연분홍빛 털실로 장갑을 한 켤레 짜 주었고, 스웨터도 한 벌 짜 줄까 생각중이었다.

십일월 일일, 만성절은 재클린의 마흔세 번째 생일이었다. 조지는 그녀에게 양가죽 재킷을 주었고, 자일즈의 선물은 모차르트 콘서트 아리아 음반이었다. 멜린다는 '다음에 집에 가면 멋진 선물을 할게요'라는 말을 갈겨쓴 카드를 보냈다. 피터와 오드리가 보낸 신간 소설이 든 소포에는 분명 개봉했다가 재포장한 흔적이 있었다. 조지는 그리빙 우체국 겸 잡화점으로 달려가서 노먼 스미스에게 항의했다. 하지만 노먼이 그 책은 우체국에 도착할 때부터 포장이 반쯤 벗겨져 있어서, 아내가 안전을 기하려 다시 포장했다고 항변하자 어찌할 수가 없었다. 그저 고개를 끄덕이고는 이제부터는 더 이상 가만히 있지 않겠다고 을러대는 게 고작이었다.

그 주에 조지는 크러츨리 박사에게 매년 하는 정기 검진을 받았다. 박사는 혈압이 조금 높지만 걱정할 정도는 아니라며 몇 가지 약을 처방해 주었다. 조지는 신경이 과민하거나 쉽게 겁먹는 사람은 아니었지만, 수년 동안 질질 끌어왔던 법적 절차를 마무리하고 유언장을 새로 작성하기로 결심했다. 이 유언장은 아직까지도 계속되고 있는 소송 사건을 야기하여, 로필드 홀은 주인 없이 버려지는 신세가 되었다. 이 일로 피터 커버데일과 폴라 캐스월의 삶도 뒤틀려, 그들의 마음속에는 이 비극이 생생하게 살아남아 있다. 하지만 유언장은 여러 가능성을 사전에 고려하여 세심하게 작성되었다. 누가 성 발렌타인 데이에 그런 사건이 일어나리라고 예상할 수 있었을까? 아무리 신중한 변호사라 할지라도 평화로운 로필드 홀에서 대학살이 벌어지리라고 상상할 수 있었겠는가?

재클린이 교구 회합에서 돌아오자 조지는 그녀에게 유언장 사본을 보여 주었다.

"'나의 사랑하는 아내, 재클린 루이즈 커버데일에게.'" 그녀는 소리 내어 유언장을 읽었다. "'서퍽 주 그리빙에 위치한 속칭 로필드 홀, 저당 잡히지 않은 나의 부동산 전부를 그녀와 그녀의 자손 및 상속자에게 영구히 상속한다.' 오, 여보, '사랑하는 아내'라니! 이 말을 넣어 줘서 고마워요."

"당연한 말을 넣었을 뿐이에요."

"하지만 재산을 내게만 남겨 줘도 되는 거예요? 아버지께서 남겨 주신 돈에도 전혀 손대지 않았고, 예전에 살던 집을 판 돈도 있어요. 당신 생명 보험도 있고."

"그래요. 그래서 내 투자금은 모조리 딸아이들이랑 피터에게 남겼어요. 하지만 당신은 이 집을 정말 좋아하니 당신이 가졌으면 해요. 게다가 미망인에게는 종신 재산 소유권만 인정하는 제도는 말도 안 돼요. 소작료를 안 내는 소작인 생활과 다름없지 않겠어요. 주위에는 죽기를 바라는 사람들이 넘쳐날 테고."

"당신 아이들이 그럴 리가 없어요."

"나도 그 애들이 그러리라 생각하진 않아요. 하지만 재키, 유언장은 있어야 해요. 당신이 나보다 먼저 세상을 뜨면, 이 저택은 내가 죽은 후에 매각해서 내 자손들에게 분배하라고 할 작정이에요."

재클린은 그를 바라보았다. "그랬으면 좋겠어요."

"뭐가요, 여보?"

"내가 먼저 죽었으면 해요. 당신은 나보다 나이가 많으니 먼저 갈지도 몰라요. 항상 신경이 쓰여요. 난 수 년 동안이나 미망인 생활을 하게 될 테고. 이런 생각이 들면 견딜 수가 없어요. 당신 없는 삶은 단 하루도 상상할 수 없는걸요."

조지는 그녀에게 키스했다. "유언장이니 무덤이니 묘비명이니 하는 이야기는 집어치웁시다." 그러고는 대신 교구 회합과 새 마을 회관을 지을 기금 모금에 대한 이야기를 나눴다. 재클린은 자신이 말했던 소망을 잊어 버렸다.

그 소망은 충족되지 못할 운명이었다. 하지만 그녀가 남편을 잃은 채 살았던 시간은 단 십오 분이었다.

# 12

넌체스터의 '하느님의 강림을 믿는 사람들' 예배당은 가축 시장 바로 위 노스 힐에 있었다. 그리빙에서 그곳으로 갈 때는 번화가를 지나칠 필요가 없어서, 조앤 스미스는 이십 분 안에 주파하곤 했다. 유니스는 일요일 밤의 기도회를 즐겼다. 찬송가가 적힌 종이가 배부되었지만, 신도들은 모두 영국 국교회의 오전 예배 방식대로(기도서를 보는 일은 무지함을 드러내는 용서할 수 없는 행위로 간주되었다) 예배가 진행된다는 것을 알고 있었다. 다른 사람이 하는 대로 입모양을 흉내 내거나 정히 모를 때 깍지 낀 손을 입술에 갖다 대는 일은 꽤 쉬웠다. 게다가 유니스는 찬송가를 한 번 듣기만 해도 영원히 기억해 낼 수 있었고, 그래서 이내 강한 콘트랄토로 누구 못지않게 찬송가를 불렀다.

"하늘에 계신 주님은 금빛으로 빛나고
유향에서는 주님께서 내리신 사랑의 향기가 나네.
몰약은 주님께서 우리의 고통을 치유하시려
전심을 다하여 하늘에서 내리시는 연고라네."

엘로이 캠프스는 허버트에드워드 허버트. 17세기 영국의 정치가이자 철학자. 영국 이신론의 개조로 불린다나 키블존 키블. 19세기 영국의 신학자이자 시인이 아니었다.

찬송과 몇몇 사람의 자발적인 고백—유니스는 거의 텔레비전을 시청하는 일만큼 재미있어했다—이 끝나면, 신도들은 차와 비스킷을 들며 멀리 떨어진 곳에서(말하자면 '불신자들의 나라'에서) 검은 피부의 '하느님의 강림을 믿는 사람들' 신도들이 투쟁하는 모습이나 기아에 시달려 저항하기에는 너무 쇠약한 사람들에게 발타자르의 사도 서간을 전달하는 모습이 담긴 영상물을 보았다. 또한 서로 친밀한 대화를 나눴다. 주로 진리를 깨닫지도 못했으면서 독실한 체하는 말투로 하느님을 질책하고 비난하는 말을 아무렇게나 주워섬기는 속세의 사람들이 도마 위에 올랐다. 신도들은 '무거운 짐을 진 자들은 모두 내게 오라. 내가 너희들을 쉽게 하리라「마태복음」, 11장 25–30절'라는 말을 경배했다.

대체로 그들은 이전이나 현재나 꽤 즐겁게 지냈다. 그들은 노래를 부르고 웃음을 터뜨리며 열정적으로 자신들 혹은 새로 들어온 개종자들과 고백을 서로 주고받았다. 그들이 말하는 하느님이란 졸업반 학생과 서로 이름으로 부르는 것을 좋아하는 젊은 감각의 교장 선생님 같았다. 찬송가는 유행가와 크게 다르지 않았고, 팸플릿은 만화처럼 색깔이 선명했다. 별을 따르는 현자로 선택된다는 점은 그리 나쁘지 않았다. 그들 교리에 있는, 마흔 살이 안 된 사람이라면 누구나 진저리칠 테고 마흔 살 이상인 사람들도 대부분 그렇게 여길 만한 두 가지 결점만 아니었다면, 아마이 캠프스의 컬트적인 종교 집단은 기독교 원리주의자 청년들을 끌어들였을 것이다. 이러한 두 결점 중 하나는 결혼을 했든 안 했든 성생활을 전면적으로 금지한다는 점이었고, 다른 하나는 신앙심이 없는 사람들, 즉 '하느님의 강림을 믿는 사람들' 신도가 아닌 사람들에 대한 처벌에 역점을 둔다는 점이었다. 이와 같은 처벌은 굳이 하느님에게 미룰 필요 없이, 하느님의 도구로서 선택받은 자라면 누구나 행할 수 있었다. 물론 신도들이 실제로 이교도 이웃들을 폭행하고 돌아다니지는 않았지만, 이를 행한다 해도 견책을 당하기보다 칭찬받으리라는 분위기가 일반적으로 퍼져 있었다. 신이 교장 선생님이라면 신도들은 모두 반장이라는 식이었다.

유니스는 보기보다 암시에 잘 걸려드는 성격이 아니었기 때문에, 이러한 교리에도 그다지 물들지 않았다. 그저 사교 활동을 즐겼다. 그녀로서는 난생 처음 해보는 경험이었다. 신도들은 그녀와 나이가 비슷하거나 더 많았다. 그들은 아무도 그녀에게 질문을 던지거나 그녀의 인생에 불쾌하게 간섭하려 하거나 글을 읽어야 하는 막다른 골목에 몰아넣지 않았다. 친절하고 사근사근했으며, 차나 비스킷, 과일 케이크도 아낌없이 내놓았다. 물론 이는 그녀를 잠재적인 개종자로 간주했기 때문이다. 하지만 유니스는 아무것도 하지 않는다는 평소의 신조대로, 개종할 생각 역시 추호도 하지 않았다. 고백하는 일 자체는 개의치 않았다. 평소에 품고 있던 나쁜 생각과 욕망 이상의 고백은 하지 않을 것이기 때문이었다. 하지만 한 번 고백을 마치면 반드시 보속을 해야만 했다. 조앤과 여기에 몇 번 와 봤기 때문에 보통 어떤 일을 하게 되는지 너무나 잘 알고 있었다. 글을 읽는 것.『내 별을 따르라』의 한 부분을 손가락으로 가리키며 전도 방문을 받은 사람들의 주의를 환기시키거나, 성경에서 적절한 구절을 골라내거나, 인쇄물에 자주 인용되는 내용에 대하여 토론하는 일이었다.

"생각을 좀 더 해 봐야겠어. 이건 큰 변화잖아." 그녀는 조앤이 압박을 가하자 답답한 말투로 이렇게 대꾸했다.

"베들레헴으로 통하는 변화지. 절대로 후회하지 않을 거야. 그리스도께서는 한밤중에 도둑처럼 오시매, 멍청한 처녀는 등잔불을 꺼 버리노라. 명심해, 윤."

이 대화는 어느 춥고 축축한 오후, 유니스가 차를 마시고 대화를 나누기 위해, 그리고 이제 또다시 그녀의 식생활에 없어서는 안 될 존재가 되어 버린 초콜릿 바 일주일 치를 조달하러 잡화점으로 내려갔을 때 오갔다. 그들이 가게 밖으로 나왔을 때, 재클린도 부인회 일로 방문했던 케언 부인의 집에서 나오는 중이었다. 그들은 그녀를 알아채지 못했지만, 그녀는 그들을 보았다. 조앤은 앞뜰까지만 배웅을 나왔지만, 단순히 상점 주인과 손님 사이의 작별 인사가 아니라는 사실은 명백했다. 조앤은 특유의 새된 목소리로 웃으면서 손을 뻗어, 그녀 같은 부류의 여자들이 동성 친구를 농담 삼아 책망하는 식으로 유니스의 팔을 쿡쿡 찔렀다. 그러자 유니스는 저택 방향으로 걸음을 옮기며, 열광적으로 손을 흔들고 있는 조앤을 향해 두 번이나 몸을 돌려 손을 흔들었다.

재클린은 자동차를 출발시켜 다리를 막 건넌 곳에서 유니스를 따라잡았다.

"스미스 부인이랑 그렇게 친한 줄 몰랐어요." 유니스가 마지못해 그녀 옆에 자리 잡자 말을 꺼냈다.

"그냥 조금 알고 지내요."

이 상황에 말이 되는 대답은 아니었다. 재클린은 자신의 가정부가 누구를 친구로 선택해야 하는지 제대로 지시하지 못했음을 깨달았다. 이는 최근에 든 생각이었다. 지금은 유니스의 오후 휴식 시간은 아니었지만, 그들은 휴가를 마친 이후로 사전에 정해 놓은 유니스의 오후 및 야간 휴식 시간에 대해 깡그리 잊고 지냈다. 그녀는 외출하고 싶을 때 외출했다. 아무튼 그래서는 안 될 이유가 있을까? 그녀는 로필드 홀에서의 의무를 방기하기는커녕, 오히려 그 반대였다. 재클린은 지금까지 자신의 가정부에게서 아무런 결점을 찾아내지 못했고, 다섯 달 전 조지가 희미하게 꺼림칙한 기미를 내비쳤을 때도 질색했었다. 하지만 지금 갑자기 불안한 느낌이 들었다. 유니스는 옆자리에 앉아 초콜릿을 먹고 있었다. 요란하고 게걸스럽게 먹는 건 아니지만, 어쨌든 나한테 하나 권하지도 않고 조용히 우물거리고 있는 건 좀 이상하지 않나? 물론 난 어떤 상황이 닥쳐도 초콜릿 같은 건 먹지 않을 테지만, 그래도……. 게다가 스미스 부인과 굉장히 친한 것처럼 구는 건 또 뭐람? 하지만 이 이야기를 조지에게 했다가는 그가 자신의 생각보다 앞서 나갈 것 같아 그만두기로 했다.

대신 그녀는 여성 특유의 심술궂은 태도를 자신만의 스타일로 발휘하여, 그날 저녁에 은식기를 훌륭하게 닦았다고 유니스를 한껏 추어올렸다.

멜린다 커버데일은 현명했는지 아니면 멍청했는지, 갤위치에서 조나단 덱스터와 첫 경험을 했다. 그의 방에서 와인 한 병을 나눠 비우고 막차를 놓친 후에 벌어진 일이었다. 물론 와인을 마시고 막차를 놓친 일은 사고가 아니었다. 두 사람 모두 저녁 내내 짐작하고 있던 일이었다. 하지만 다음 날 멜린다에게는 좋은 핑곗거리가 되었다. 멜린다에게는 위로가 그다지 필요하지 않았다. 오히려 조나단을 거의 매일같이 만나 밤마다 그의 방에서 함께 보낼 수 있어서 굉장히 행복했다. 그녀는 이 주 동안 고대 영어 문법책을 쳐다보지도 않았으며, 조나단 역시 괴테의 『친화력』을 어딘가에 팽개쳐 둔 지 오래였다.

로필드 홀에서 재클린은 크리스마스 푸딩을 네 개 만들었다. 하나는 연휴를 그리빙에서 보내려면 갓난아기 둘을 동반해야 한다는 사실에 할 수 없이 포기하고 만 캐스월 부부에게 보낼 예정이었다. 그녀는 조지에게 크리스마스 선물로 무엇을 사 주어야 할지 고심했다. 하지만 그는 그녀처럼 모든 것을 다 갖고 있었다. 유니스는 크리스마스 케이크를 얼리는 모습을 지켜보았고, 재클린은 석고로 만든 산타클로스라든지 개똥쥐빠귀, 호랑가시나무

잎사귀를 장식하면서 유니스에게서 추억이나 감상에 젖은 반응이 나타나기를 기다렸다. 그러나 유니스는 케이크가 모자라지 않았으면 좋겠다는 말을 했을 뿐이었다. 그것도 재클린이 의견을 묻자 겨우 나온 말이었다.

　인도에 대한 환멸이 동양의 종교에 대한 자일즈의 동경을 앗아가 버렸다. 어쨌든 자신과 멜린다가 함께하는 미래에는 절대 어울리지 않았으니까. 그는 두 사람 모두 독실한 가톨릭교도가 되어, 함께 지내면서도 순결하고 금욕적인 관계를 고수하느라 극심한 고통을 감내하는 장면을 그려 보았다. 아마 자신은 신부가 될 테고, 만일 멜린다가 수녀원에 들어간다면, 그들은 일 년에 단 두 번, 특별 허가를 받아야만 만날 수 있으리라. 그때마다 그들은 사제복을 입고 초라한 카페에서 감히 손 한번 잡아 볼 생각도 못한 채 차를 마시리라. 아니면 란슬롯과 귀네비어처럼—하지만 열락의 기쁨은 제외하고—대성당의 신도석에서 마주쳐, 말 한 마디 나누지 못하고 먼 곳에서 힘겹게 바라보기만 하겠지. 자신이 보기에도 이런 환상은 어딘가 좀 지나쳤다. 신부가 되려면 우선 가톨릭교도부터 되어야 했으니, 먼저 스탠트위치에서 자신에게 가르침을 내려 줄 사람부터 찾아야 할 터였다. 라틴어와 그리스어 실력 덕분에, 그는 베르길리우스와 소포클레스에 관심을 쏟기 시작했다. 벽에는 체스터튼의 글을 붙여놓았다. 물고기에게 무한히 긴 실을 묶어 놓아 평소에는 마음대로 돌아다니게 하다가도, 필요할 때는 언제든지 실을 당겨 끌어올린다는 내용이었다체스터튼의

『이상한 발소리』에서 따온 부분이다. 이후 에벌린 워가 『다시 찾은 브라이즈헤드』에서 핵심 모티브로 차용하기도 하였다. 그리고 뉴먼존 헨리 뉴먼. 영국의 추기경이자 신학자의 책을 읽기 시작했다.

겨울이 오자 나무와 생목 울타리는 벌거숭이가 되었고, 갈매기는 메도즈 씨의 쟁기 위에서 울부짖었다. 서퍽 주의 신비로운 분위기는 파리한 유백색으로 변했다. 지구가 태양에서 가장 멀리 떨어지자, 긴 버터색 구름이 자취를 남긴 하늘은 거의 녹색으로 변했다. 추위 때문에 피가 얼어붙는 것 같았고, 길은 엉망이었다. 밤이면 올빼미가 주변을 바라보며 울어댔다. 시골집 굴뚝에서는 장작을 땐 연기가 길다란 회색 기둥을 그리며 피어올랐다.

"주님께서 태어나신 날에는 뭘 할 거야?" 조앤은 친구의 생일 파티에 가지 않겠느냐는 듯한 말투로 물었다.

"뭐라고?"

"크리스마스 말이야."

"집에 있을 거야. 손님이 와."

"주님의 생일을 죄인들 틈바구니에서 보내다니 이렇게 애석할 수가. 자전거를 타는 힉스 부인이 노먼한테 말해 줬는데, 자일즈가 가톨릭 신부들이랑 어울린다지 뭐야. 하느님께서는 자기가 그런 무리들에게 더럽혀지기를 바라지 않으실 거야."

"아직 어린애잖아."

"간음을 범한 그 애 새아버지에 대해서도 그런 말을 할 수 있을까. 글쎄, 노먼이 자기 우편물을 열어 본다고 여기 쳐들어왔지 뭐야! 오, 우리 선택받은 자들은 불신자의 박해를 어디까지 견뎌야 하는 걸까! 우리한테 와. 물론 아주 경건하게 보낼 테지만, 맛있는 음식과 사랑스러운 친구들이 있다는 것은 보장할 수 있어."

유니스는 그러겠노라고 말했다. 그들은 조앤의 지저분한 응접실에서 차를 마시고 있었다. 그때 세 번째 '사랑스러운 친구', 노먼 스미스가 저녁을 먹으러 들어왔다. 조앤은 저녁을 차리는 대신 이런저런 고백을 되풀이하기 시작했다. 그녀는 자기가 보기에 누가 조금이라도 자신을 불쾌하게 하는 것 같으면 이런 고백을 늘어놓곤 했다.

"너는 깨끗한 삶을 살아와서 내 삶이 어땠는지 잘 모를 거야, 윤. 주님의 신전이어야 할 내 몸을 셰퍼드 부시에 사는 쓰레기 같은 인간들에게 바치면서 살았지. 그들의 추잡한 요구에 어쩔 수 없이 굴복해야만 했어. 남편이 제대로 돈을 벌어오지 못해 여자 혼자 감수해야 했던 갖가지 역겨운 욕망에 말이야."

노먼에게 드디어 용기가 솟았다. 그는 블루 보어에서 위스키 두 잔을 마신 상태였다. 그는 조앤에게 다가가 얼굴을 때렸다. 조앤은 체구가 무척 작았기 때문에, 물이 쏟아지는 듯한 소리를 내며 의자에서 나가 떨어졌다. 유니스는 육중한 몸을 천천히 일으키더니, 노먼에게 다가가 목을 거머쥐었다. 실타래를 잡듯이 닭껍질 같은 그의 목을 움켜쥐고는, 다른 손은 그의 어깨에 얹었다.

"조앤을 내버려둬."

"저 따위 말을 듣고도 가만히 있으라고?"

"죽고 싶지 않으면 가만히 있어."

유니스는 협박을 실행에 옮기기 시작했다. 무척 황홀한 경험이었다. 이전에는 이런 일을 마음껏 해 본 적이 없었다. 그녀가 흔들어대자 노먼은 몸을 움츠리더니 벌벌 떨었다. 눈은 튀어나올 지경이었고 입은 떡 벌어졌다.

그녀를 보디가드로 생각한 조앤의 믿음이 증명되는 순간이었다.

그녀는 몸을 추슬러 앉더니 드라마틱하게 외쳤다. "하느님이 보우하사, 네가 내 생명을 구했어!"

"순 쓰레기들. 역겨워 죽겠네, 둘 다. 마귀 할멈 같은 것들 같으니." 풀려난 그가 목을 문지르기 시작했다.

조앤은 의자로 기어가 상처를 살펴보았다. 스타킹에는 올이 한 줄 나갔고, 눈에는 멍이 살짝 든 것 같았다. 사실 노먼은 그녀에게 상처를 거의 입히지 못했다. 애당초 약했던데다, 그런 짓을 하기에는 그녀에게 지나치게 겁먹고 있었다. 조앤은 나가 떨어질 때도 머리를 부딪치지 않았다. 하지만 이러한 약한 타격과 추락을 겪고 나자 그녀에게 뭔가 변화가 일어났다. 육체적이라기보다는 정신적인 것이었다. 폐경기의 육체적인 변화와도 관련이 있을지 모른다. 원인이야 무엇이든 조앤은 변했다.

물론 이는 점진적인 변화여서, 그날 밤 눈을 더욱 번쩍번쩍 빛내고 조금 더 새된 목소리를 낸 것 외에 이렇다 할 눈에 띄는 점은 없었다. 하지만 그날 밤은 전조에 불과했다. 그녀는 격심한 광란으로 빠지는 벼랑 끝에 도달하여 불안정하게 서 있다가, 두 달 후 광신에 휘말려 떨어지고 말았다.

# 13

"앞쪽 길로 가자." '하느님의 강림을 믿는 사람들' 기도회에서 돌아오는 길에 유니스가 말했다. 조앤이 처음으로 유니스를 방문했을 때 '이 마을에 사는 사람들은 다 서로 친구니까' 커버데일 가족은 자신이 집 안을 둘러보는 것을 반대하지 않을 거라고 말한 적이 있었음에도, 그녀는 조앤이 로필드 홀에서 환영받지 못하리라는 사실을 눈치채고 있었다. 조지나 재클린이 유니스에게 우편물에 대한 의혹의 기색을 내비친 적이 없지만서도 이는 그녀의 기이하고 가끔은 신용할 수 없는 직관 덕분이었다. 마치 자전거를 타는 것으로 유명한 힉스 부인이나 짐 메도즈의 부인을 집으로 데려왔더라면 커버데일 부부 중 누구라도 이들을 상냥하게 맞아 주리라는 사실을 깨달았던 것처럼 말이다.

조앤은 오래 머물 생각이 없었다. 유니스가 계획하고 있는 비밀스러운 크리스마스 선물 때문에 그저 몸 치수만 재고 돌아갈 생각이었다. 그러나 그들은 계단 꼭대기에서 침실 문을 열고 나오던 자일즈와 마주쳤다.

"그 녀석, 날 보고 뒷걸음질 치는 것 같지 않았어?" 조앤이 유니스의 방에 들어서며 말했다. 그녀는 흰색 코트를 벗으려 몸을 뒤틀었다. "어딘가 좀 모자란 것 같던데. 그러니까, 무슨 뜻인지 알지?"

"입도 뻥긋 안 할걸."

하지만 잘못 짚었다.

물론 자일즈는 질문을 받지 않았더라면 아무 말도 안 했을 것이다. 쓸데없이 떠들고 다니는 타입이 아니었으니까. 그는 거실에 두고 왔다고 생각한 그리스어 사전을 가지러 아래층으로 내려갔다. 그곳에서는 어머니가 혼자 텔레비전에서 하는 실내악 공연을 보고 있었다. 조지는 삼십 분 전에 육군 준장을 만나러 나가고 없었다. 다리 옆 자투리 땅에 집을 네 채 신축하려는 계획을 저지할 방도를 의논할 작정이었다.

재클린은 미소를 지었다. "아, 자일즈, 너로구나."

"음." 그는 리델 앤드 스콧 사전을 찾느라 일요일 신문 뭉치 아래를 더듬고 있었다.

"계단에서 무슨 소리를 들은 것 같았는데, 미스 파치먼이 들어왔다고 생각했어."

이따금씩 자일즈의 머리에도 하루에 한 번쯤은 어머니에게 단음절보다는 온전한 문장으로 말을 건네야겠다는 생각이 떠올랐다. 그는 사실 어머니를 좋아했고, 그래서 자신을 다그쳤다. 무거운 학술 서적에 짓눌려 미쳐 버린 젊은 교수처럼, 근시인 눈에 머리카락은 삐죽 뻗친 채, 여드름이 가득한 얼굴로.

"들었어. 그 가게 할멈이었는데."

"할멈이라니? 무슨 말이니, 자일즈?"

자일즈는 마을 사람의 이름은 하나도 몰랐다. 그는 가능한 한 마을에 나가지 않으려 했다. "노랑머리를 하고 다니는 그 미친 여자."

"스미스 부인 말이니?"

자일즈는 고개를 끄덕이고는, 사전을 편 채 '절대 반대' 같은 말을 중얼거리며 문 쪽으로 향했다. 재클린의 인내심이 끊기고 말았다. 그녀는 잠시 자일즈가 한 말을, 그 말의 중요성을 잊어버렸다.

"오, 애야. 사람한테 미쳤다는 말을 하면 안 돼. 자일즈, 잠깐만 기다리렴, 제발. 가끔은 아래층에서 우리와 함께 저녁 시간을 보내면 안 되겠니? 그러니까, 숙제도 별로 없잖아. 있다고 해도 눈 감고도 할 수 있을 테고. 점점 은둔자로 변하는 거 같구나. 기둥 꼭대기에 앉아 있는 사람처럼 될 셈이니!"

자일즈는 다시 고개를 끄덕였다. 훈계나 부탁, 아첨 같은 말들은 한귀로 흘린 다음, 얼굴에 난 여드름을 문지르면서 깊은 생각에 잠겼다.

그는 마침내 입을 열었다. "성 시미언기둥 위에서 살았다는 시리아의 고행자이야." 그러고는 문을 열어 둔 채 천천히 밖으로 나갔다.

재클린은 격노하여 문을 쾅 닫았다. 실내악 공연은 이미 끝나 있었다. 잠시 동안 그녀는 자리에 앉아 생각에 잠겼다. 내가 아들을 얼마나 사랑하는데. 그 애의 학문적 성취가 너무 자랑스러워. 장래에 크게 기대해 봐도 될 거야. 그 애가 조지의 아이들을 좀 닮았다면 얼마나 좋을까. 하지만 언젠가는 반드시 보통 아이처럼 정상으로 돌아올 테니, 지금 이러쿵저러쿵 해 봐야 소용없어. 그래서 그녀는 아들이 했던 말에 주의를 기울이기 시작했다. 조앤 스미스. 하지만 그 일에 대해 깊게 생각해 보기도 전에 조지가 돌아왔다.

"아무래도 그 계획을 실력으로 저지해야겠어. 그 땅을 자연 미관 구역으로 지정해 버리든지 해서라도. 공개 심리가 시작되면 우리 모두 뭉쳐서 간단한 변호인단이라도 꾸려야지. 당신, 교구 위원회에서는 극심하게 반대한다고 했지요?"

"그래요. 그나저나 조지, 잡화점의 스미스 부인이 위층에 있어요. 미스 파치먼이 데리고 왔어요."

"스미스 씨네 차를 길에서 본 것 같았는데. 거참 짜증 나는군."

"여보, 그 여자를 집에 들이기 싫어요. 바보 같은 소리라는 건 알지만, 그 여자가 여기 있다는 생각만 해도 기분이 나빠져요. 제프리가 나랑 이혼한 일로 당신 욕을 한다고 사람들한테 소문을 내고 다니는걸요. 또 그가 알코올 중독이랑 별의별 중독을 다 겪고 있다고도 하고. 게다가 그 여자가 오드리에게서 온 편지를 뜯어본 게 분명하다고요."

"맞아, 절대 바보 같은 소리가 아니에요. 그 여자는 위험해. 당신에게 무슨 말이라도 했어요?"

"난 못 봤어요. 자일즈가 봤대요."

조지는 문을 열었다. 유니스와 조앤이 어둠 속에서 아래층으로 살금살금 내려온 바로 그 순간이었다. 그는 불을 켜고 복도를 성큼성큼 걸어가 그들 앞에 섰다.

"안녕하십니까, 스미스 부인."

유니스는 겸연쩍어했지만, 조앤은 개의치 않았다. "오, 안녕하세요, 커버데일 씨. 오랜만이에요. 정말 춥지 않아요? 하지만 이런 계절에 달리 기대할 게 뭐가 있겠어요."

조지는 그녀가 나갈 수 있도록 현관문을 활짝 열고 짧게 말했다. "안녕히 가시오."

"안녕히!" 그녀는 출입 금지된 곳에 들어갔다 걸린 여학생처럼 킥킥대며 황급히 사라졌다.

조지가 친절하게 문을 닫은 다음 몸을 돌렸을 때 유니스는 이미 사라진 후였다. 다음 날 아침 식사 시간 전에 그는 유니스를 만나러 주방으로 갔다. 이번에는 그의 드레스 셔츠로 기적을 만들어 내고 있지는 않았다. 그녀는 토스트를 굽고 있었다. 그는 이제까지 그녀가 수줍음을 많이 탄다고 여겨, 온갖 이상한 행동을 그러한 수줍음 탓으로 돌렸다. 하지만 여섯 달 전에 한 번 느꼈던 것처럼, 이제 유니스가 있는 곳에는 언제나 불쾌한 기운이 팽배해 있음을 알아차렸다. 그녀는 돌아서서 성마른 태도로 그를 바라보았다. 그가 예전에 송아지에게 너무 가까이 다가갔을 때 암소가 보여 주던 태도였다. 격렬한 적의가 그를 감쌌다. 조지는 주방이 엉망이었던 시절로 되돌아가고 싶었다. 오페어가 전날 쓴 냄비를 설거지하지도 않은 채 더 뒤죽박죽으로 만들던 시절로.

"이런 불편한 말을 하게 되어 유감이오, 미스 파치먼. 그러니 될 수 있으면 짧게 하겠소. 아내와 나는 당신 사생활에 간섭할 생각이 없고, 당신도 마음 가는 대로 자유롭게 친구를 사귈 수 있소. 하지만 스미스 부인을 이 집에 들여서는 안 된다는 사실은 명심하시오."

불쌍한 조지는 필요 이상으로 격식을 차리고 있었다. 그러나 이런 상황에서 누가 그러지 않을 수 있을까?

"아무런 해도 끼치지 않는데요." 유니스는 자신도 모르게 그에게 존칭을 붙이지 않았다. 다시는 조지와 재클린을 주인님이나 마님으로 부르지 않을 작정이었다.

"그 일에 대해서는 할 말이 많소. 내가 왜 그녀를 들이는 걸 반대하는지 당신도 알 권리가 있겠지. 악의적인 중상모략이나 퍼뜨리고 우체국장인 남편의 지위를 남용하는 여자를 두고 아무 해도 끼치지 않는다고 할 수는 없다고 생각하오. 이상이오. 물론 당신이 스미스 부인의 집을 방문하는 건 막을 권리가 없소. 그건 다른 문제니까. 하지만 이 집에는 절대로 안 되오."

그녀는 아무런 질문도, 조앤을 옹호하는 말도 하지 않았다. 그저 널찍한 어깨를 으쓱하고 등을 돌려 까맣게 타버린 토스트 세 조각이 담긴 그릴을 꺼낼 뿐이었다.

조지는 지체하지 않고 나갔다. 하지만 그는 주방을 나서면서 그녀가 다음과 같이 말하는 소리를 들었다고 확신했다. "어디 한 번 두고 보시지!"

그는 차 안에서 자일즈에게 이 이야기를 꺼냈다. 자일즈가 함께 타 있었고, 머릿속은 이 일로 꽉 차 있었던데다, 무엇보다 이 아이에게 무슨 말을 해야 할지 언제나 고심하고 있있기 때문이다.

"내가 이런 이야기를 하는 게 꽝장히 드문 일이라는 건 알고 있겠지. 하지만 그 여자에겐 분명 뭔가 불쾌한 구석이 있어. 네게 이런 말을 해서는 안 될지도 모르지만, 너도 다 컸으니까 분명 보고 느낀 게 있을 거야. 그녀를 묘사할 적당한 말이 떠오르지 않는구나."

"혐오스럽다."

"바로 그거야!" 조지는 적당한 단어를 알게 되었을 뿐만 아니라 그 단어를 자일즈가 기꺼이 말해 주었다는 사실에 꽝장히 기뻐했다. 그래서 잠깐 도로에서 시선을 떼었다가, 길 한가운데를 느릿느릿 걷고 있던 메도즈 씨의 늙은 래브라도 리트리버를 치지 않으려 급하게 운전대를 돌려야 했다. "어디로 돌아다니는 거야, 이 멍청한 녀석." 그는 안도하여 사뭇 다정한 목소리로 개를 쫓았다. "혐오스럽다, 바로 그거야. 그래, 등골이 다 오싹해졌다니까. 그런데 어떻게 해야 하지, 자일즈? 참고 지내야 할까?"

"음."

"그저 내가 신경이 좀 과민했는지도 모르지. 상황을 너무 과장해서 받아들이는 것일 수도 있고. 그녀는 네 어머니 어깨의 짐을 엄청나게 덜어 주었는데."

"음." 자일즈는 가방을 열어 『오비디우스기원전 로마의 시인』의 구절을 중얼거리기 시작했다. 조지는 실망했지만, 한쪽으로 치우친 대화에 번뜩이는 의견이 재차 등장할 리 없다는 사실을 잘 알고 있어, 한숨을 쉬며 대화를 중단했다. 이내 끔찍한 생각이 그의 머릿속에 떠올랐다. 직감적으로 알 수 있었다. 만일 유니스가 운전을 할 줄 알고 오 분 전에 이 차를 몰고 있었다면, 그녀는 분명 개를 피하려 운전대를 돌리지 않았으리라. 개가 아니라 아이였다고 해도 마찬가지였을 것이다.

재클린은 하루 종일 외출한다는 쪽지를 주방에 남겼다. 유니스의 얼굴을 보고 싶지 않았다. 유니스는 아이들의 침실을 청소하느라 위층에 있었다. 재클린은 조지가 유니스에게 조앤 스미스를 만나는 일로 뭐라고 한 것이 마음에 걸리기 시작했다. 자신이 충동적으로 조지에게 그 일을 말해 버린 것은 더욱 후회스러웠다. 유니스는 나가 버리거나, 떠나겠다고 할지도 모른다. 재클린은 마을을 지나 제임슨-커 부인의 집으로 차를 몰고 갔다. 그곳에서 얼룩진 유리창과 사방을 덮고 있는 먼지, 친구의 빨갛게 거칠어진 손을 보면서, 어떤 대가를 치르더라도 유니스를 붙잡아야 한다고 자신을 타일렀다. 이따금 조앤 스미스와 마주치는 건 사소한 대가에 지나지 않는다.

조앤은 차가 지나가는 걸 보고 양털 코트를 입었다. "그 저택에 가나? 그 여자 프랑켄슈타인이랑 아예 같이 살지그래?" 노먼이 말했다.

그녀는 이제 더 이상 예전처럼 남편에게 성경에서 인용한 쓸데 없는 말을 늘어놓지 않았다. 그는 그런 말을 해 줄 필요가 없는 유일한 사람이었다. "내 친구를 비난하기만 해 봐! 윤이 아니었다면 난 죽었을지도 몰라."

노먼은 껌을 씹으며 곁에 있는 자루를 들여다보았다. "살짝 친 거 가지고 바보처럼 호들갑 떨지 마."

"윤이 아니었다면 당신은 우편 가방을 들여다보지도 못하게 됐을걸! 대신 감옥에서 그거나 꿰매고 있었겠지." 조앤은 빈정거리며 소리쳤다.

그녀는 자동차에 뛰어오른 후 거칠게 몰아 다리를 건넜다. 유니스는 주방에서 시트와 셔츠, 테이블보를 세탁기에 넣고 있었다.

"그 여자가 차를 타고 나가는 걸 봤거든. 그래서 어서 달려와야 겠다고 생각했어. 어젯밤에 야단맞았어?"

"난 그런 거 몰라."

유니스가 세탁기 뚜껑을 닫고 주전자를 불 위에 올리며 말했다. "그 남자가 넌 오면 안 된다더라고."

조앤의 반응은 시끄럽고 격렬했다. "그럴 줄 알았어! 진작부터 알고 있었다고. 하느님의 종이 박해를 받는 건 이번이 처음은 아니고 마지막도 아닐걸, 윤."

그녀는 막대기 같은 팔을 쓸어 내리다가 우유가 들은 주전자를 엎는 일을 간신히 모면했다. "네가 그치들에게 해 주는 일을 봐! 포도밭에서 일하는 사람도 그보다는 더 많이 받을걸. 저 위에 좁아터진 방만 아니라면 지금 받는 돈의 두 배는 받아야 한다고. 하지만 그런 생각을 할 인간들이 아니지. 한낱 집주인인 주제에 남의 우정에 훼방 놓을 권리는 어디서 났대?"

그녀의 목소리는 점점 높아져 떨리는 비명처럼 들렸다.

"딸년도 지 애비를 파시스트라고 말하고 다닌다지. 친척들조차 그를 멀리하고 주님께서도 그를 경멸하시니, 이 어찌 슬프지 아니한가!"

유니스는 이런 말에 조금도 감정이 동하지 않은 채 무신경하게 물이 끓는 주전자를 바라보았다. 조앤에 대한 사랑의 감정이 밀려들지도 않았고 충동적인 충성심이 생기지도 않았다. 그녀는 기본적인 권리가 위협받았을 때 사람을 끓어오르게 하는 이러한 열정에 움직이는 사람이 아니었다. 그저 단순하게 지난 밤 이래로 자신의 삶이 간섭받았다고 느낄 뿐이었다. 마침내 그녀는 무겁고 흔들림 없는 어조로 이렇게 말했다.

"그 사람들이 뭐라고 하든 신경 쓸 생각은 없어."

조앤은 새된 웃음을 터뜨렸다. 기쁘고 흥분해서 잔뜩 들떴다.

"맞아. 윤이라면 당연히 그래야지. 그 인간을 깔아뭉개 버려. 제멋대로 오라 가라 해도 고분고분 따르지 않는 사람이 있다는 걸 보여 줘.”

　“차 내올게. 그 여자가 쪽지에 뭐라고 써 놓은 거야? 안경을 위층에 두고 와서.”

# 14

멜린다는 학기중에 집에 두 번밖에 오지 않았는데, 어느새 학기가 종료되었다. 조나단은 부모와 함께 콘월에 가서 새해를 보내고 돌아올 예정이었다. 멜린다도 초대를 받았지만, 아무리 사랑에 빠졌다 한들 크리스마스를 로필드 홀 밖에서 보낼 수는 없었다. 그들은 매일 전화 통화를 하고 편지도 자주 쓰기로 약속한 후 헤어졌고, 멜린다는 스탠트위치행 기차에 올랐다.

또다시 제프 볼럼이 갤로즈 코너에서 그녀를 태워 주었다. 그다지 대단한 우연은 아니었다. 제프는 이 시간쯤에는 항상 계란 배달을 마치고 집으로 돌아가곤 했으니까. 십이월 십팔일 오후 다섯시, 밖은 이미 어두웠다. 제프는 자동차 창문을 닫고 히터를 틀었다. 멜린다는 수가 놓인 아프간 코트를 입고 커다란 털모자를 쓰고 있었다. 부츠만 예전과 동일했다.

"안녕, 멜린다. 오랜만이야. 공부하느라 갤위치에 계속 붙어 있던 건 아니겠지?"

"아니면 뭐겠어?"

"새 남자친구가 생겼다거나. 그런 이야기를 들었는데."

"그냥 입 다물고 있을 생각은 없지? 뭐 새로운 소식 없어?"

"바바라가 아이를 가졌어. 칠월이 되면 볼럼 집안에 아이 하나가 더 늘어난다구. 내가 좋은 아빠가 될 수 있을까, 멜린다?"

"멋진 아빠가 될걸. 정말 축하해, 제프. 바바라한테 안부 전해 줘."

"물론이지. 자, 또 뭐가 있더라? 힉스 집안의 넬리 아주머니가 자전거를 타다가 호되게 넘어져서 다리를 다쳐 드러누워 계셔. 너희 아버지가 스미스 부인을 집 밖으로 쫓아냈다는 이야기는 들었니?"

"말도 안 되는 소리 하지 마!"

"정말이야. 스미스 부인이 너희 집에서 일하는 여자랑 살금살금 아래층으로 내려오는 걸 붙잡아서 다시는 올 생각 하지 말라고 했대. 그러고는 밖으로 집어 던졌다나. 스미스 부인은 옆구리에 온통 멍이 들었다던데."

"우리 아빠는 정말 끔찍한 파시스트이지 않아? 정말 지독해."

"지독하다고 할 수만은 없지. 그 여자가 너희 어머니 욕을 하고 다니고 편지도 뜯어 본다던데? 자, 다 왔어. 어머니께 월요일 아침 일찍 계란을 배달하겠다고 말씀드려."

제프는 바바라와 닭들이 기다리고 있는 집으로 돌아가며 멜린다는 참 매력적인 소녀라고 생각했다. 한데 그런 우스꽝스러운 털모자라니! 하여간 남자친구란 놈은 운도 좋지.

"정말 스미스 부인을 밖으로 집어 던져서 옆구리에 온통 멍이 들게 했어요?" 멜린다는 조지가 있는 거실로 뛰어 들어가 물었다. 그는 총기실이 너무 추워서 거실 바닥에 시트를 한 장 깔고 총을 손질하는 중이었다.

"한 달 만에 보는 아버지에게 하는 인사치고는 참 훌륭하구나." 조지는 그녀에게 키스했다. "건강해 보여서 다행이다. 남자친구는 잘 지내지? 그런데 내가 스미스 부인을 공격했다는 건 무슨 소리니?"

"제프 볼럼이 그러던데요."

"말도 안 되는 헛소리야. 난 그 여자 털끝 하나 건드리지 않았다. 잘 가라는 인사 말고는 아무 말도 하지 않았어. 원래 마을에서 떠도는 소문이란 게 다 그런 거 아니냐, 멜린다."

멜린다는 모자를 벗어 의자 위로 던졌다. "하지만 스미스 부인에게 다시는 여기 오지 말라고 하셨다면서요, 아빠."

"분명 그랬지."

"오, 불쌍한 미스 파치먼! 다른 사람의 교우 관계에 간섭하는 건 엄청나게 봉건적인 짓이라고요. 주변에 아는 사람도 없고 갈데도 없다고 걱정했잖아요. 이제 친구가 한 명 생겼는데 집에 데려오면 안 된다니. 정말 너무해요."

"멜린다……."

"나라도 잘 대해 줘야지. 아주 친절하게 보살펴 줄 거예요. 친구 한 명 없이 지내야 한다니, 생각할 수도 없는 일이에요."

"내가 반대하는 사람은 그 기혼자 친구뿐이란다." 조지는 짓궂은 말투로 말하고는, 멜린다가 여봐란듯이 방을 나서는 모습을 보며 웃었다.

그리하여 그날 저녁 멜린다는 자신은 물론이고, 아버지와 의붓어머니, 의붓동생까지 죽음으로 곧장 몰아넣는 재앙을 불러일으킬 과정을 밟기 시작했다. 이런 일을 벌이게 된 이유는 그녀가 사랑에 빠졌기 때문이다. 사랑에 빠진 사람이 세상을 사랑하는 만큼, 세상은 사랑에 빠진 사람을 사랑하지는 않는다. 멜린다는 자신의 사랑에 고무되어 사랑과 행복을 하사하려 했지만, 그 대상이 유니스 파치먼이었다는 사실은 비극이었다.

저녁 식사 후 그녀는 식탁에서 튀어나와, 재클린의 경악한 얼굴을 뒤로 하고 유니스를 도와 식탁을 정리했다. 멜린다가 알았더라면 굉장히 실망했겠지만, 유니스 또한 경악했다. 그녀는 설거지를 제때 끝마치고 여덟시에 시작하는 〈로스앤젤레스 경찰 이야기〉를 보고 싶었다. 그런데 이 선머슴 같은 여자애가 뛰어다니며 그레이비 소스가 묻은 접시를 물 잔과 죄다 섞어 버리는 게 아닌가. 하지만 유니스는 그녀의 성격상 아무 말도 하지 않았다. 그러다 보면 이 여자애가 어쩌면 스스로 눈치를 채고 물러날지도 모르겠다고 기대하면서.

외향적인 모습 아래에 깔린, 고상함을 의식하는 나름의 섬세한 태도를 가진 멜린다는 지난 일요일 사건을 언급하는 것은 자신의 아버지에게 불효가 되리라 생각했다. 그래서 다른 방향을 선택했다. 이보다 더 나쁜 주제를 선택하기도 어려웠으리라. 단 하나를 제외하고는.

"이름이 유니스 맞죠, 미스 파치먼?"

"그래요."

"물론 알고 계시겠지만, 성경에 나오는 이름 아닌가요? 원래는 그리스 이름 같은데. 에우니세이 아니면 에우니케이였던가. 자일 즈에게 물어봐야겠어요. 학교에서 그리스어를 배우지 않았거든 요."

접시 한 장이 식기세척기 속에서 쾅 하는 소리를 냈다. 습관적으로 접시를 깨먹던 멜린다는 이에 주의를 기울이지 않고 식탁 위에 앉았다.

"한번 찾아볼게요. 『디모데전서』에 나오던가. 그래, 맞아! 티모시의 어머니 유니세이."

"행주를 깔고 앉았어요."

"아, 미안해요. 미리 신경 썼어야 하는데. '그대의 어머니 유니스와 그대의 할머니 로이스<sup>「디모데후서」 1장 5절</sup> 같은 구절을 읽은 것 같아요. 혹시 어머님의 성함이 로이스인가요?"

"이디스요."

"그렇다면 분명 앵글로색슨 민족이겠네요. 이름이라는 건 굉장히 흥미롭지 않아요? 난 내 이름이 좋아요. 부모님이 우리 남매들 이름을 피터, 폴라, 멜린다라고 지은 걸 보면 참 안목이 있으신 것 같아요. 피터는 다음 주에 온대요. 분명 마음에 들걸요. 만일 당신이 아들을 낳았더라면 이름을 티모시라고 지었을까요?"

"모르겠어요." 유니스는 왜 이런 박해를 당해야 하는지 알 수가 없었다. 조지 커버데일이 이러라고 부추겼나? 아니면 그저 놀리려는 건가? 그것도 아니라면, 이 선머슴은 왜 계속 웃고 있지? 그녀는 맹렬한 기세로 식탁을 닦는 싱크대에서 물을 뺐다.

"그러면 가장 좋아하는 이름은 뭐예요?" 멜린다는 심문관처럼 물었다.

유니스는 이에 대한 생각을 한 번도 해 본 적이 없었다. 그녀가 알고 있는 이름들은 오직 친척들과 지인들, 텔레비전에서 들었던 것뿐이다. 결국 그녀는 자포자기한 심정으로 아무 이름이나 골랐다. 지금 바로 움직인다면 놓치지 않고 볼 수 있는 텔레비전 프로그램의 주인공 이름이었다.

"스티브." 이렇게 말하고는 행주를 넌 다음, 주방을 서둘러 빠져나갔다. 지적인 행위를 하면 그녀는 지쳐 나가떨어지곤 했다.

멜린다는 실망하지 않았다. 파치먼 할멈은 분명 조앤 스미스 일로 화가 나 있는 거야. 하지만 곧 이겨내겠지. 멜린다는 일단 얼음은 깨뜨렸으니, 연휴가 끝나기 전에 둘 사이의 관계가 좀 더 진전되리라는 확신에 가까운 희망을 품었다.

"에우니카이." 자일즈는 그녀의 질문에 대답하고는 말을 이었다. "파티에서 엉망으로 취한 남자가 있었어. 새벽 세시쯤에 비틀거리며 집으로 가는 중이었거든. 그러다가 아파트 입구에 도착했는데, 벨 옆에 붙은 이름을 모조리 살펴보니 그중에 S. T. 폴사도 바울이라는 이름이 있었어. 술에 취한 남자가 벨을 누르자, 잠옷을 입은 사람이 졸려서 잔뜩 화가 난 채로 내려왔어. 그러자 취한 남자는 이렇게 말했지. '그토록 편지를 보냈는데 답장은 좀 받았소?'사도 바울은 생전에 많은 편지를 남겼다. 『디모데전서』와 『디모데후서』는 디모데에게 보낸 그의 편지 모음집이다." 그는 자신의 농담에 큰 소리로 웃기 시작했지만, 갑자기 우울해졌다. 가톨릭으로 개종할 생각을 하고 있으니 그런 농담을 하면 안 될지도 모른다.

"미쳤구나, 스텝." 멜린다는 이복동생이 한 문장 이상 말을 건네는 사람은 자신밖에 없다는 사실을 알지 못했다. 그녀의 마음은 온통 유니스에게 쏠려 있었다. 다음 날 멜린다는 성경과 작명 사전으로 무장하고 유니스를 찾아갔다. 자신의 잡지를 빌려 주었고, 조지가 사온 석간 신문도 가져왔다. 유니스가 평소에 하던 대로 안경을 위층에 두고 왔다고 말하자, 친절하게 직접 가져오기도 했다.

유니스는 귀찮다 못해 지치기 시작했다. 멜린다와 자일즈가 집 안에 온종일 있어 조앤 스미스가 그녀를 만나러 오지 못하는 것만 해도 충분히 기분이 나빴다. 그런데 멜린다가 주방에 찰싹 붙어서 자신을 따라다니기까지 했다. 그녀는 조앤에게 '강아지처럼 졸졸 따라다닌다'라고 표현했다. 게다가 멜린다가 끊임없이 코끝에 책과 신문을 밀어 놓는 터라 내내 신경이 곤두서 있었다. 이에 대해서는 조앤에게 말하지 않았다.

"당연히 무슨 수작인지 알지, 윤? 그치들은 자신들이 못된 짓을 했다는 게 부끄러우니까 그 애를 시켜서 슬슬 아첨하는 거라고."

"모르겠어. 그 애가 내 신경을 건드려."

유니스 자신의 입으로 말했듯이, 그녀는 점점 날카로워지기 시작했다. 이전까지 겪어 보지 못한 방식이었다. 게다가 그녀는 따뜻하고 악의가 없는 멜린다를 상대하기에는 무력했다. 한두 번쯤, 멜린다가 이름이나 성경, 크리스마스, 가족 이야기를 늘어놓는 동안, 긴 식칼 하나를 뽑아 사용해 보면 어떨까 하는 생각까지 했다. 물론 유니스답게, 그런 짓을 하면 커버데일 가족이 어떻게 나올 것이며 자신은 어떻게 될 것인가 하는 걱정은 하지 않았다. 단지 그런 행동에 대한 직접적인 결과, 즉 혓바닥이 말을 멈추고 피가 솟아나와 저 하얀 목덜미를 물들이는 모습을 상상할 뿐이었다.

피터와 오드리 커버데일은 이십삼일에 도착했다.

피터는 아버지보다는 어머니를 더 닮은 호감 가는 용모였고, 서른한 살이었다. 이들 부부는 아이가 없었는데, 오드리가 직업을 갖고 있었기 때문에 일부러 아이를 갖지 않는 듯했다. 그녀는 피터가 정치경제학 강사로 재직하고 있는 대학의 도서관에서 수석 사서로 일하고 있었다. 오드리는 특히 재클린을 좋아했다. 남편보다 네 살이 많고 재클린보다는 고작 일곱 살 어린 그녀는 집안일보다 학문에 더 관심이 많았다. 사서 교육을 받기 전에는 왕

립음악원에 다니기도 했다. 재클린도 첫 번째 결혼을 하기 전에 그곳에 다닌 적이 있었다. 두 여자는 같은 종류의 책을 읽었고, 모차르트와 그 이전 시대의 오페라에 대한 열광적인 사랑을 공유 했으며, 패션에 관심이 많아 옷에 대한 이야기를 나누기도 했다. 그들은 정기적으로 편지를 주고받았고, 그들 사이에 오가는 오드 리의 편지는 조앤 스미스가 뜯어보는 편지 중 하나였다.

그들은 도착한 지 십 분도 채 되지 않아 멜린다에게 이끌려 주 방으로 가서 유니스와 인사를 나눴다.

"이 집의 어엿한 일원이야. 끔찍하게도 이분을 주방 도구처럼 다루려는 파시스트가 있지만."

유니스는 악수를 했다.

"크리스마스 때 외출하나요, 미스 파치먼?" 재클린처럼 오드리 역시 어떤 계층의 사람과도 수준을 맞춰 스스럼없이 대화를 나눌 수 있다는 사실을 자랑스럽게 여겼다.

"아뇨."

"그거 참 안됐어요! 물론 우리에게는 다행스러운 일이지만요. 당신에게는 손해겠지만 우리에게는 이득이네요. 하지만 크리스 마스에는 가족과 지내고 싶은 게 당연한데."

유니스는 등을 돌려 찻잔을 꺼냈다.

"어디서 저런 끔찍한 여자를 데려왔어요?" 나중에 오드리는 재 클린에게 이렇게 말했다. "어머님, 그 여자 정말 섬뜩하던데요. 사람 같지가 않아요."

재클린은 자신이 모욕당한 것처럼 얼굴을 붉혔다. "조지처럼 안 좋은 말만 하는구나. 난 하인이랑 친구가 될 생각은 없어. 믿을 수 없을 만큼 유능한데다 쓸데없이 나서지 않으니, 그것만으로 충분해. 그녀는 자신이 할 일을 분명하게 알고 있단다."

　"보아뱀도 그렇죠."

　이렇게 크리스마스가 왔다.

　조지와 멜린다는 로필드 홀을 장식하려 호랑가시나무를 가져왔고, 메도즈 씨는 자신이 키우는 오크 나무에서 거둬들인 겨우살이 열매 다발을 선물로 보내주었다. 커버데일 가족은 그것들을 응접실 샹들리에에 매달았다. 커버데일 집안 사람들에게는 백여 장이 넘는 카드가 날아왔고, 멜린다는 이 카드들을 실에 정교하게 고정시켜 매달아 놓았다. 자일즈는 단 두 장의 카드를 받았을 뿐이다. 한 장은 그의 아버지에게서, 다른 한 장은 친척 아저씨에게서 온 것이었다. 그는 이런 카드가 흉물스럽다고 생각해서 코르크 벽에 꽂아 놓지도 않았다. 이달의 인용문은 '자신을 사랑하는 것은 평생 동안 이루어지는 로맨스의 시작이다'였다. 멜린다는 십오 년 동안 해 오던 대로 밝은 빨간색, 에메랄드색, 망측한 파란색, 선명한 노란색 종이로 고리를 만들었다. 재클린은 그렇게 엮인 고리들을 보고 코르크 벽에 꽂아 놓은 자일즈의 인용구를 봤을 때와 별반 다르지 않은 기분을 느꼈지만, 그러한 생각을 절대 입 밖에 내지 않을 작정이었다.

　크리스마스가 되자 응접실에서는 성대한 축제가 벌어졌다. 남자들은 정장을 입고 여자들은 마루까지 닿는 긴 드레스를 입었다. 재클린이 입은 건 크림색 벨벳 드레스였다. 멜린다는 1920년대 풍 옷으로 차려입었는데, 정확히 말하면 구슬 장식이 달리고 옥스퍼드 대학의 짙은 푸른색을 띤 얇은 크레이프<sub>작은 주름이나 선이 두드러져 있어 표면이 오돌토돌한, 얇고 가벼운 직물</sub> 드레스였다. 그녀는 이 더러운 드레스를 옥스팸 상점에서 샀다. 모두들 카펫에 반짝반짝 빛나는 색종이를 흩날리며 선물을 풀기 시작했다. 재클린은 조지가 선물한 금팔찌의 포장을 뜯었고, 자일즈는 열광에 가까운 태도로 여섯 권짜리 기번<sub>에드워드 기번. 18세기 영국의 역사가. 『로마 제국 쇠망사』로 알려져 있다</sub> 전집을 바라보았으며, 멜린다는 아버지에게서 받은 꾸러미를 풀어 보았다.

테이프 레코더였다.

# 15

사람들은 모두, 심지어 자일즈조차 함께 샴페인을 마셨다. 그는 어머니에게 설득당해 아래층으로 내려왔는데, 하루 종일 여기 있어야 할지도 모른다는 생각에 침울한 표정을 짓고 있었다. 내일 파티가 열리면 더욱 심할 터였다. 멜린다도 이 의견에 동의했다. 사방에 돌무덤꾼과 똥개, 으쓱쟁이 천지가 되리라. 그녀는 자일즈의 옆 바닥에 앉아 조나단 자랑에 여념이 없었지만 자일즈는 그다지 신경 쓰지 않았다. 어쨌든 바이런도 리 대령의 존재에 절대 동요하는 법이 없지 않았던가. 그리고 멜린다와 함께하는 비밀 회동이 정기적인 행사가 된다면, 크리스마스도 견딜 만하다고 여겼다. 그는 다른 사람들이 그들의 친밀함을 눈치채서 이러한 불가사의에 당황해 하기를 바랐다.

하지만 재클린은 아들이 이번만큼은 함께 있다는 사실을 제외하고 그에 대해 다른 부분은 전혀 알아차리지 못했다. 파티를 즐기고 있던 그녀는 이 집의 구성원 중 한 사람이 보이지 않는다는 걸 문득 떠올렸다.

"미스 파치먼에게 우리와 함께 점심 식사를 하지 않겠냐고 꼭 물어보고 싶은데 다들 어때요?"

멜린다를 제외한 다른 사람들은 모두 신음 소리를 냈다.

"여자 뱅퀴셰익스피어의 희곡 『맥베스』에 등장하는 인물. 유령이 되어 맥베스를 괴롭힌다를 부르신다고요?" 오드리가 이렇게 말하자, 그녀의 남편은 크리스마스란 원래 떠들썩하게 노는 날이라고 말했다.

"그리고 평화와 친선을 도모하는 날이지. 다들 알다시피 난 그 여자랑은 성격이 맞지 않아. 하지만 크리스마스는 크리스마스이니 그 여자가 혼자 점심을 먹는다고 생각하면 마음이 편치 않구나."

조지가 끼어들었다.

"여보, 내 의견에 찬성해 줘서 고마워요. 내가 가서 물어볼게요. 그다음에 자리를 하나 더 마련하면 되니까."

하지만 유니스는 보이지 않았다. 그녀는 주방을 정리하고 채소를 다듬어 놓은 다음 잡화점으로 향했다. 호랑가시나무나 화환 같은 장식도 없는 응접실에서 그녀와 조앤, 침울한 표정의 노먼은 로스트 치킨과 얼린 완두콩, 감자 통조림을 먹었다. 뒤이어 가게에서 가져온 크리스마스 푸딩이 나왔다. 유니스는 나온 음식을 맛있게 먹었지만 소시지가 빠진 것을 아쉬워했다. 조앤이 소시지를 요리해 두고 내오는 것을 잊고 말았던 것이다. 일주일 후 노먼은 수상쩍은 냄새를 맡고 그릴 속에서 썩어가는 소시지를 발견했다. 식사하면서 그들은 물을 마셨고 나중엔 진한 차를 들이켰다.

노먼이 맥주를 좀 사 두었지만, 조앤이 청소부가 오기 직전에 쓰레기통에 갖다 버렸기 때문이다. 그녀는 유니스가 선물로 짜 준 연분홍빛 스웨터를 보고 황홀해하며 입어 보기 위해 쏜살같이 달려 나갔다. 그 옷을 입고 한껏 멋을 부리고는, 손자국이 난 거울 앞에서 눈에 띌 정도로 기괴한 모델 흉내를 냈다. 유니스는 재고품으로 남아 있던 거대한 초콜릿 상자와 과일 케이크를 받았다.

"내일도 오는 거다?"

그리하여 유니스는 크리스마스 다음 날도 스미스 부부와 함께 보냈고 덕분에 재클린은 그날 저녁 들이닥친 서른 명의 손님들을 접대하느라 분투해야 했다. 이 일이 재클린에게 끼친 영향은 이중적이라는 점에서 특이했다. 그녀는 마치 모든 집안일을 자신이 짊어져야 했던 과거로 돌아간 기분이었다. 유니스가 없는 상황을 겪고 나니 재클린은 그녀에게 더욱 감사하는 마음이 들었다. 유니스가 떠나 버린다면 영원히 이런 꼴이 되리라는 건 자명했다. 그럼에도 불구하고 그녀는 처음으로 자신의 가정부를 조지와 오드리, 피터가 바라보던 방식대로 바라보았다. 상스럽고 천박하다. 자기 내키는 대로 드나들고 커버데일 가족을 자신에게 의존하게 만들어 손에 쥐고 흔드는 여자가 아닌가.

새해가 지나자 피터와 오드리는 집으로 돌아갔다. 그들은 멜린다에게 방학의 마지막 주를 함께 보내자고 했지만, 그녀는 거절했다. 멜린다는 근심에 싸여 있었다. 하루하루 불안은 점점 깊어져 갔다. 그녀는 생기를 잃고 집 안에서 침울하게 서성거릴 뿐, 마을 친구들의 초대도 모조리 거절했다. 조지와 재클린은 그녀가 조나단을 그리워해서 그런다고 생각해서, 약삭빠르게 아무 질문도 하지 않았다.

멜린다는 아무것도 묻지 않는 부모님에게 깊이 감사했다. 만일 두려워하는 일이 사실로 드러난다면—현재로선 사실임이 틀림없다—그들도 언젠가는 알아야 한다. 하지만 운이 좋다면 조지가 수상하게 여기기 전에 이 일을 해결하거나, 아니면 이 일에서 벗어날 수 있을지도 모른다. 부모가 아이들을 이해하지 못하듯, 아이들도 부모를 이해하지 못한다. 멜린다는 행복한 어린 시절을 보냈고 호의적이며 헌신적인 아버지 밑에서 자랐지만, 생각하는 방식은 친구들이 부모를 대하는 태도에 물들어 있었다. 부모란 완고하고 고상한 척하는 도덕주의자다. 그러니 그녀의 부모도 마찬가지이리라. 개인적인 경험은 절대 이러한 유죄 판결을 뒤엎지 못했다. 멜린다는 자신이 조지가 가장 아끼는 자식이라고 생각했다. 그게 더욱 문제였다. 만일 아버지가 사실을 알게 된다면 굉장히 실망하여 환멸을 느끼리라. 딸에 대한 무조건적인 사랑이 혐오감으로 변할지도 모른다. 그녀는 그가 그런 일로 사랑스러운 막내딸을 의심하게 되었을 때 짓게 될, 엄하고 아직은 믿지 못하겠다는 표정을 상상해 보았다. 불쌍한 멜린다. 조지는 오래전부터 멜린다가 조나단과 잠자리를 함께하고 있으리라 추측했고 이 사실을 유감스럽게 생각했지만, 둘 사이에 사랑과 신뢰가 깔려 있으면 괜찮다고 달관하여 받아들였다. 멜린다가 이 사실을 알았더라면 깜짝 놀랐을 것이다.

물론 그녀는 매일 오랫동안 조나단과 통화했다. 조지는 엄청난 전화 요금 청구서를 받게 될 것이다. 그때까지 멜린다는 조나단에게 임신에 관해 한 마디도 하지 않았다. 하지만 일월 사일이 되자 진작 조나단에게 이야기했어야 한다고 후회했다. 아버지에게 이야기하는 것보다는 낫겠지만, 그래도 충분히 힘든 일이었다. 이런 고백에 대한 경험은 소설이나 잡지에서 읽었거나, 마을에 사는 나이 든 부인네들 사이에 오가는 소문에서 긁어 모은 게 전부였다. 남자에게 이런 고백을 하게 되면 그는 여자에게 관심을 끊고 떠나 버린다, 알고 싶어 하지도 않고, 기껏 책임을 진다고 해도 모든 게 상대 탓이라는 식이다. 하지만 그녀는 말해야 했다. 이 무서운 비밀을 하루라도 더 혼자서만 품고 있을 수 없었다. 심지어 오늘은 아침에 일어나면서 극심한 통증까지 느낀 터였다.

멜린다는 조지가 출근한 후 재클린과 자일즈가 두 번째 차를 타고 넌체스터로 떠날 때까지 기다렸다. 재클린은 자신이 쇼핑하는 동안 자일즈가 친구를 만나러 가는 모양이라고 생각했다. 드디어 친구가 생겼구나! 하지만 사실 그는 매디건 신부에게 첫 번째 가르침을 받을 예정이었다. 유니스는 위층에서 침대를 정리하고 있었다. 로필드 홀에는 전화기가 세 대 있다. 한 대는 거실에 있고, 홀과 재클린의 침실에 내선 전화가 한 대씩 있었다. 멜린다는 거실 전화를 선택했다. 그녀가 전화를 걸 용기를 그러모으는 사이 전화벨이 울렸다. 조나단이었다.

"잠깐만, 존. 문 좀 닫고 올게."

조나단이 멜린다를 기다리며 수화기를 잠시 내려놓고 담배에 불을 붙이던 바로 그 순간, 멜린다가 거실 문을 닫던 바로 그 순간에, 유니스는 재클린의 침실에 있는 내선 전화 수화기를 들었다. 그녀는 멜린다에게 극도로 무관심했고, 고의적으로 엿들을 생각을 하기에는 멜린다가 행한 배려에 진저리를 치고 있던 참이었다. 그래도 그녀는 수화기를 들었다. 그렇게 하지 않고서는 전화기의 먼지를 제대로 닦을 수 없기 때문이다. 하지만 멜린다가 입 밖에 처음으로 낸 말을 듣는 순간, 그녀는 신중하게 들어야 한다고 생각했다.

"오, 존, 큰일났어! 이런 말을 하는 게 정말 무섭지만, 돌리지 않고 그냥 말할게. 나 임신했어. 확실해. 오늘 아침에는 토할 것 같았고, 거의 이 주 동안이나 그걸 할 때가 지났어. 아빠나 새엄마가 알게 되면, 정말 실망하실 거야. 날 싫어하시겠지. 어떻게 하면 좋아?"

목소리는 거의 울먹이고 있었다. 멜린다는 금방이라도 흘러넘칠 듯한 눈물에 목이 메어, 기절한 듯 조용히 기다렸다. 조나단은 아주 침착하게 말을 꺼냈다. "그렇다면 두 가지 선택지가 있어, 멜."

"정말? 제발 말해 줘. 도망가서 죽어 버리는 거 말고는 아무 생각도 안 떠올라!"

"그렇게 울지 마, 자기야. 정말로 원한다면 낙태를 하는 방법도…….."

"그러면 분명 들킬걸. 낙태 허가도 받지 못할 테고 수술할 돈도 없어. 수술하려면 보호자도 데려오라고 할 텐데…….."

멜린다는 이미 제정신이 아니었다. 이런 상황에 처한 대부분의 여성처럼, 터무니없는 공포에 눈이 멀어 있었다. 자신의 몸을 옭아매고 있는 덫에서 벗어나려 몸부림치고 있었다. 유니스는 코를 찡그렸다. 그녀는 이런 호들갑과 헛소리를 견딜 수 없었다. 이 외에 다른 감정이 개입되었을 수도 있다. 그녀는 질투와 비통한 감정이 무의식적으로 솟아나는 것을 느끼고, 수화기를 내려놓았다. 단 전화를 끊는 대신 그저 수화기를 옆에 내려놓기만 했다. 그들의 대화가 끝나기 전에 전화를 끊는 것은 현명하지 못한 짓이라고 판단했다. 그녀는 화장대의 먼지를 털러 움직였기 때문에, 나머지 대화 내용을 놓치고 말았다.

"난 낙태 수술은 싫어. 정신 좀 차려 봐, 멜. 진정하라고. 들어 봐. 난 이 일이 아니더라도 너랑 결혼하고 싶어. 그러려면 졸업해서 직장 같은 걸 얻어야 한다고 생각했어. 하지만 이제 그건 문제가 아니야. 가능한 한 빨리 결혼하자."

"오, 존, 정말 사랑해! 우리가 그럴 수 있을까? 우리 둘 다 열여덟 살은 지났지만, 그래도 부모님께 말씀 드려야 할 텐데. 하지만 존…….."

"문제될 건 없지. 우린 결혼해서 아이를 낳는 거야. 다 잘될 거야. 다음 주 말고 당장 내일 갤위치로 돌아와. 나도 차라도 얻어 타서 돌아갈 테니. 나랑 함께 있으면서 계획을 짜 보자. 알겠지?"

자포자기하여 울던 멜린다는 더할 나위 없는 결과에 기뻐 어쩔 줄 몰라 했다. 내일은 조나단에게 가고 아빠에게는 로스토프트의 친구네로 간다고 하면 돼. 거짓말을 하고 싶지는 않지만, 다 잘되자고 하는 말이니까. 아빠가 아시는 것보다는 낫잖아. 교회에서 결혼 예고를 하거나 결혼 허가증을 받을 때까지만 기다리시라고 하자. 오래 걸리지 않을 거야.

일월 오일, 이제 그녀는 아프지 않았다. 멜린다는 가방을 싸기도 전에 자신이 근거 없는 공포를 품고 있었음을 깨달았다. 앞선 증상은 걱정에서 비롯된 것이었으니, 마음이 안정되자 증상도 사라지고 말았다. 그러나 그녀는 그대로 출발하여, 역에서 택시를 잡아타고 조나단의 아파트로 향했다. 어쨌든 자신이 임신하지 않았다는 사실을 그에게 조금이라도 빨리 알리고 싶었다.

유니스는 다른 사람의 비밀을 알게 되자, 동성애자와 애니 콜을 협박하던 시절이 떠올랐다. 조앤 스미스가 이 사실을 알았다면 꽤나 기뻐했으리라. 그녀는 유니스가 커버데일 가족의 사생활에 대한 이야기는 도통 하지 않는다며 분개하곤 했다. 하지만 이 사실 역시 조앤에게 말하지 않을 작정이었다. 공유된 비밀은 더 이상 비밀이 아니다. 잠시도 입을 가만두지 못하고 가게에 오는 손님들에게 모조리 떠벌릴 조앤 스미스 같은 사람에게 알려 주는 것은 특히 그러하다. 유니스는 이 사실을 자신의 판자 같은 가슴에 넣고 잠가 버리기로 했다. 언젠가 유용하게 써먹을 때가 있을지도 모르니까.

그리하여 다음 날 밤, 그녀는 그리빙 도로에서 자신을 기다리고 있는 조앤의 차에 올라타면서도 아무런 말을 하지 않았다.

"어제 커버데일네 딸이 대학으로 돌아가는 것 같던데. 좀 이르지 않아? 남자친구랑 함께 살 생각에 일주일도 참을 수 없었나 보지? 그 애는 결국 비참한 최후를 맞이하게 될걸. 커버데일 씨처럼 엄격한 인간은 딸이 간음했다는 사실을 알게 되면 바로 집 밖으로 쫓아내 버릴 텐데."

"모르겠어."

일월 육일 주현절은 엘로이 캠프스의 추종자들에게는 일 년 중 가장 중요한 날이었다. 그날의 기도회는 선풍적이었다. 두 번의 거리낌 없는 고백이 터져 나왔고, 그중 하나는 조앤의 고백에 필적할 정도였다. 조앤은 목청껏 기도를 외쳐댔고, 뒤이어 신도들은 다섯 곡의 찬송가를 연달아 불렀다.

"별을 따르라!

별을 따르라!

현자는 되돌아오지 않으리.

사막을 지나, 언덕을 넘어, 거품이 이는 바다를 건너,

별은 그들을 집으로 인도하리라.

그들이 하얗든 갈색이든 검든 문제가 되지 않으리."

신도들은 시드 케이크<sub>가공된 밀가루가 아니라 호밀, 통밀 등을 직접 분쇄해서 바로</sub>
<sub>반죽하여 만든 케이크</sub>를 먹고 차를 마셨다. 조앤은 점점 더 흥분하여 결국에는 발작 상태에 이르렀다. 그녀는 바닥에 쓰러져 성령이 빙의한 듯 예언을 늘어놓고 사지를 사방으로 버둥거렸다. 두 여자가 그녀를 옆방으로 데려가 진정시켜야 했다. 하지만 '하느님의 강림을 믿는 사람들'의 신도들은 이런 소동에 깜짝 놀라기보다는 오히려 더욱 고무되었다.

남편을 따라 기도회에 나온 엘더 반스테플 부인은 유일하게 양식이 있는 여성이었다. 하지만 그녀는 조앤이 일부러 과장스러운 모습을 연출한 것이라고 오해했다. 신도들은 아무도 조앤 스미스가 점점 더 미쳐가고 있으며 현실 감각 또한 하루가 다르게 미약해지고 있다는 사실을 눈치채지 못했다. 그녀는 물에 빠져 미끄러운 바위를 붙잡으려 애쓰는 사람 같았다. 그녀의 손가락은 속절없이 바위에서 미끄러졌고, 그녀는 광기의 물살에 휩쓸려 소용돌이에 잠겨 들었다.

조앤은 차를 몰고 집으로 향하면서 입을 거의 열지 않았지만, 이따금 발작적으로 킥킥댔다. 마치 길고 어두운 도로를 떠도는 유령의 웃음소리 같았다.

# 16

한겨울은 황량했고 살을 에는 듯한 바람이 신음 소리를 냈다. 에바 볼럼은 밤이 길어지고 있다고 말했다. 이는 사실이었지만 알아채는 사람은 없었다. 그리빙에 첫눈이 내렸고, 쌓인 눈은 얼었다 녹았다를 반복했다.

코르크 벽에는 성 아우구스티누스의 글이 붙어 있었다. '그대를 사랑하기에는 너무 늦었다. 오, 그대의 아름다움은 그토록 고풍스럽고 그토록 새로울지니. 그대를 사랑하기에는 너무 늦었구나!' 자일즈에게 있어 로마로 가는 길은 전적으로 만족스럽지만은 않았다. 최근까지 아일랜드 농부들을 상대해 왔던 매디건 신부는 그에게도 무지하고 맹목적인 신앙심을 바랐기 때문이다. 그는 자일즈가 자신보다 그리스어와 라틴어를 더 잘한다는 것은 물론이고 열여섯 살이 되기도 전에 아퀴나스를 독파했다는 사실을 이해하는 것 같지 않았다. 멜린다는 갤위치에서 조나단과 더없이 행복한 시간을 보냈다. 그들은 여전히 결혼할 마음을 먹고 있었지만, 일단 십오 개월 후 멜린다가 졸업할 때까지 기다리기로 했다. 그러기 위해서는 좋은 직업을 얻어야 했기 때문에, 그녀는 사랑을 나누고 결혼 계획을 짜는 와중에도 초서<sub>제프리 초서. 영국의 시인으로</sub> 『캔터베리 이야기』의 저자와 가위<sub>존 가워. 14세기 영국의 시인</sub>에 열심히 매진했다.

차갑고 파리한 태양은 역시 차갑고 파리한 하늘에 낮은 원을 그리며, 옥색의 청명한 하늘 높이 떠 있는 구름밭에 빛의 웅덩이를 만들었다.


일월 십구일은 유니스의 마흔여덟 번째 생일이었다. 그녀는 자신의 생일을 알고 있었지만 아무에게도, 심지어 조앤에게도 말하지 않았다. 오래전부터 아무도 그녀에게 축하 카드를 보내거나 생일 선물을 주지 않았다.

그녀는 집에 혼자 있었다. 열한 시에 전화벨이 울렸다. 유니스는 전화 받는 일을 좋아하지 않았다. 전화 받는 데 좀처럼 익숙해지지 않았고, 전화가 올 때마다 깜짝깜짝 놀랐다. 응답하지 않으면 어떨까 잠시 고민하던 유니스가, 마지못해 수화기를 들고 인사를 했다.

전화를 건 사람은 조지였다. 커버데일 통조림 회사는 최근 광고 회사를 바꾸었고, 새 회사의 중역이 찾아와 점심을 먹고 공장을 둘러볼 예정이었다. 조지는 조부가 회사를 설립한 이후의 연혁을 정리해서 준비해 두었지만, 그만 집에다 두고 오고 말았다.

그는 감기에 걸려 목소리가 탁하고 쉬어 있었다. "거실 책상 위에 있는 서류를 좀 찾아 줘요, 미스 파치먼. 어디 있는지는 정확히 모르겠는데, 클립으로 묶여 있고 첫 장에 굵은 대문자로 '커버데일 기업, 1895년부터 현재까지'라고 쓰여 있소."

유니스는 아무 말도 하지 않았다.

"그걸 찾아주면 굉장히 고맙겠소." 갑자기 조지는 재채기를 했다. "미안해요. 어디까지 말했더라? 아, 그래요. 이미 운전사를 보냈으니, 그 서류를 큰 서류 봉투에 넣어 그가 오면 주도록 해요."

"알겠어요." 유니스는 절망적으로 말했다.

"전화를 끊지 않고 기다릴 테니, 좀 찾아봐 주겠소? 찾으면 돌아와서 말해 줘요."

책상은 서류로 가득했다. 많은 서류가 클립으로 묶여 있었고 모두 첫 장에 무언가 쓰여 있었다. 유니스는 망설이다가 조지에게 아무 말도 하지 않고 전화를 끊었다. 다시 전화벨이 울렸다. 그녀는 전화를 받지 않았다. 그러고는 위층으로 올라가 자기 방에 숨어 버렸다. 전화벨이 네 번 울리고 나자 초인종이 울렸다. 유니스는 역시 초인종 소리에 응답하지 않았다. 생일을 축하하는 취미는 없었지만, 하필이면 오늘 이런 유쾌하지 못한 일이 닥치는 건 너무했다. 생일이란 모름지기 이런 속상한 일 없이 즐겁고 평화로운 날이어야 하거늘.

조지는 무슨 일이 일어났는지 이해할 수 없었다. 운전사는 빈손으로 돌아왔고, 광고 회사 중역은 커버데일 회사의 역사에 대해 알지 못한 채 떠났다. 여섯 번 더 전화를 걸고서야 넌체스터에서 머리를 염색하고 막 돌아온 재클린과 통화할 수 있었다. 아뇨, 미스 파치먼은 아픈 것 같지 않던데. 방금 산책 나갔어요. 그가 집에 도착해서 가장 먼저 한 일은 서류를 찾아본 것이다. 서류는 책상 맨 위에 있었다.

"대체 무슨 일이오, 미스 파치먼? 오늘 그 서류가 무엇보다도 필요했단 말이오."

"찾을 수가 없었어요." 유니스는 저녁 식탁을 차리면서 그를 보지도 않고 대답했다.

"하지만 맨 위에 있었잖소. 어떻게 그걸 못 볼 수 있는지 이해할 수 없소. 내 운전사는 여기 오느라 한 시간을 허비했단 말이오. 게다가 서류를 못 찾았다면 다시 나한테 와서 이야기해 줘야할 게 아니오."

"전화가 끊겼어요."

조지는 그녀가 거짓말을 하고 있다는 사실을 알고 있었다. "네 번이나 다시 전화했는데."

"전화벨이 안 울렸어요." 그녀는 이렇게 말하고 작은 얼굴을 돌려 그를 바라보았다. 그 얼굴은 분노로 가득 차 점점 커져가는 것 같았다. 몇 시간 동안 오늘 일을 곱씹었더니 울분이 차올랐고, 그녀는 자신의 아버지에게 쓰곤 했던 말투로 그에게 대들기 시작했다. "그 일에 대해선 전혀 모르겠는데요." 그녀로서는 꽤 열변을 토하는 셈이었다. "나한테 물어 봤자 소용없어요. 모르는 일이니까." 피가 목을 타고 올라와 온 얼굴을 검붉게 물들였다. 그녀는 그에게서 몸을 돌렸다.

조지는 책임을 지려 하거나 사과하기는커녕 이야기조차 하지 않으려는 얼굴을 보고, 무력하게 거실을 나왔다. 감기로 머리가 무거웠다. 마치 젖은 털뭉치로 가득 차 있는 것 같았다. 재클린은 화장대 거울 앞에 앉아 화장을 하고 있었다.

"미스 파치먼은 비서가 아니에요, 여보." 그녀는 자신이 유니스를 고용하기를 망설였을 때 그가 했던 말을 그대로 따라했다. "파치먼에게 너무 많은 걸 기대하지는 말아요."

"너무 많은 거라니! 제목이 떡 하니 박혀 있는 네 장짜리 서류를 찾다 운전사에게 건네달라는 부탁이 과한 거요? 게다가 정작 내가 신경 쓰는 건 그게 아니에요. 그렇게 말 한 마디 안 하는 거만한 사람인지 미처 몰랐어요. 단 한 마디만 해 주면 되는데. 하지만 이제 알겠어요. 그 여자는 전화를 받으면서 전화번호도, 우리 이름도 대지 않았단 말이지. '여보세요'라는 말을 할 수 있는 돼지가 있다면 그게 딱 미스 파치먼일 거요."

재클린은 웃는 바람에 마스카라가 번지고 말았다.

"그리고 내 전화를 끊다니! 다시 건 전화는 왜 받지 않았지? 전화벨이 안 울릴 리가 있겠어요. 전화벨이 울리지 않았다는 말도 안 되는 소리나 하고. 내가 그 이야기를 꺼내자 분명히 불손하게 나왔단 말이에요."

"파치먼은 그런 일을 하는 걸 좋아하지 않는 것 같았어요. 그러니까 자기 영역에서 벗어나는 일 같은 거 말이에요. 언제나 같은 식이에요. 내가 쪽지를 남길 때면 시키는 대로 하긴 하지만 기분 나빠하는 것 같고. 그리고 전화를 거는 것도, 받는 것도 좋아하지 않아요." 그녀는 '남자의 무심함'을 놀리는 것처럼 사뭇 쾌활하게 이야기했다. 그의 감기가 더 심해졌기 때문에, 그녀는 그를 웃기고 달래 주려 했다.

조지는 망설이다가 손을 재클린의 어깨 위에 얹었다. "아무래도 안 되겠어요, 여보. 저 여자를 내보냅시다."

"오, 안 돼요, 조지!" 재클린은 의자에 앉은 채로 몸을 빙글 돌렸다. "파치먼이 없으면 나는 아무것도 못해요. 그딴 서류 하나 못 찾았다고 그럴 수는 없어요."

"단지 그 때문만이 아니에요. 저 여자의 거만함과 우리를 대하는 태도를 봐요. 요즘 우리 이름은 입에도 담지 않는 걸 눈치채지 못했어요? 주인님과 마님이라고 부르는 것도 관둔 지 오래고. 난 그런 데 신경 쓸 정도로 속물은 아니지만, 예의 없는 태도와 거짓말은 참을 수 없어요."

"조지, 파치먼에게 한 번만 기회를 더 줘요. 저 사람이 없으면 난 어떻게 하라고요. 생각만 해도 견딜 수 없어요."

"다른 하인을 구하면 돼요."

"그래요. 에바 할멈이나 그 오페어 같은 사람들. 난 우리 크리스마스 파티 때 파티 접대란 게 이런 거구나 싶었다니까요. 당신은 몰라도 난 하나도 즐겁지 않았어요. 하루 종일 음식을 해서 밤새 나르기나 하고. 사람들에게 한 잔 더 들겠냐는 이야기밖에 한 기억이 없다니까요."

"그런 이유로 아우슈비츠 간수로나 딱 어울릴 사람을 하인으로 두어야 한단 말이에요?"

"한 번만요, 조지, 제발."

그는 항복했다. 재클린은 항상 그를 이겼다. 그는 자문해 보았다. 사랑히는 이내가 행복하고 편안하게 지내면서 아름다운 보습을 간직할 수 있다면 너무 비싼 값을 치르는 건 아닐 테지. 집안이 평화롭고 안락해져 우아한 가정을 꾸려나갈 수 있다면 더 비싼 값을 치러도 좋아. 그런 이유라면 감수하지 못할 일이 있을까?

생명이 걸린 일만 아니라면, 그거면 돼.

조지는 유니스를 제대로 다루기 위해, 그녀가 자신의 명령에 따르도록 확실한 선을 그을 작정이었다. 그는 나약한 인간이나 겁쟁이가 아니어서, 불쾌한 일은 무시하고 마치 존재하지도 않는 것처럼 행동하라는 금언에는 절대 동조하지 않았다. 자신이 웃으며 건넨 아침 인사에 그녀가 쏘아보며 툴툴대는 반응을 보인다면 단호하게 꾸짖을 작정이었다. 그렇지 않으면 그녀와 조용히 대화를 나누면서 무엇이 문제인지, 왜 그들은 서로 잘 지내지 못하는지 알아볼 작정이었다.

그러나 그는 딱 한 번, 그것도 웃으면서 꾸짖었을 뿐이다. "당신에게 말을 건네면 좀 웃어 줄 수는 없겠소, 미스 파치먼? 내가 그런 음침한 표정을 대해야 할 정도로 잘못한 건 없는 것 같은데."

그는 재클린의 애원하는 듯한 눈과 마주쳤다. 유니스는 어깨를 가볍게 으쓱한 것 말고는 아무런 반응을 보이지 않았다. 그는 그녀와 단둘이 이야기하게 된다면 어떤 일이 벌어지게 될지 알고 있었다. "문제될 건 없는데요. 그런 게 없으니 말할 필요도 없고요." 하지만 재클린은 몰라도 그는 깨닫고 있었다. 그들은 유니스 파치면의 비위를 맞추면서 점차 그녀의 손아귀에 들어가고 있었다. 그는 재클린을 위하여 자기혐오에 빠져 가며, 자신의 가정부와 마주칠 때마다 방은 따뜻한지, 여가 시간은 충분한지 같은 질문을 하며 얼빠진 미소를 지어 보였다. 한번은 손님을 저녁 식사에 초대하기로 한 날 저녁에 집에 있어 줄 수 있을지 물어보기도 했다. 그의 따스한 마음은 털끝만큼도 보상받지 못했다.

이월은 눈보라와 함께 찾아왔다.

유니스는 그림이나 텔레비전에서 본 것 외에 실제로 시골에 내리는 눈을 처음 보았다. 이전에 본 것이라고는 투팅 빈민가를 진창으로 만든 눈뿐이었다. 그녀는 눈이 사람들을 번거롭게 하고 삶을 바꿔 놓을 수도 있다는 걸 상상조차 하지 못했다. 이월 일일 월요일 아침, 조지는 그녀보다 먼저 일어나, 마지못해 따라 나와 졸린 눈을 비비는 자일스와 함께 자동차가 지나갈 수 있도록 진입로의 눈을 치웠다. 해가 뜨자 메도즈 씨가 눈삽을 들고 나와 도로에 쌓인 눈을 치우기 시작했다. 조지와 자일스는 삽과 장화, 모래주머니를 자동차 트렁크에 넣고 북극 탐험대처럼 비장하게 스탠트위치를 향해 출발했다.

격노한 하늘에 커다란 눈송이가 휘날려, 어두운 경계를 이룬 울타리와 헐벗은 나무를 제외하고는 모조리 눈으로 뒤덮였다. 재클린은 이날은 물론이고 다음 날도, 그다음 날도 밖에 나갈 수 없었다. 그녀는 전화를 걸어 미용실 예약과 폴라와의 점심 식사를 취소했다. 에바 볼럼은 가지 못하겠다고 로필드 홀로 전화를 걸어 알려주지도 않았다. 그냥 오지 않았다. 이월의 이스트 앵글리아에서 이런 건 자연스러운 일이었다.

그래서 재클린은 유니스와 함께 집에 갇혀 있었다. 그녀가 이런 날씨에 차를 몰고 나가기 두려웠던 것처럼, 이웃들도 그녀를 방문할 엄두를 못 냈다. 그녀는 한때 눈이 내리면 이를 유니스와의 대화 소재로 삼아 볼까 하는 생각을 했었지만, 안 하느니만 못한 일이었다. 유니스는 눈을 비나 바람, 햇빛을 대하는 것처럼 받아들였다. 그녀는 아무 말도 하지 않고 총기실 밖의 포장된 길과 현관 계단의 눈을 쓸며 묵묵히 일을 계속했다. 조지의 자동차가 점점 심해지는 눈보라를 뚫고 무사히 집에 도착하는 소리가 들려오자 재클린은 참지 못하고 안도의 환호성을 질렀지만, 유니스는 평상시 날씨라도 되는 양 아무런 반응도 보이지 않았다.

마침내 재클린도 조지의 관점을 이해하기 시작했다. 눈 때문에 유니스와 함께 집에 갇혀 있으니, 당혹감을 넘어서 불길한 느낌에 숨이 막힐 지경이었다. 그녀는 먼지떨이와 걸레를 들고 방에서 방으로 끈덕지게 돌아다녔다. 재클린이 책상에서 오드리에게 보내는 편지를 쓰고 있을 때의 일이다. 유니스가 반쯤 쓴 편지지를 그녀의 코앞에서 조용히 들어 올리더니, 세공이 된 가죽과 자단紫檀으로 꾸민 책상 표면을 먼지떨이로 천천히 훔치는 게 아닌가. 나중에 재클린이 조지에게 이야기하기로는, 마치 자신이 시설에 수용되어 있는 귀머거리 환자이고 유니스는 병원의 잡역부라도 된 것 같았다고 했다. 하루 일과가 다 끝나고 유니스가 오후 텔레비전 프로그램을 보러 위층으로 물러간 이후에도, 그녀는 로필드 홀의 지붕을 어마어마한 무게로 누르고 있는 것은 눈뿐만이 아님을 느꼈다. 유니스는 살금살금 걸어가 조심스럽게 문을 닫곤 했다. 때로는 대리석처럼 차갑게 빛나는, 눈에서 반사된 기이할 정도로 흰빛을 받으며 가만히 서 있기도 했다.

재클린은 자신이 유니스를 보면 움츠러드는 것보다, 그녀가 자신을 훨씬 더 두려워한다는 사실을 꿈에도 몰랐다. 커버데일 회사의 서류 사건은 유니스를 껍질 속에 움츠러들게 만들었다. 그녀는 커버데일 가족들에게 말을 걸거나 그들이 자기에게 말을 걸도록 내버려 둔다면, 가장 큰 적인 활자가 들고 일어나 자신을 공격할 거라고 생각했다. 라디에이터 옆에 안락의자를 끌고 와 책을 읽는 모습이, 유니스의 비위를 맞추면서 그녀를 피하려 무언가를 읽는 모습이 무엇보다 그녀의 분노를 불러일으킨다는 사실을 재클린은 전혀 짐작하지 못했다.

그 주 내내 재클린은 저녁 식사 전에 긴장을 풀려고 평소 주량보다 두 배나 되는 셰리주를 매일같이 마셔댔다.

"그렇게까지 해서 데리고 있어야겠어요?" 조지가 말했다.

"오늘 메리 케언이랑 전화 통화를 했어요. 미스 파치먼 같은 하인을 데리고 있으려면, 말없이 오만불손한 태도를 취하는 것은 물론이고 대놓고 욕하는 것도 감수해야 한다던데요."

조지는 아내에게 키스했지만 한마디 하지 않을 수 없었다.

"그럼 그녀더러 한번 고용해 보라고 하지 그랬어요. 내가 그녀를 해고해도 어디 갈 데가 있다니 다행이로군."

하지만 그는 유니스를 해고하지 않았다. 이월 사일 화요일, 유니스에 대한 불만을 딴 데로 돌려 버리는 사건이 일어났다.

# 17

상황은 노먼 스미스가 점점 더 감당하기 어려운 쪽으로 흘러갔다. 그 역시 눈 때문에 자신에게 적의를 보이는 사람과 함께 집 안에 갇혀 있어야 했다. 게다가 그 사람은 자신의 아내였다.

예전에 노먼은 종종 조앤에게 미쳤다는 말을 하곤 했지만, 이는 멜린다 커버데일이 자일즈 몬트에게 미쳤다고 말하는 것과 별반 다르지 않았다. 정말로 미쳤다는 뜻으로 한 말이 아니었다. 하지만 이제 그는 그녀가 말 그대로 미쳤다고 확신했다. 그들은 여전히 한 침대를 썼다. 두 사람 모두 부부라면 응당 한 침대에 들어야 한다고 믿는 부류였고, 서로 말은 한 마디도 하지 않으면서 침대는 함께 쓰고 있었다. 하지만 노먼은 종종 한밤중에 깨어 조앤이 없다는 사실을 발견하곤 했다. 조앤은 집 안 어딘가에서 혼자 광적으로 웃거나 찬송가 자락을 부르거나 불안하고 새된 목소리로 예언을 늘어놓거나 하고 있었다. 그녀는 집 안을 청소하는 일도, 가게에 진열된 상품의 먼지를 터는 일도, 가게 바닥을 쓰는 일도 한꺼번에 그만둬 버렸다. 예전에 셰퍼드 부시에 살던 시절처럼 자신만의 방식으로 야하게 차려 입고, 얼굴에는 광대처럼 화장을 덕지덕지 했다.

노먼은 그녀가 정신과 치료를 받아야 한다는 사실을 익히 알고 있었다. 정신과 의사 같은 사람에게 데려가야 했지만, 어떻게 데려가야 할지 그리고 지속적으로 치료를 받게 하려면 어찌해야 하는지 몰랐다. 크러츨리 박사는 일주일에 두 번 그리빙에서 진료소를 열었고, 시골집을 개조한 방 두 개를 사용했다. 노먼은 조앤이 스스로 병원에 가지 않으리라는 사실을 알고 있었지만, 그렇다고 자신이 그녀를 데리고 갈 생각은 꿈에도 없었다. 기침을 하며 코를 훌쩍대는 메도즈, 볼럼, 엘리 집안 사람들 사이에 앉아, 지치고 시달린 의사에게 아내가 한밤중에 노래를 부르고 가게 손님들 앞에서 성경 구절을 외쳐대고 어린 여자애들처럼 무릎까지 오는 양말에 짧은 치마를 입고 다닌다고 이야기하란 말인가.

게다가 그는 그녀가 미쳤음을 나타내는 가장 큰 징후를 다른 사람에게 고백할 수 없었다.

최근 조앤은 마치 신이나 신의 검열관이라도 된 것처럼 자신에게는 그리빙을 거쳐 가는 모든 우편물을 검사할 권리가 있다고 생각하는 듯 보였다. 그는 그녀가 우편물을 들여다보는 걸 막을 수가 없었다. 우편물 자루를 옥외 화장실에 감추고 문을 잠가 보았지만, 그녀는 해머로 자물쇠를 부수고 들어갔다. 조앤은 봉투에 김을 쏘여 여는 데 전문가가 되었다. 노먼은 아내가, 하느님이 알란과 팻 뉴스테드 부부를 벌하시어 그들의 유일한 손주를 죽여 버렸다고 힉스 부인에게 말하는 모습을 보고는 몸을 떨기도 했다. 아이를 잃어 제정신이 아니었던 아이 아버지가 보낸 편지에서 수집한 정보였다. 그리고 그녀가, 조지 커버데일이 와인 상회 거래처에 빚을 지고 있다는 이야기를 주유소를 하는 메도즈 씨에게 건네자, 노먼은 가게에 아무도 없을 때를 기다려 그녀의 얼굴에 주먹을 날렸다. 조앤은 그저 고함만 칠 뿐이었다. 하느님께서 당신에게 벌을 내리시리라, 하느님께서 당신을 문둥이로 만드시고 사람들 사이에서 감히 얼굴을 들지 못하게 하리라.

그 예언 중 하나는 빼도 박도 못하는 진실로 드러나게 되었다.

이월 오일 금요일, 눈이 녹기 시작해서 로필드 홀과 그리빙을 잇는 도로를 별 탈 없이 지나갈 수 있게 되자, 조지 커버데일은 오전 아홉시에 잡화점으로 들어왔다. 그는 정문을 위압적으로 두드려서 아직 아침 식사를 하고 있던 노먼을 가게로 불러냈다.

"일찍 오셨군요, 커버데일 씨." 노먼은 초조해하며 말했다. 조지가 자신의 가게에 발을 들여놓는 일은 좀처럼 없었기 때문에, 노먼은 그의 방문이 불길한 징조라고 생각했다.

"내가 보기엔 아홉시는 이른 시간이 아니오. 보통 이 시간이면 나는 회사에 도착하는데, 오늘 아침에는 그러지 않았다면 당신과 촌각을 다퉈 논의해야 할 심각한 문제가 있다는 뜻 아니겠소."

"아, 그런가요?" 노먼은 조지에게 대거리를 하려 들었지만, 조앤이 노랑색 머리에 롤러를 매달고 뼈가 앙상한 몸에 더러운 빨간색 가운을 걸친 채 문간에 나타나자 움찔하고 말았다.

조지는 서류 가방에서 편지 봉투 하나를 꺼냈다. "이 편지에는 개봉했다 다시 붙인 흔적이 있소." 그는 말을 던지고 잠시 기다렸다. 조앤 스미스가 와인 상회에서 그에게 소송을 걸겠다고 위협한다는 이야기를 온 마을에 떠벌리고 있다고 생각하니 끔찍할 따름이었다. 게다가 이 편지는 전산 착오로 발생한 실수에 의해 보내진 것이었기 때문에 이 상황이 더욱 끔찍했다. 조지는 대금을 지불하기로 한 십이월에 이미 정산을 끝냈고, 소매상에 전화로 항의하여 지나치게 굽실대는 사과까지 받은 터였다. 그러나 이 사람들 앞에서 자신을 변호하려니 치사하다는 생각이 들었다. "봉투 덮개에 풀 얼룩이 보이잖소. 그리고 봉투 안에서 머리카락을 한 올 발견했는데, 당신 부인의 머리카락이라는 데 걸겠소."

"그에 대해서는 전혀 아는 바가 없습니다." 노먼이 중얼거렸다. 그는 무의식중에 유니스 파치먼의 말투를 사용했고, 이는 조지를 격앙시켰다.

"아마 스탠트위치의 우체국장은 알 거요. 오늘 편지를 쓸 작정이오. 예전에 내가 의혹을 제기했던 적이 있다는 사실도 잊지 않고 모두 전달하고, 공식 조사를 요청하겠소."

"그러시겠다면야 어쩔 수 없지요."

"맞는 말이오. 난 그저 당신에게 무슨 일이 일어날지 사전에 경고해 주려고 온 거요. 안녕히 계시오."

조앤은 내내 아무 말도 하지 않았다. 그러나 조지가 먼지가 쌓인 콘플레이크 상자와 말라 비틀어져 곰팡이가 핀 채소 바구니를 혐오스럽다는 듯 바라보며 문을 향해 발걸음을 옮기는 순간, 그녀는 먹이를 덮치는 거미나 게처럼 그에게 달려들었다. 그녀는 조지와 문 사이에 끼어들어 문을 등지고 섰다. 그녀가 유리를 향해 막대기 같은 팔을 뻗자, 빨간색 양털 소매가 흘러내려 피하조직이 다 말라 버린 살이 드러났다. 조앤은 고개를 들고 그에게 소리쳤다.

"독사가 들끓는 집안! 오입쟁이! 간음하는 짐승아! 하느님을 믿지 않고 간음하는 자에게 화가 미치리라!"

"좀 지나가겠소, 스미스 부인." 조지는 차분하게 대꾸했다. 사막의 열사 속에서 종군했던 경험이 어디 가는 게 아니었다.

"'속임수를 지껄이는 혀야, 너 무엇을 받게 되겠는가? 전사의 날카로운 화살과 싸리나무 숯불을 받으리라<sub>시편」 120장 3, 4절.</sub>'" 조앤은 그의 얼굴에 주먹을 휘둘렀다. "하느님께서는 가난한 자를 착취하는 부자를 벌하시리라. 그를 권세에서 끌어내리시리라." 그녀의 얼굴은 시뻘겋게 불타올랐고, 눈동자가 뒤집혀 눈은 새하얗게 변했다.

"당신 부인 좀 말려 주시겠소, 스미스 씨!" 조지는 격분하여 말했다.

노먼은 어깨를 으쓱할 뿐이었다. 그는 그녀가 무서워서 아무것도 할 수 없었다.

"그러면 내가 하지. 폭행으로 고소하고 싶으면 얼마든지 하시오."

조지는 조앤을 밀치고 문을 열었다. 밖에서는 소동에 전혀 끼어들지 않았던 자일즈가 차 안에서 흥미롭게 지켜보고 있었다. 잠시 주춤했던 조앤은 조지를 뒤쫓아 그의 코트를 잡고 늘어졌다. 그녀는 횡설수설 고함을 질렀고 가운이 얼음장 같은 바람에 펄럭였다. 이미 케언 부인이 창가에 모습을 드러냈고, 메도즈 씨는 휘발유 펌프 옆에 서 있었다. 조지는 평생 그처럼 당황스러웠던 적이 없었다. 그는 불쾌하고 역겨워 몸서리를 쳤다. 자신을 둘러싼 모든 광경이 역겨웠다. 만일 그가 길거리에서 화를 내고 있는 남자와 그의 코트 자락에 매달려 욕을 퍼붓고 있는 여자를 목격했더라면, 가능한 한 빨리 그 자리에서 벗어나 다른 길로 돌아서 갔을 것이다. 그런데 여기서는 그가 주인공 중 한 명이었다.

"조용히 해요. 어서 놓지 못하겠소? 이 무슨 말도 안 되는 짓을!" 그는 자신도 모르게 마주 고함을 치고 있었다.

마침내 노먼 스미스가 나와 조앤을 붙잡고 거칠게 가게 안으로 끌고 들어갔다. 나중에 주유소의 메도즈 씨가 노먼이 그녀의 따귀를 갈겼다고 말했지만, 조지는 그 광경을 볼 수 있을 때까지 기다리지 않았다. 그는 그나마 남아 있는 품위를 수습하여 차에 올라타 떠나 버렸다. 처음으로 자일즈의 무심함이 반가웠다. 소년은 남의 일이라는 듯 웃고 있었다. "미쳤어." 그는 이렇게 말하고 자신만의 비밀스러운 생각에 빠져들었다.

이 사건 때문에 조지는 하루 종일 화가 나 있었다. 그러나 스탠트위치 우체국장에게 편지를 쓰면서 그날 아침 사건은 물론이고 스미스 부부를 의심했던 확실한 증거에 대해서도 언급하지 않았다.

"주말은 좀 조용히 보낼 수 있으면 좋겠어. 매일같이 눈 속에서 씨름을 한데다 오늘 아침의 그 싸움이라니. 이제 지치는군. 어딜 방문하거나 손님을 맞을 약속 같은 건 없었으면 좋겠는데." 조지가 재클린에게 말했다.

"내일 오후에 아처 목사 부부를 방문하기로 했어요, 여보."

"목사랑 차 한잔하는 거야 그저 졸리기만 한 일이니까 괜찮겠지요."

멜린다는 집에 올 예정이 아니었고 자일즈는 계산에 들어 있지도 않았다. 재클린은 이따금 아무 해도 끼치지 않는 유령과 함께 사는 것 같아 울적한 기분이 들었다. 특정 장소에 출몰하지만, 사람이나 사물에게 신경 쓰지 않은 채 대체로 자신의 방 안에서 조용히 지내는 유령이었다. 그녀는 자일즈가 이달의 인용문으로 붙여 놓은 '바라건대 내가 다시는 대죄를 저지르지 않기를. 그럴 수만 있다면 아무리 작은 죄라 할지라도'라는 문구는 어디서 따 왔는지 궁금했다.

이는 자일즈가 코르크 벽에 붙여 놓은 마지막 인용문이었다. 프랑스의 샤를 7세가 죽으면서 마지막으로 남긴 말이라는 사실을 감안하면 이 문구는 적절했다고 할 수 있을 것이다.


공교롭게도 멜린다가 집에 돌아왔다. 그녀는 일월 오일 이후로 로필드 홀에 오지 않았기 때문에 양심의 가책에 시달렸다. 물론 조지의 생일인 십삼일에는 집에 올 생각이었지만, 오 주 동안이나 집에 오지 않은 것은 좀 너무하지 싶었다. 또한 테이프 레코더 문제도 있었다. 조지가 선물로 준 테이프 레코더는 그녀가 가장 아끼는 물건이었고, 대학 친구들도 부러워했다. 멜린다는 테이프 레코더를 빌려 달라는 사람들의 요청을 거절할 수 없었다. 그러나 누가 전통 음악회에 테이프 레코더를 가지고 가서 하룻밤 내내 문도 잠기지 않은 차 속에 내버려두었다는 사실을 알게 되자, 그녀는 테이프 레코더를 안전한 곳에 가져다 두어야겠다고 생각했다.

그녀는 아무에게도 집에 간다는 이야기를 하지 않은 채 스탠트 위치에 도착했다. 흐릿한 태양은 석양을 남기고 지고 있어서 갤로즈 코너는 어두컴컴했다. 그녀는 십 분 전에 이곳을 지나간 제프 볼럼을 간발의 차이로 놓치고 말았다. 제임슨-커 부인이 그녀를 태워다 주면서 조지와 재클린은 목사관에 차를 마시러 갔다고 이야기해 주었다.

총기실을 통해 집 안으로 들어간 멜린다는 곧바로 위층에 올라가 자일즈를 찾았다. 하지만 자일즈 역시 집에 없었다. 포드 자동차를 몰고 매디건 신부와의 수업을 마친 후 영화관에 간 터였다. 집 안은 따뜻했고 티끌 하나 없이 극도로 깔끔하고 조용했다. 이층에서 유니스 파치먼이 텔레비전을 보는 소리만이 천장을 통해 작게 들렸다. 멜린다는 테이프 레코더를 자신의 책상 서랍에 넣었다. 그런 다음 인도풍 침대보로 직접 만든 가운으로 갈아입고 어깨에 숄을 두른 후 삿갓조개 껍질을 꿴 목걸이를 목에 걸었다. 그녀는 자신의 모습에 만족해하며 거실로 내려갔다. 그리고 거기에 있던 신간 잡지 무더기를 들고 주방으로 가져갔다. 십 분 후에 유니스가 냉동실에서 커버데일 가족이 먹을 치킨 캐서롤<sub>닭고기를 오</sub><sup>른에 넣어서 천천히 익혀 만드는 요리</sup>을 만들 닭을 꺼내러 아래로 내려왔다. 그녀는 멜린다가 식탁에 앉아 잡지를 펼쳐 놓고 있는 모습을 발견했다.

멜린다는 공손하게 일어났다. "안녕하세요, 미스 파치먼. 잘 지냈어요? 차 한 잔 할래요? 방금 끓였어요."

"아무래도 상관없어요." 이 말이야말로 타인의 요청을 수락하는 그녀의 가장 정중한 표현이었다. 그녀는 얼굴을 찡그렸다. "온다는 말도 없었잖아요."

"여긴 내 집이라고요"라고 말할 수도 있었지만, 멜린다는 쉽게 발끈하거나 방어적인 태도를 취하는 소녀가 아니었다. 게다가 새해에 접어들면서 쭉 소홀했던 미스 파치먼에게 친절하게 대해 줄 수 있는 좋은 기회였다. 그래서 웃으며 이야기했다. "충동적으로 결정한 일이에요. 우유랑 설탕 넣겠어요, 미스 파치먼?"

유니스는 고개를 끄덕였다. 그녀는 다른 여자들이 거미를 겁내는 것처럼 식탁 위에 놓인 잡지에 겁을 먹었다. 멜린다가 잠자코 잡지나 보면서 차를 마셨으면 좋겠다고 생각하며, 차를 마시겠다고 수락한 것을 후회했다. 하지만 멜린다는 명백히 그녀를 화제에 끌어들이고 싶어 했다. 그녀는 페이지를 넘기며 끊임없이 이야기를 던졌고, 때때로 고개를 들어 유니스에게 미소를 지으며 사진을 보라고 잡지를 들이밀기도 했다.

"난 이렇게 종아리 중간까지 내려오는 스커트는 싫은데, 당신은 어때요? 오, 이 여자애 눈에다 화장한 것 좀 봐요. 분명 몇 시간은 걸렸을 텐데, 나라면 절대로 가만히 있지 못했을걸요. 40년대 유행이 다시 돌아오고 있다니까요. 젊었을 때 정말로 저런 드레스를 입었어요? 빨간 립스틱을 바르고 스타킹을 신었다고요? 난 그런 스타킹은 한번도 신어 본 적이 없는데."

요즘 한창 유행인 팬티스타킹은 한번도 신어 본 적이 없고 지금도 여전히 스타킹을 신고 있던 유니스는 옷에 별로 관심이 없다고 대답했다. 죄다 터무니없는 소리지.

"왜요. 재미있어 보이는데." 멜린다는 페이지를 넘겼다. "여기심리 테스트가 있어요. '당신이 정말 사랑에 빠져 있는지 알아보는 스무 가지 질문.' 이거 해 봐야지. 결과야 이미 알고 있지만요. 자, 한번 봐요. 혹시 연필이나 펜 갖고 있어요?"

유니스는 단호하게 고개를 저었다.

"가방에 펜이 있을 텐데." 멜린다는 터키 양탄자로 만든 낡아빠진 여행용 가방을 총기실에 문자 그대로 아무렇게나 던져 놓은 채였다. 유니스는 그녀가 가방을 가져오는 모습을 지켜보면서 가방과 펜과 잡지를 모조리 들고 다른 데로 가 줬으면 좋겠다고 생각했다. 그러나 멜린다는 다시 식탁으로 돌아왔다. "자, 1번 질문. 당신은 그와 함께 있는 게 다른……. 오, 밑부분에 답이 다 보이네. 안 되겠어. 당신이 질문을 읽어 주고 내가 4단계 중 어디를 선택하는지 체크 좀 해 줘요. 알았죠?"

"안경이 없어요."

"아뇨, 갖고 있잖아요. 주머니에 있네요."

안경은 주머니에 있었다. 커버데일 가족이 독서용 안경이라고 알고 있는 거북 등껍질 안경이 작업복 오른쪽 주머니에서 삐져나와 있었다. 그녀는 안경을 쓰지 않았다. 어떻게 해야 할지 몰라 아무 행동도 하지 않았다. 바쁘다는 변명도 할 수 없었다. 무엇 때문에 바쁘다고 하지? 멜린다가 건네준 머그컵 안에는 뜨거운 차가 거의 반 잔가량 남아 있었다.

"여기요. 부탁해요. 재미있을 거예요." 멜린다는 유니스에게 잡지를 건넸다.

유니스는 잡지를 두 손으로 받고는, 멜린다가 읽었던 첫 줄을 기억해 내려고 허둥댔다. "당신은 그와 함께 있는 게 다른……." 그녀는 말을 멈췄다.

멜린다는 식탁 너머로 팔을 뻗어 유니스의 주머니에서 안경을 꺼냈다. 유니스는 궁지에 몰렸다. 상기된 얼굴은 검붉게 변했다. 그녀는 멜린다를 바라보았다. 아랫입술이 떨리고 있었다.

"무슨 일이에요?" 유니스가 눈치채기만 했다면 이 말은 빠져나갈 길이 될 수 있었다. 멜린다는 즉석에서 넘겨짚고 말았던 것이다. 미스 파치먼은 예전에도 이런 식으로 행동했던 적이 있었지.

아들이 있었더라면 어떤 이름을 붙여 주었을까 물어봤을 때도 그랬어. 분명 과거에 겪었던 상처 때문에 아직까지 아파하고 있는 거야. 내가 눈치 없게 오래전에 실패한 사랑의 상처를 다시 건드리고 말았네. 불쌍한 미스 파치먼. 예전에는 불같은 사랑을 했지만 지금은 그저 늙은 하녀일 뿐. "마음 상하게 할 생각은 없었어요. 내가 한 말에 상처받았다면 성말 미안해요." 그녀는 부드럽게 말했다.

유니스는 대답하지 않았다. 이 여자애가 대체 무슨 말을 하는지 알 수 없었다. 그러나 멜린다는 침묵을 슬픔을 나타내는 신호로 받아들여, 마음을 풀어 주기 위해 무언가 해야겠다는 의무감에 휩싸였다. "정말 미안해요. 그러면 다음 페이지의 퀴즈를 풀어 봐요. 훌륭한 주부가 되기 위한 모든 것이라네요. 내가 얼마나 엉망진창인지 좀 봐 줘요. 그다음엔 내가 당신 걸 봐 줄게요. 물론 최고 점수겠죠." 멜린다는 유니스에게 안경을 쓰라고 내밀었다.

유니스는 멜린다의 오해를 이용해야 했다. 멜린다의 말에 상처 입었다고 말하며 품위 있게 주방을 나서기만 하면 충분했다. 그렇게 행동했다면 커버데일 집안 사람들은 그녀에게 놀라움과 연민의 감정을 품었을 테고, 조지 역시 자신의 의문에 대한 답을 찾았으리라. 미스 파치먼이 시무룩하고 우울하게 보이는 근본적인 원인은 무엇인가? 실패한 사랑에 대한 여성스러운 슬픔인 것이다. 하지만 유니스는 결코 사람들을 다룰 수 없었다. 그녀는 사람들을 이해하지 못했기 때문에, 다시 말해 그들이 내리는 가정과 결론을 알아차릴 수 없었기 때문이다. 그리하여 자신의 결점이 탄로 나기 직전이라고 생각할 뿐이었다. 그녀는 자신의 결점에 지나치게 신경을 쓴 나머지 그러한 생각에 지배되어, 실제보다 훨씬 더 심각한 상황이라고 오해하고 말았다. 멜린다가 이미 눈치챘는데도 자신을 놀리느라 미안하다고 말하면서, 추측한 바를 확인하기 위해 퀴즈를 풀자고 한다고 생각했다.

멜린다가 쥐고 있는 안경은 두 여자 사이의 허공에 떠 있었다. 유니스는 안경을 가져가려는 움직임을 보이지 않았다. 그녀는 머리를 짜내고 있었다. 어떻게 하면 되지? 어떻게 빠져나가지? 대체 뭘 할 수 있는 거야? 어리둥절해진 멜린다는 손을 내리면서 가까운 거리에서 안경을 들여다보다가, 안경에 도수가 없다는 사실을 알아차렸다. 멜린다는 유니스의 벌개진 얼굴과 공허한 시선을 바라보았다. 이제까지 도통 이해할 수 없었던 퍼즐 조각이 맞춰지기 시작했다. 그녀는 왜 책이나 신문을 읽지 않는지, 왜 메모에 남긴 지시에 따르지 않는지, 왜 편지를 받은 적이 없는지.

"미스 파치먼, 혹시 실독증이에요?" 멜린다는 조용히 물었다.

유니스는 무슨 눈병 이름인가 보다 하고 애매하게 생각했다. "뭐라고요?" 그녀는 희망이 고개를 드는 것을 느끼며 말했다.

"미안해요. 그러니까 글을 모르는 거죠? 읽거나 쓸 줄 모르지 않느냐고요."

# 18

침묵이 일 분 가까이 지속되었다.

멜린다 역시 얼굴을 붉혔다. 그러나 마침내 사실을 알게 되었어도, 그녀의 세심함은 이러한 깨달음이 유니스에게 얼마나 끔찍한 일인지 헤아리는 데까지는 미치지 못했다. 그녀는 겨우 스무살이었다.

"왜 우리한테 말하지 않았어요?" 유니스가 자리에서 일어나자 멜린다가 말을 꺼냈다. "다 이해했을 거예요. 실독증인 사람들은 많아요. 사실 수천 명이나 되는걸요. 작년에 학교에서 이에 대한 공부를 좀 했어요. 미스 파치먼, 내가 글을 가르쳐 줄게요. 할 수 있어요. 재미있을 거예요. 부활절 주간부터 시작할 수 있어요."

유니스는 머그컵 두 개를 가져가 식기건조대 위에 놓았다.

그녀는 여전히 멜린다에게 등을 돌리고 서 있었다. 남은 차는 싱크대에 부어 버렸다. 그러고 나서 그녀는 천천히 몸을 돌려, 겉보기에는 가슴이 빠르고 무겁게 뛰고 있다는 내색을 하지 않은 채, 한눈에 봐도 감정이 없고 집념이 서린 눈초리로 멜린다를 응시했다.

"방금 네가 한 말을 다른 사람에게 하면, 너희 아빠한테 네가 남자랑 놀아나더니 애나 뱄다고 말할 거야."

유니스가 너무 차분하고 태연하게 말을 꺼내서, 멜린다는 처음에는 무슨 뜻인지 거의 이해하지 못했다. 그녀는 이제껏 근심 걱정 없이 보호받으면서 살아 왔기 때문에, 실제로 협박을 당해 보기란 난생 처음이었다.

"지금 뭐라고 했어요?"

"들었잖아. 사람들한테 말하면 나도 사람들한테 네 이야기를 하겠다고." 욕설은 그녀의 전문 분야가 아니었지만 그럭저럭 해낼 수 있었다. "넌 추잡한 매춘부라고. 귀찮은 년 같으니."

멜린다는 하얗게 질렸다. 그녀는 일어나 긴 치맛자락에 걸려 비틀거리며 주방을 나섰다. 홀에 들어서자 다리가 떨려 거의 서 있을 수도 없을 지경이어서, 괘종시계 옆 의자에 주저앉았다. 그곳에서 두 주먹으로 뺨을 누른 채 시계가 여섯시를 치고 주방 문이 다시 열릴 때까지 앉아 있었다. 유니스 파치먼을 다시 본다는 생각만으로도 욕지기가 치밀어 올라, 그녀는 응접실로 도망쳐 소파에 몸을 던지고 울음을 터뜨렸다.

몇 분 후 그곳에서 그녀를 발견한 사람은 조지였다.

"얘야, 왜 그러니? 대체 무슨 일이야? 그렇게 울면 안 되지." 그는 멜린다를 일으켜 세워 끌어안았다. 그 남자친구인가 하는 놈이랑 말다툼이라도 했겠지. 그래서 아무도 없는 썰렁한 집에 달려왔을 테고. "아빠한테 말해 보렴. 다 이야기하면 기분이 나아질 거다." 그는 그녀가 스무 살이라는 사실을 잊고 있었다.

재클린은 "그럼 둘이 이야기 나눠요"라는 말만 남기고 퇴장하려고 했다. 조지는 절대로 재클린과 자일즈 사이를 방해하지 않았고, 그녀도 절대로 그와 그의 자식들 사이에 끼어들지 않았다.

"아뇨, 재키. 가지 말아요." 멜린다는 자리에 앉아 눈가를 마구 문질렀다. "오, 난 정말 바보예요. 정말 끔찍하지만 두 분께 모두 말씀드릴게요."

"네가 아프거나 다친 곳이 없다면야 끔찍한 일이 어디 있겠니." 조지가 말했다.

"오, 하느님. 와 주셔서 정말 기뻐요." 멜린다는 침을 꿀꺽 삼키고는 깊은 숨을 들이마셨다.

"멜린다, 어서 무슨 일인지 말해 다오."

"전 임신한 줄 알았는데 아니었어요." 멜린다는 빠르게 말을 이어나갔다. "지난 십일월부터 존이랑 같이 잤어요. 화내실 거라고 생각해요. 분명 실망하실 테죠. 하지만 우리 둘은 서로 사랑하고 있고 일도 잘 풀렸어요. 정말이에요. 전 아이를 가지지 않았어요."

"그게 전부니?" 조지가 말했다.

딸은 그를 바라보았다. "저한테 화 안 나셨어요? 놀라지 않으셨어요?"

"그 정도 가지고 놀라긴, 멜린다. 세상에, 내가 그렇게 꽉 막힌 사람인 줄 알았니? 내가 젊었던 시절과는 세상이 변했다는 사실을 모르고 있다고 여긴 거야? 애석하게 생각하지 않는다고는 말 못 하겠구나. 그러지 않았다면 좋았을 거라고도 생각하지. 네가 그렇게 행동한 게 마음에 들지도 않고. 하지만 최소한 놀라지는 않았단다."

"정말 고마워요." 멜린다는 그의 목을 끌어안았다.

"자, 이제 말해 줄 수 있겠지." 그는 슬쩍 뒤로 물러나며 말했다. "왜 그렇게 울고 있었니? 임신하지 않았다고 해서 그렇게 애석해하지는 않았을 텐데?"

멜린다는 희미하게나마 웃을 수 있었다. "그 여자, 미스 파치먼 때문이에요. 믿기 어렵겠지만, 아빠, 사실이에요. 그 여자가 이 사실을 알았어요. 분명 크리스마스 때 조나단이랑 통화하는 걸 엿들었을 거예요. 제가, 그러니까 파치먼의 비밀을 하나 알게 되었는데, 파치먼이 아빠한테 전부 말해 버리겠다고 저를 협박했어요. 바로 좀 전에요. 내가 임신했다는 사실을 아빠한테 말하겠다고 했어요."

**"무슨 짓을 했다고?"**

"믿지 못하실 거라고 말씀드렸잖아요."

"멜린다, 물론 널 믿는다. 정말 그 여자가 너를 협박했니?"

"그게 협박이라면 맞아요."

"정확히 뭐라고 했는데?"

멜린다는 그에게 털어놓았다. "매춘부라고 불렀어요. 끔찍했어요."

이제껏 침묵을 지키고 있던 재클린이 입을 열었다. "반드시 내보내야겠어요. 지금 당장."

"여보, 아무래도 그래야 할 것 같아요. 당신에게 미안한 일이지만……."

"내 걱정은 하지 말아요. 내 평생 그렇게 끔찍하고 역겨운 말은 처음 들어 봐요. 감히 멜린다를 협박하다니! 바로 내보내야죠. 어서 가서 말해요, 조지. 내가 무슨 짓을 한 거지."

조지는 아내의 말을 듣고 감사의 마음을 담아 그녀를 열렬하게 바라보았다. "그 비밀이란 게 뭐니, 멜린다?"

치명적인 질문이었다. 조지가 유니스를 해고할 때까지 질문을 참지 못했다는 사실은 유감스러운 일이었다. 딸의 대답을 듣고 나자 그는 마음이 약해져 버렸다. 멜린다가 그 사실에 그다지 동요하지 않은 것과는 달리, 그는 유니스에게 연민의 감정을 느꼈다.

유니스는 협박이 성공을 거두었다고 믿고 있었다. 자신이 거둔 성취에 대한 자부심은 오래 지속되어 심적인 고통을 잊도록 해 주었다. 그 말괄량이는 엄청 동요한 것처럼 보였단 말야. 자신을 쫓아내지는 못할 것이다. 조앤이 말한 대로 그의 아버지가 사실을 알게 되면 그녀를 집 밖으로 쫓아내 버릴 테니까. 텔레비전에서는 버라이어티 쇼가 방영되고 있었다. 그녀는 뜨개질거리도 치워 버린 채 십오 분 동안 텔레비전을 보고 있었는데, 누가 노크를 했다. 멜린다일 테지. 협박을 받은 사람들은 처음의 충격이 가라앉고 나면 항상 비밀을 누설하지 말라고 사정하러 찾아오곤 했다. 아무리 약속을 했어도 그들은 재차 확인받고 싶어 했다. 그 유부녀나 애니 콜도 그랬다. 유니스는 방문을 열었다.

조지가 안으로 들어왔다. "내가 왜 왔는지 알 거요, 미스 파치먼. 내 딸이 내게 둘 사이에 있었던 일을 이야기해 주더군. 유감이지만 내 가족을 협박하는 사람을 내 집 안에 둘 수는 없소. 그러니 가능한 한 빨리 나가 주시오."

유니스는 충격을 받아 아무 말도 하지 못했다. 그때 텔레비전 프로그램 중간 광고가 시작했다. 화면에 이스트 앵글리아에 있는 상점 명단이 주루룩 떠 있었다. "괜찮다면 텔레비전을 끄겠소. **당신**이 관심을 가질 만한 내용도 아니니까."

유니스는 깨달았다. 그가 알고 있다. 그녀는 다른 모든 면에 대해서는 도통 세심하지 못했지만, 이런 일에는 극도로 민감했다. 조지 역시 그녀의 모습을 보고 깨달았다. 유니스의 얼굴이 벌개지고 일그러진 모습을 보니, 그가 던진 말에 부아가 치민 것 같았다. 그는 곱사등이의 혹을 놀려댄 셈이나 다름없는, 너무나 상스러운 죄를 저지르고 말았다.

"계약서를 작성하지 않았으니, 언제든지 나가 달라고 할 수 있소. 하지만 상황을 고려해서 일주일의 말미를 드리리다. 다른 일자리를 알아볼 시간이 필요할 테니. 하지만 그동안 이 방에만 머무르고 집안일은 내 아내와 볼럼 부인에게 맡겨 두시오. 당신의 능력에 대해 추천서를 써 줄 의향은 있소. 하지만 당신 개인의 인품에 대해서는 아무런 보장도 해 줄 수 없소." 그는 방을 나가 문을 닫았다.

유니스가 눈물을 흘리는 모습은 상상하기 어렵고, 실제로 그녀는 울시 않았다. 방 안에 혼자 있으니 마음껏 감정을 표출할 만도 했지만, 그녀는 아무런 기미도 보이지 않았다. 고개를 젓지도, 한숨을 쉬지도, 메스꺼운 표정을 짓지도 않았다. 그저 안락의자에 앉아 텔레비전을 켜고 화면을 바라보았다. 그러나 평소 때보다 조금 우울해지는 건 어쩔 수 없었다.

이제껏 그녀가 문맹임을 알아낸 사람은 세 명이었지만, 그들은 그 비밀이 느닷없고 충격적이라고 생각하지 않았다. 그녀의 부모는 전혀 대수롭지 않게 여겼다. 샘슨 부인은 이 사실을 서서히 알게 되었고, 레인보 거리에 사는 한 아이가 다운증후군임을 알았을 때처럼 담담하게 받아들였다. 그러나 이 사실은 화제에 올릴 만한 종류의 내용이 아니었다. 특히 유니스의 면전에서 해서는 안 될 말이었다. 지금껏 아무도 그녀에게 이에 대해 이야기한 적은 없었다. 한 집단의 구성원 전부가 이처럼 한꺼번에 이를 눈치챈 적도 없었다. 유니스는 이후 며칠 동안 대부분 좁은 방 안에 틀어박혀 있었지만, 어디로 가서 무엇을 해야 할지, 어떤 일자리를 얻고 어디서 살아야 하는지 같은 생각은 전혀 하지 않았다.

그녀는 내일에 대한 생각은 거의 하지 않는다. 어느 때라도 여행 가방을 들고 샘슨 부인이나 애니 콜 앞에 나타나면, 그들이 자신들의 집에서 머무르게 해 줄 것이기 때문이다. 대신 유니스는 커버데일 집안 사람들이 분명 자신의 비밀을 온 그리빙에 퍼뜨렸을 거라는 생각만 반복해서 하고 있었다. 그래서 밖에 나갈 수가 없었다. 잡화점에도 가지 않았다. 재클린이 외출한 틈을 타 조앤이 찾아왔을 때도, 그녀는 날카롭게 부르는 조앤의 목소리를 듣고도 위층에 숨은 채 대답하지 않았다.

유니스는 커버데일 집안 사람들이 친구들에게 자신의 장애에 대해 이야기하고 깔깔거리며 지내리라고 짐작했다. 그 생각은 반은 맞고 반은 틀렸다. 조지와 재클린은 명예가 훼손될 가능성이 있을 만한 일은 가급적 피하려 했다. 게다가 자신들이 부리는 가정부가 문맹임을 모르고 있었다는 사실을 밝히면 바보처럼 보이지 않을까 두려웠다. 그래서 그들은 다른 사람들에게는 거만한 태도 때문에 그녀를 해고했다고 말했다. 그러나 두 사람끼리는 이 이야기를 자주 꺼냈고, 이상한 일이라는 듯 비웃기까지 했다. 그들은 다음 주 월요일을 손꼽아 기다렸고 유니스가 식사를 하러 아래층으로 내려올 때면 응접실에 틀어박혀 문을 잠갔다.

유니스에게 친구에 대한 충실함이나 의무감 같은 것은 존재하지 않았다. 그녀는 조앤을 피하다가 그녀를 보지 않은 채 그리빙을 빠져나가는 게 최선이라고 생각했다. 지금쯤이면 조앤도 분명 소식을 들었을 테니까. 그녀의 동정과 배려, 지루한 질문들을 견딜 수 있을 것 같지 않았다. 사실 조앤은 알고 있었다. 다만 그녀가 알고 있는 것은 유니스의 해고 소식이었다. 이제 자전거를 타지 '않는' 것으로 유명해진 힉스 부인이 화요일에 그녀에게 이 사실을 전해 주었다. 조앤은 유니스가 찾아오기를 기다렸다. 로필드 홀에 찾아갔다가 실패하자, 그녀는 마지막 남은 수단을 택하여 유니스에게 편지를 썼다. 조앤도 전화를 걸기는 두려웠던 것이다.

그해 성 발렌타인 데이는 일요일이었기 때문에, 발렌타인 카드는 토요일까지 도착해야 했다. 커버데일 식구들에게는 한 장도 오지 않았지만, 조지의 생일 축하 카드에 섞여 발렌타인 카드가 딱 한 장 로필드 홀에 도착했다. 재클린은 유니스의 이름이 적혀 있는 카드를 조용히 그녀에게 전해 주었다. "당신한테 온 거예요, 미스 파치먼."

유니스가 글을 읽지 못한다는 사실을 알고 있기 때문에 두 사람 모두 얼굴을 붉혔다. 그녀는 위층으로 올라가 카드를 바라보았다. 카드에는 두 명의 아기 천사가 핑크색 화환을 파란색 하트에 두르고 있는 천박한 그림이 그려져 있었다. 그 위에는 무언가 잔뜩 쓰여 있었다. 유니스는 카드를 던져 버렸다.

조지는 이월 십삼일에 쉰여덟 번째 생일을 맞아, 아내와 아이들이 보낸 카드를 읽었다. '사랑을 담아 당신에게. 재클린', '생일 축하드려요. 사랑해요. 폴라, 브라이언, 패트릭, 꼬마 자일즈', '애정을 듬뿍 담아. 오드리와 피터가', '사랑을 듬뿍 보내요. 멜린다 —토요일 오후에 봐요.' 심지어 자일즈도 카드를 보냈다. 생일 카드로는 어울리지 않게(혹은 너무 잘 어울리게), 마사초초기 르네상스 시대의 이탈리아 화가의 〈낙원에서 쫓겨나다〉가 카드에 그려져 있었다. 자일즈는 선물까지는 준비하지 않았다. 하지만 조지는 재클린에게서 이십오 년 동안 찬 시계를 대신할 새 시계를 받았고, 출가한 아들딸에게는 각각 음반 상품권과 도서 상품권을 받았다. 그날 밤 그들은 커팅햄에 있는 에인절 호텔에서 가족끼리 저녁을 먹을 예정이었다.

조지는 스탠트위치로 차를 운전하여 역에서 멜린다를 태웠다. 그녀는 생일 선물로 그에게 괴상망측한 스카프를 주었다. 겉보기에는 이 또한 옥스팸 상점에서 산 것 같았으나 사실은 그렇지 않았다. 조지는 과장스럽게 고마움을 표했다. "요새 이상한 일이 많아서 내가 나이를 먹었다는 사실을 잊었지 뭐니. 그런데 네가 내 나이를 깨우쳐 주는구나."

"흠, 내가 안토니우스에게 사자를 보내는 일을 잊는 날 태어나는 자가 있다면, 그는 거지로 죽으리라셰익스피어의 희곡 『안토니우스와 클레오파트라』 1막 5장에 나오는 클레오파트라의 대사." 사실 멜린다는 연극 연습을 그리 열심히 한 편은 아니었다.

"맙소사, 우리 아이가 웬일로 공부를 좀 한 모양인데!"

그녀는 집으로 들어가면서 질문이 있는 듯한 표정으로 아버지를 바라보았다. 조지는 금방 이해했다. "위층에 있단다." 그는 고개를 홱 돌려 위를 가리켰다.

멜린다는 미소 지었다. "집 안에 감금해 놓으신 거예요?"

"어느 정도는. 월요일 아침에 떠날 거다."

그들은 외출복으로 갈아입었다. 재클린은 크림 벨벳 드레스를 입었고, 멜린다는 반짝이는 푸른색 드레스를 입었다. 그들이 호텔 레스토랑으로 들어가는 모습은 상당히 인상 깊은 광경이었다. 보기 좋은 가족이었다. 자일즈도 어쨌든 키가 크고 말라서 정장을 입고 있으니 여느때와는 달라 보였다. 그 순간만큼은 여드름도 평소처럼 심해 보이지 않았다.

훗날 웨이터와 다른 손님들은 이 단란한 가족, 비운의 가족을 좀 더 자세히 봐 두지 못한 것을 후회했다. 사전에 알았더라면 커버데일 가족이 나누는 쾌활한 대화를 잘 들어 두었을 것이다. 재클린의 아름다운 외모나 자일즈의 뛰어난 지성, 멜린다의 매력, 조지의 기품에도 주의를 기울였으리라. 하지만 그때는 그들도 알도리가 없었다. 그래서 그들은 신문 기자의 질문에 아무것도 모른다고 고백하거나, 당시에 이미 불길한 일이 일어나리라는 예감을 느꼈다고 온갖 이야기를 꾸며댔다. 대개는 후자 쪽이었다. 경찰이 이 사람들을 신문하자 그들의 무지가 만천하에 드러나고 말았다. 커버데일 가족 사이에 오간 대화 내용을 기억하여 사건 해결을 앞당길 수 있는 단서를 제공한 사람은 아무도 없었다.

커버데일 가족이 나눈 대화는 다음 날 밤 텔레비전에 방영하는 프로그램 이야기였다. 글린드본 프로덕션에서 제작한 오페라 〈돈 조반니〉가 일곱시부터 열시 넘어서까지 쉬지 않고 방영될 예정이었다.

"꼭 내일 밤에 돌아가야 하니, 멜린다?" 조지가 물었다. "이걸 못 보게 된다면 너무 불쌍한데. 어쩌면 올해 최고의 텔레비전 프로그램일걸. 월요일 아침 일찍 스탠트위치로 태워다 주마."

"월요일에는 강의가 없어요. 두시에 있는 개인 교습 빼고는요."

"아빠 말씀은 말이지, 멜린다. 파치먼을 역으로 데려다 줄 때 옆에서 응원해 줄 사람이 필요하다는 뜻이야." 재클린은 웃으며 말했다.

"절대 아니다. 자일즈를 데리고 가면 되지."

재클린과 멜린다는 함께 웃었다. 자일즈는 완두콩을 곁들인 오리를 먹다가 고개를 들고 심각한 얼굴로 바라보았다. 그는 어딘지 모르게 변했다. 개종한 결과일까? 사실은 조지의 생일이라서? 이유야 어쨌든, 자일즈는 이번만큼은 더할 나위 없는 말을 꺼낼 수 있었다.

"난 절대 미코버 씨찰스 디킨스의 소설 『데이비드 코퍼필드』의 등장 인물. 디킨스는 자신의 아버지를 모델로 하여 이 캐릭터를 만들었다를 버리지 않아요."

"고맙다, 자일즈." 조지는 조용히 말했다. 잠시 묘한 침묵이 흘렀다. 서로 말을 꺼내거나 시선을 교환하지는 않았지만, 자일즈와 의붓아버지 사이는 예전 그 어느 때보다도 돈독해졌다. 만일 시간이 좀 더 있었더라면 그들은 친구가 되었을지도 모른다. 조지는 헛기침을 하며 말을 꺼냈다. "정말이야, 멜린다. 오페라 보고 가지 않겠니?"

멜린다는 강의 때문이 아니라 조나단이 그리워 주저하고 있었다. 그들은 최근 몇 주 동안 거의 매일 밤을 함께 보냈다. 오늘 밤 그녀는 그가 뼈에 사무치도록 그리웠다. 그이 없이 하루를 더 어떻게 지내지? 하지만 아빠의 부탁을 거절하는 건 이기적인 짓이야. 그녀는 아버지를 사랑했다. 지난 주에 그 끔찍한 일을 겪을 때 아빠와 재클린이 얼마나 잘 대해 주었는지. 얼마나 헌신적이고 변함없는 사랑을 보내 주었는지. 꾸지람은 물론이고 몸가짐을 단정히 하라는 주의조차 받지 않았다. 하지만 조나단…….

그녀는 갈림길에 도달했다. 그녀 앞에는 두 갈래의 길이 놓여 있었다. 한쪽은 삶과 행복, 결혼, 아이들로 이어지는 길이었고, 다른 한쪽은 죽음이 기다리는 막다른 길이었다. 한쪽 길을 택하면 다른 길로 넘어갈 수 없다. 멜린다는 망설이다가 마침내 선택했다.

"집에 있을게요."

조앤은 잡화점에서 마을을 지나 에인절 호텔로 향하는 메르세데스를 보았다. 오 분 후, 그녀는 로필드 홀에 도착했다. 그녀는 완전히 미쳐, 유니스를 놀라게 해 주려고 이제까지 한번도 드나든 적이 없던 총기실 문을 통해 안으로 뛰어들었다. 유니스는 주방 식탁에서 계란과 포테이토 칩, 레몬 치즈케이크를 걸신들린 듯이 먹고 있었다.

"오, 윤, 얼마나 가슴이 아플까. 자기가 얼마나 일을 잘했는데, 은혜도 모르는 야비한 것들 같으니. 그런 사소한 일을 가지고 말이야!"

유니스는 조앤이 반갑지 않았다. '사소한 일'은 분명 자신이 글을 읽지 못한다는 사실을 지칭하는 말이리라. 식욕이 싹 달아나 버렸다. 그녀는 조앤을 노려보며 최악의 상황을 대비했다. 최종적으로는 최악이 아니라 최선의 상황으로 드러났지만, 어쨌든 그녀는 기다렸다.

"짐은 다 쌌어? 당연하겠지. 물론 어떻게 할 건지 다 생각해 놓았겠지. 자기처럼 실력 있는 사람이라면 갈 곳을 금세 찾을 수 있을 거야. 하지만 우리 집에서 지낼 생각이라면 얼마든지 환영이라는 걸 알아줬으면 좋겠어. 침대가 딸린 다락방이 있으니 언제든지 와. 언제쯤에야 그 사악한 인간의 분노에서 벗어날 수 있을지는 주님만이 아시나니." 조앤은 여기까지 오느라 숨이 차 헐떡이고 있었지만, 그 와중에도 부끄러운 듯이 말을 꺼냈다. "혹시 오늘 우편물 못 받았어?"

유니스의 얼굴에 긴장하는 빛이 역력했다. "왜?"

"어, 얼굴이 빨개졌네. 마을에 자기를 짝사랑하는 사람이라도 있는 줄 알았어, 윤? 뭐, 보긴 봤구나. 나였어. 왜 한 번도 답장을 안 한 거야? 그치들이 나갔다는 걸 알자마자 뛰어왔어."

유니스는 그것을 멜린다가 자신을 놀리려고 보낸 발렌타인 카드라고 생각하고 있었다. 그러나 그녀가 그토록 안도한 이유는 이 때문이 아니었다. 조앤은 모르고 있어. 아직 그 소식을 못 들은 거야. 그녀는 긴장이 풀려 창백한 얼굴로 의자에 주저앉았다.

이 순간만큼은 조앤에게 거의 사랑을 느낄 정도여서, 아무리 해도 보답할 수 없을 것 같았다. 거의 사기가 충천될 정도로 회복한 그녀는 차를 끓이면서, 조앤에게 커버데일 가족에 대한 험담을 늘어놓았다. 게다가 다음 날은 떠나기 전날이었지만, 조앤을 따라 넌체스터의 예배당에 가겠노라 약속까지 했다. 그러면서 유니스는 머릿속으로 조앤이 만족할 만한 해고 사유를 생각해 내려 빈약한 상상력을 쥐어짰다.

"마지막으로 함께 지낼 수 있는 시간이야, 윤. 그리고 수요일에 엘더 반스테플 부부를 저녁 식사에 초대했는데, 와 줄 거지? 하지만 하느님을 무시해서는 안 되지. 주님께서 강림하시는 날이면, 자기는 영광을 되찾아 승천하고 그들은 뿌린 씨앗을 거두게 될 거야. 그래, 그들이 천벌을 받을 때가 오면."

유니스는 조앤이 미쳐 날뛰는 모습에 전혀 신경을 쓰지 않은 채, 조앤이 성녀 마르타<sub>신약에 등장하는 여인. 남을 돌보아 주는 이미지를 가진 대표적인 성인으로 꼽힌다</sub>라도 된 양 떠받들었다. 그녀는 조앤에게 차를 따르고 치즈케이크를 잘라 주었다. 우리 사이는 이걸로 끝이 아니다, 기회가 되면 가장 먼저 조앤을 보러 오겠다, 너에게 편지를 쓰겠다(이런 말까지!), 우리의 우정은 변치 않을 거라 장담한다 등등, 전혀 유니스답지 않은 말을 주워섬겼다.

조앤은 이 집에서 언제 안전하게 머무를 수 있고 언제 떠나야 하는지에 대한 본능적인 감각을 지니고 있는 것 같았다. 그러나 이번에는 너무 정신없이 이야기를 나누던 나머지, 메르세데스가 들어오기 바로 직전에야 간신히 차를 몰고 진입로를 빠져나갈 수 있었다. 유니스는 침대로 터벅터벅 걸어갔다.

"월요일부터는 다시 고된 하루하루가 되겠네." 재클린은 손가락으로 화장대 위에 쌓인 먼지를 쓸며 말했다. "아홉 달 동안 휴가를 받은 기분이었어요. 아, 하지만 좋은 시절도 언젠가는 지나기 마련이니까요."

"나쁜 일도 마찬가지 아니겠어요." 조지가 말했다.

"걱정 말아요. 나도 당신만큼 그녀를 내보내서 기뻐요. 오늘 즐거웠죠, 여보?"

"정말 즐거운 하루였어요. 하지만 당신과 함께 하는 날은 언제나 즐거워요."

그녀는 미소를 띠며 자리에서 일어났다. 그는 그녀를 끌어안았다.

# 19

일요일 오전, 커버데일 부부는 마지막 아침을 맞아 교회에서 기도를 하며, 자신들은 하지 말아야 할 일을 했고 해야 할 일을 하지 않았다고 읊조렸다. 그들은 경건하고 진지하게 기도했지만, 자신들이 한 말의 의미에 대해서는 정확히 모르고 있었다. 아처 목사는 나이 든 사람이나 친척 어른을 공경해야 한다는 내용의 설교를 했다. 커버데일 부부의 삶에는 해당 사항이 없는 이야기였지만, 유니스 파치먼과 조앤 스미스의 삶에는 밀접한 관계가 있었다. 예배가 끝나자 그들은 제임슨-커 부부와 셰리주를 마시고 늦은 점심을 먹었다. 식사는 오후 세시가 되어서야 끝났다.

바람이 불지 않아 눅눅하고 하늘에는 구름 한 점 없는, 겨울답지 않은 날씨였다. 그러나 봄이 왔다는 징후는 벌써 나타나 있었다. 초봄은 푸르다기보다는 붉은 편이었다. 생목 울타리에 돋아난 잔가지는 활기차게 솟아나는 수액 탓에 진홍색 윤기가 흘렀다. 로필드 홀의 정원에는 봄이 되면 가장 먼저 등장하는 스노드롭이 피었다. 커버데일 부부가 마지막으로 본 꽃이기도 했다.

멜린다는 교회에 가기 전에 조나단과 마지막이 될 전화 통화를 했다. 자일즈도 마지막으로 거양성체擧揚聖體를 지켜보았다. 그는 아직 영세를 받지 않았지만, 친절한 매디건 신부가 고해성사를 듣고 죄를 사해 주었기 때문에, 자일즈는 하느님의 용서를 받은 채 죽었을지도 모른다. 조지와 재클린은 마지막 일요일 오후의 낮잠을 즐겼다. 다섯시에 조지는 텔레비전을 거실에서 응접실로 옮기고 정면 창문 사이에 안테나를 꽂았다.

재클린은 자리에서 일어나서 《라디오 타임즈》에 실린 〈돈 조반니〉 기사를 읽고, 주방으로 내려가 차를 끓였다. 유니스는 검붉은 코트, 털모자와 숄을 걸치고 다섯시 이십오분에 주방을 지나갔다. 두 여자는 서로 못 본 척했고, 유니스는 총기실을 통해 밖으로 나가서 조용히 문을 닫았다. 멜린다는 테이프 레코더를 들고 자일즈의 성소聖所에 고개를 들이밀며, 오페라를 녹음할 예정이라고 말했다.

"어차피 오페라 보러 내려오지도 않을 거지?"

"모르겠어."

"내려와. 같이 보면 좋을 텐데."

"알았어."

어두운 겨울의 낮은, 석양을 감상할 틈도 주지 않고 어두운 겨울의 밤으로 변했다. 바람이 불지도, 비가 오지도, 별이 보이지도 않았다. 달은 여러 날 동안 모습을 드러내지 않아 마치 죽어버린 것 같았다. 구릉지에 홀로 서 있는 로필드 홀과 나선형으로 뻗은 도로, **빽빽한** 작은 숲은 뚫고 들어갈 수 없는 어둠에 둘러싸여 있었다. 아니, 스탠트위치의 도로를 지나는 여행자라면 저택에서 나오는 밝은 한 점의 빛을 볼 수 있었을 테니, 전혀 뚫고 들어갈 수 없는 어둠까지는 아니었다. 저 멀리서 작은 촛불처럼 빛을 어찌나 밝혀 주는지! 각박한 세상에 한 줄기 선행과도 같았다.

조앤과 유니스는 여섯시 오 분 전에 예배당에 도착했다. 조앤은 찬송가를 부르고 고해를 하는 동안 불길할 정도로 조용하게 행동했다. 그 후 시드 케이크를 먹으면서 조앤은 새로 온 신도들에게 자신의 죄 많은 과거를 재차 시시콜콜 늘어놓았다. 잠시 후 반스테플 부인이 그녀에게 다가와 딱딱한 어조로 자신들 부부는 수요일 저녁 초대에 응할 수 없다고 말했다. 반스테플 부부는 넌체스터에 살고 있었고, 소문이 아무리 빠르다 한들 아직 넌체스터까지 닿았을 리가 없다. 반스테플 부인이 결정을 번복한 이유는 따로 있었다. 조앤은 주님이 죄를 사하여 준 훌륭한 신도임은 알고 있었지만, (나중에 남편에게 말한 바로는) 조앤의 셰퍼드 부시 시절 경험을 죄다 들어가며 식사를 편히 즐길 수는 없을 것 같아서였다. 그러나 조앤은 조지 커버데일이 제기한 조사 건 때문에 초대를 거절했다고 생각하고, 자리에서 뛰어올라 고래고래 소리를 지르기 시작했다.

"순진한 자의 귀에 중상모략을 퍼뜨리는 사악한 자에게 저주를 내리소서!" 조앤은 항상 성경을 인용하는 게 아니라, 종종 성경에 응당 있어야 한다고 생각하는 내용을 성경의 어투로 외치곤 했다. "주님께서는 그자의 허리와 엉덩이와 정강이를 강타하실지니. 자신의 하녀를 오른팔로, 자신의 무기로 선택하신 주님을 경배하라!"

그녀의 몸에 급격한 에너지가 차올랐다. 입에서 온통 침을 튀기며 연설을 늘어놓았다. 몇 분 동안 신도들은 그러한 모습을 즐겼지만, 그들은 길을 잘못 들어선 광신도일 뿐이지 미친 사람들은 아니었다. 조앤의 눈이 돌아가고 그녀가 머리를 잡아당기다가 급기야는 쥐어뜯기 시작하자, 반스테플 부인이 말리려 했다. 조앤이 부인을 세게 밀치자 그녀는 남편의 품 안으로 나가떨어졌다. 사람들은 유니스에게 조앤을 말려보라고 했지만, 유니스는 격분을 사고 싶지는 않았다. 조앤은 모인 신도들 모두를 압도하며 알아들을 수 없는 말을 토해내고 광분하여 몸을 이리저리 던지는 중이었다.

그러다가 처음 시작했을 때처럼 갑자기 멈췄다. 몸 안에 다른 존재가 깃들어 그녀를 변화시킨 것 같았다. 한동안 그녀는 분노에 휩싸인 영혼에 사로잡힌 듯했지만, 이제는 힘을 다 소진한 채 조용히 의자에 앉아 있었다. 조앤은 조그마한 목소리로 유니스에게 말했다. "다 끝났으면 집에 가자, 윤."

그들은 일곱시 이십분에 예배당을 나섰다. 조앤은 운전 교습을 받는 사람처럼 조심스레 운전했다.

커버데일 가족은 텔레비전에서 적당히 떨어진 곳에 모여 있었다. 조지와 재클린은 소파에 함께 앉아 있었고, 멜린다는 아버지 발치에 앉아 있었으며, 자일즈는 안락의자에 몸을 웅크리고 있었다. 테이프 레코더가 돌아가는 중이었다. 서막이 진행되는 동안 멜린다는 테이프 레코더를 만지면서 위치를 조절하고 걱정스레 바라보며 안절부절못했지만, 오페라가 진행되면서 테이프 레코더의 존재를 점차 잊어버렸다. 그녀는 모든 여성 등장인물에 자신을 동일시하기 시작했다. 처음에는 안나였다가 엘비라가 되었고, 때가 되면 체를리나가 될 예정이었다. 멜린다는 소파에 놓인 조지의 팔에 머리를 기댔다. 그녀의 눈에는 조지가 딸의 명예를 위해서 결투를 하다 죽는 돈 페드로 기사단장처럼 보였기 때문이다. 그렇다고 해서 조나단이 돈 조반니와 닮았다고 생각하지는 않았지만.

재클린은 녹색 벨벳 바지에 금빛 실크 셔츠를 입고《라디오 타임즈》여백에 한두 가지 감상을 적고 있었다. 그녀는 숨을 죽이고 "내가 그대의 남편이자 아버지가 되리라!"라는 옥타비오의 아리아를 조용히 따라 부르며, 조지를 다정하게 바라보았다. 그러나 잘생기고 매력적이며 부유한 남자인 조지는 자신을 돈 조반니와 동일시할 수 없었다. 그는 재클린 외의 다른 여자들에게는 관심이 없었다. 그렇지만……

"내 그의 심장을 도려내리라!" 엘비라가 노래하자, 자일즈를 제외한 셋은 웃음을 터뜨렸다. 그는 단지 멜린다 때문에 내려와 있었고, 이처럼 이성과 예의범절이 지배하는 시대에는 전혀 관심이 없었다. 일곱시 사십분, 자일즈만 진입로에 깔려 있는 자갈에서 나는 발소리를 들었다. 〈카탈로그 송⟨돈 조반니⟩ 1막 2장 막바지에 돈 조반니의 시종인 레포렐로가 부르는 아리아⟩을 마지막으로 2장이 마무리되는 중이었지만, 그 혼자만 음악에 집중하고 있지 않았기 때문이다. 그러나 물론 자일즈는 아무 말도 하지 않았다. 그답지 않은 짓이었으니까.

3장이 시작되자 재클린은 분개한 표정으로 자신의 비평란에 한 줄을 더 추가했다. 시간은 흘러 일곱시 오십오분이 되었다. 돈 조반니가 "보아라, 보아라!" 하며 노래를 부르고 있을 때, 스미스네 자동차가 측면등만 켠 채 로필드 홀의 진입로에 접어들어 느릿느릿 거의 현관까지 다가왔다. 그러나 오페라와 관련 없는 소리에 관심이 없었던 커버데일 가족들은 이 광경을 보지 못했다. 자일즈조차 이번에는 아무 소리도 듣지 못했다.


조앤이 급출발, 급정거를 반복하고 차선을 제멋대로 오가는 등 운전을 엉망으로 했기 때문에, 냉정한 유니스마저 깜짝 놀랄 지경이었다.

"우리 둘 다 죽이려는 게 아니라면 좀 살살 몰아."

불평을 거의 하지 않는 사람이 하는 책망은 잔소리꾼이 하는 말보다 훨씬 효과적이다. 그러나 조앤은 중용의 미덕을 지킬 수 있는 상태가 아니었다. 그녀는 결사적으로 차를 몰아 유니스를 데려다 준 다음 그리빙으로 돌아가려 했다.

"잠깐 들어와."

"나더러 사자 굴에 들어간 다니엘이 되라는 거야?" 조앤은 새된 소리로 웃었다.

"들어오라니까. 어서. 차 한 잔 마시면 진정이 될 거야."

"윤은 정말 착하다니까. 그럼 들렀다 갈까? 설마 그 인간들이 날 죽이기야 하려고."

조앤은 갑자기 자동차의 기어를 최대로 올려 진입로를 올라갔다. 운전을 못하는 유니스가 기어를 잡고 클러치를 밟아, 그들은 조용히 저택에 접근할 수 있었다. 자동차는 응접실 커튼 사이로 새어 나오는 불빛을 피해, 자갈이 깔린 넓은 공터에 세워 두었다.

"텔레비전 보고 있나 봐." 유니스가 말했다.

그녀는 조앤이 총기실에 머물러 있는 동안 주전자에 물을 부어 끓였다.

"불쌍한 새들은 무슨 짓을 했기에 쫓겨나야 하나. 옳지 못해."

"**나는** 뭘 저질렀기에?" 유니스가 말했다.

"그러니까 말야." 조앤은 벽에 걸려 있는 총 한 자루를 내려 장난스럽게 유니스를 겨누었다. "빵, 빵, 넌 죽었다! 어렸을 때 카우보이 놀이 해 본 적 있어, 윤?"

"모르겠어. 이리 와. 차가 다 됐어." 그녀는 신경질적인 태도로 말했지만, 사실은 조앤의 히스테리컬한 목소리가 음악을 뚫고 응접실에 들릴까 봐 신경이 쓰였다. 조앤이 계단을 올랐고 유니스가 쟁반을 들고 뒤따랐다. 그러나 그들은 다락방에 도착하지 못했다. 조앤은 두 번 다시 유니스의 방에 들어가지 못했고, 서로 마지막 작별 인사를 나눌 기회도 갖지 못했다. 재클린의 방문이 열린 채였다. 조앤은 방 안으로 들어가 불을 켰다.

유니스는 고풍스러운 침대가 먼지로 뒤덮여 있다는 사실을 눈치챘다. 분가루와 보풀이 섞여 매끄러운 표면에 쌓여 있었다. 침대는 자신이 매만졌던 때처럼 고르게 정돈되어 있지 못했다. 그녀는 쟁반을 침대 옆 탁자에 내려놓고 이불이 팽팽해지도록 잡아당겼다. 조앤은 까치발로 방 안을 돌아다니다가, 하이힐 굽을 이 센티미터는 족히 들어 올리고 증기 기관 흉내를 내는 사람처럼 숨을 몰아 쉬며 소리 없이 킥킥대기 시작했다. 그녀는 침대의 재클린 쪽 자리로 다가가, 조지의 사진을 엎어 놓았다.

"누가 그랬는지 알아챌걸."

"그럼 어때. 너한테 더 이상 아무 짓도 못하게 하겠다면서."

"그래." 유니스는 잠시 망설이다가 재클린의 사진 역시 엎어 놓았다.

"가서 차나 마시자."

"내가 따를게." 조앤은 주전자를 들어 침대 한복판에 천천히 차를 부었다. 그러고는 한 손으로 입을 막은 채 뒤로 물러섰다. 찻물은 호수를 이루더니 아래로 스며들기 시작했다.

"결국 저질러 버렸네." 유니스가 말했다.

조앤은 층계참으로 나가 귀를 기울이더니 다시 돌아왔다. 그러고는 분가루 상자를 집어 들어, 뚜껑을 열고 침대에 거칠게 내던 졌다. 흰 가루가 피어올라, 유니스는 재채기를 했다. 그 사이 조 앤은 옷장을 열었다.

"무슨 짓을 하는 거야?" 유니스가 속삭였다.

조앤은 대답하지 않았다. 그녀는 옷걸이에서 빨간색 실크 이브 닝 가운을 꺼내 들었다. 그런 다음 옷의 목 부분에 손가락을 집어 넣고 아래로 죽 찢었다. 옷의 앞부분은 그녀의 한쪽 손에, 뒷부분 은 다른 쪽 손에 잡혀 있었다. 유니스는 놀라서 간담이 서늘해졌 지만, 동시에 재미있기도 했다. 조앤의 광기 어린 행동에 그녀도 흥분하고 말았다. 그녀는 옷장 안에 손을 넣고 휘저어 자신이 여 러 번 다림질했던 주름진 초록색 드레스를 꺼내, 옷의 상체 부분 을 재클린의 손톱 가위로 마구 잘랐다. 그러자 조앤이 가위를 뺏 어가서 즐거워 죽겠다는 얼굴로 옷을 난도질하기 시작했다. 유 니스는 잘린 옷 뭉치를 짓밟고, 액자 유리를 뒷굽으로 뭉개 버렸 다. 그러고는 서랍을 열어 보석과 화장품, 리본으로 묶여 있는 편 지들을 꺼내 사방으로 흩날렸다. 조앤이 광적으로 웃음을 터뜨리 자, 유니스도 쉰 목소리로 웃기 시작했다. 두 사람 모두 아래층의 음악 소리 때문에 어떤 소리도 들리지 않으리라 확신했다.

이렇게 시간이 흘러갔다. 머리 위에서 조앤과 유니스가 아수 라장을 만들고 있는 동안, 커버데일 가족은 오페라 전체에서 가 장 우렁찬 솔로 중 하나인 〈샴페인 아리아〈돈 조반니〉 1막 후반부에 나오는 돈 조반니의 아리아〉를 듣고 있었다. 재클린은 아리아를 끝까지 듣고 난 후, 커피를 끓이려 응접실에서 나왔다. 체를리나 역을 맡은 배우를 싫어하는데 그 배우가 〈바티, 바티〈돈 조반니〉 1막 후반부에 나오는 체를리나의 아리아〉를 망쳐 버리지나 않을까 걱정이 되어서였다. 주방에서 그녀는 찻주전자가 아직 따뜻하다는 사실을 알아차리고는 유니스가 돌아왔다고 생각했다. 엽총이 식탁 위에 놓여 있는 모습도 보았지만, 조지가 텔레비전을 보기 전에 엽총을 손질할 일이 있었겠거니 하고 여겼다.

응접실 문이 열리는 소리가 나고 홀에 발소리가 울려 퍼지자, 조앤과 유니스는 정신이 퍼뜩 들었다. 그들은 침대에 앉아 눈을 치켜 뜨고 아랫입술을 꽉 깨문 채 겸연쩍어하며 서로 마주 보았다. 조앤이 전등을 껐다. 두 사람은 재클린이 홀을 지나 다시 응접실로 들어갈 때까지 어둠 속에 앉아 있었다.

유니스는 깨진 유리와 나일론 섬유가 뒤섞여 있는 무더기를 발로 걷어찼다. "망했어. 경찰을 부를지도 몰라." 그녀는 조앤의 웃음소리를 뒤로 한 채 심각한 어조로 말했다.

"우리가 여기 있는지 모르잖아." 조앤의 눈이 반짝였다. "철사 자르는 절단기 같은 거 있어, 윤?"

"모르겠어. 총기실에 있지 않을까. 절단기로 뭘 하려고?"

"두고 봐. 방금 정말 재미있었지, 윤. 오, 우리는 그를 권세에서 끌어내리고, 호색한의 침대에서 그를 벌하였나니. 나는 주님께서 내리시는 천벌을 집행하는 도구일지니! 나는 그분의 검이며, 오른손에 들고 계신 창이니라!"

"계속 그렇게 떠들면 다 들려. 나도 재미있긴 했어."

그들은 식탁 위에 쟁반을 올려놓았다. 찻주전자는 침대 한가운데에 뒹굴고 있었다. 불을 켠 다음, 조앤은 곧바로 총기실로 가서 조지의 공구 상자를 뒤지기 시작했다.

"전화선을 자를 거야."

"텔레비전에서 봤어." 유니스는 말리기를 포기한 지 오래였다. 그녀는 찬성의 뜻으로 고개를 끄덕였다. "전화선은 현관으로 연결되어 있어. 그러면 경찰에 전화를 못하겠지."

조앤이 돌아와 조용하지만 눈부신 미소를 지었다. "자기, 그럼 이제 어떻게 하면 되지?"

유니스는 더 이상 일을 벌일 생각이 없었다. 여기서 무언가를 망가뜨리면 분명 응접실에서도 들릴 것이다. 경찰이 오든 안 오든, 자신과 막대기처럼 골골대는 이 여자 둘만으로는 성인 네 명에게 못 당하리라. "모르겠어." 그녀는 평소 습관대로 대답했지만, 이번에는 어조에 아쉬워하는 느낌이 배어 나왔다. 사실은 조금 더 즐기고 싶었다.

"어차피 들킬 거라면 마음껏 저질러 봐야지." 조앤은 이렇게 말하며 엽총을 집어 들고, 한쪽 총열을 들여다보았다. "정신을 잃을 정도로 놀라게 해 주자고. 한 방 쏘면 혼비백산할걸."

유니스는 다른 총을 벽에서 내렸다. "그렇게 하는 게 아니야. 이렇게 하는 거지."

"그렇게 안 봤는데 완전 다크호스네, 윤. 언제부터 여자 갱 노릇을 했던 거야?"

"조지가 하는 걸 봤거든. 똑같이 흉내 내는 거야."

"나도 해 볼래!"

"장전이 안 되어 있어. 탄약통이란 게 서랍 속에 있어. 사용하
는 걸 종종 봤거든. 이 총에 돈깨나 들였을 거야. 하나에 이백 파
운드쯤 할걸."

"그러면 아예 쪼개 버릴까."

"장전하려고 총을 열 때 하는 말이 바로 그거야. 네가 말한 것
처럼 총을 쪼갠다고 해."

그들은 서로를 마주 보았고, 조앤은 공작새처럼 날카로운 목소
리로 웃었다.

"음악이 멈췄어." 유니스가 말했다.

여덟시 삼십오분이었다. 1막이 끝났다. 오페라에서도, 그리고
주방에서도.

# 20

재클린은 막간을 이용해 모두에게 두 잔째 커피를 따라 주었다. 멜린다는 기지개를 펴며 일어났다.

"훌륭하군. 당신 생각은 어때요, 여보?" 조지가 말했다.

"체를리나는 끔찍해요. 너무 늙은데다 시끄럽기나 하고. 조지, 미뉴에트가 나왔을 때 위층에서 무슨 소리 못 들었어요?"

"글쎄요. 그 끔찍한 여자가 슬그머니 들어오는 소리 아니었겠어요?"

"그녀가 슬그머니 들어온다니, 절대 그런 일 없을걸요, 아빠. 살금살금이라면 모를까. 세상에, 테이프 레코더 끄는 걸 잊었네."

"슬그머니든 살금살금이든 내가 들은 소리는 그런 게 아니라 유리가 깨지는 소리였어."

멜린다는 테이프 레코더의 스위치를 껐다.

"1막 마지막이 무도회 장면이었잖아요. 음향 효과 아니었을까요?" 그녀는 텔레비전을 가리키며 말했다. 그녀가 더 말을 이어가려는 순간 응접실 밖 어디에선가 날카롭고 새된 웃음소리가 들려왔다.

"조지! 스미스 부인이에요!" 재클린은 거의 비명을 지르다시피 말했다.

"이럴 줄 알았어." 조지는 느릿느릿하고 기분 나쁜 말투로 말했다.

"미스 파치먼이랑 주방에 있나 봐요."

"곧장 추위 속으로 행진하게 해 주지." 그는 자리에서 일어났다.

"아빠, 그러면 2막 첫 부분을 놓치실걸요. 그 심술궂은 양피지 할멈이 작별 파티라도 열었나 보죠."

"이 분이면 된다." 그는 문가에 도착해서 잠시 걸음을 멈추고, 아내를 마지막으로 바라보았다. 만일 이번이 마지막이라는 사실을 알았더라면, 육 년 동안의 행복과 감사의 마음을 담아서 바라보았으리라. 하지만 조지는 그 사실을 알 수 없었고, 그래서 재클린에게 그저 눈짓만 보냈을 뿐이었다. 조지는 입을 꼭 다문 채 홀을 지나 복도를 따라 주방으로 향했다. 재클린은 함께 가야 할지 잠시 고민하다가, 생각을 고쳐먹고 소파 쿠션에 기대어 자리를 잡았다. 2막이 시작하면서 레포렐로와 그의 주인 사이에 말다툼이 일어났다. 멜린다는 테이프 레코더를 다시 켰다. "*Ma che ho ti fatto, che vuoi lasciarmi*(분노로 숨이 멎을 것 같구나. 왜 그렇게 내게 쌀쌀맞게 구는가)?" "*O, niente affato; quasi ammazzarmi*(오, 별거 아닙니다. 하마터면 저를 죽이실 뻔한 일을 빼면……)!"

주방 문을 연 조지는 경악하여 움직일 수가 없었다. 자신의 가정부가 식탁 한쪽에 서 있었다. 얼룩진 머리카락은 머리핀에서 빠져 나와 산발을 이뤘고, 창백한 얼굴은 적갈색으로 물들어 있었다. 맞은편에는 조앤 스미스가 초록빛과 연분홍빛 깃털이 난 새끼 황새 같은 모습으로 서 있었다. 두 사람은 각자 그의 총을 하나씩 든 채 서로를 겨누고 있었다.

"이 무슨 말도 안 되는 짓이오. 당장 총을 내려놓으시오!" 조지는 목소리가 돌아오자 말했다.

조앤은 작지만 날카롭게 소리를 질렀다. "빵, 빵!" 어린 시절 겪었던 전쟁이나 전쟁 영화에서 보았던 기억이 되살아났다. "*Hände hoch*(손 들어)!" 그녀는 독일어로 소리치며 그의 얼굴에 총구를 겨눴다.

"안됐지만 장전된 총이 아니오." 알라메인이집트 북부 도시로, 제2차 세계대전 당시 독일–이탈리아 주축군과 영국군을 위시한 연합군 사이에 전투가 발생한 지역이다 에 참전했던 커버데일 소령은 침착하게 새 손목시계를 쳐다보았다. "당신과 미스 파치먼에게 삼십 초 여유를 줄 테니, 총을 식탁에 내려놓으시오. 그렇게 하지 않으면 힘으로 빼앗은 다음, 경찰에 신고하겠소."

"어디 한번 해 보시지." 유니스가 말했다.

두 사람 모두 움직이지 않았다. 조지 역시 삼십 초 동안 움직이지 않은 채 서 있었다. 그는 겁내지 않았다. 두 정 모두 장전되어 있지 않았으니까. 삼십 초가 지나도 조앤은 여전히 그에게 총구를 겨누고 있었다. 그는 응접실에서 나오는 엘비라의 달콤하고 황홀한 아리아의 도입부를 희미하게 들을 수 있었다. "O, taci ingiusto core(오, 잔인한 심장이여, 아무 말도 하지 말아요)!" 그의 심장은 차분하게 뛰고 있었다. 조지는 조앤에게 다가가 총을 움켜쥐었다. 그때 유니스가 그의 목을 쏘았다. 조지는 신음 소리를 내며 식탁 위로 쓰러져, 식탁 가장자리를 잡으려 팔을 버둥거렸다. 경정맥이 끊어져 피가 샘솟아 올랐다. 조앤은 허둥지둥 물러나 벽에 붙었다. 유니스는 놀라서 숨을 멈춘 채, 그의 등에 나머지 한 발을 쏘았다.

재클린은 두 발의 총성을 듣고 벌떡 일어나 울음 섞인 비명을 질렀다.

"어쩌면 좋아, 저게 무슨 소리지?"

"스미스 부인의 자동차 엔진 소리예요." 멜린다는 이렇게 말하고는, 테이프 레코더를 바라보며 목소리를 줄였다. "항상 저래요. 배기관에 문제가 있나 봐요."

"총소리 같았는데."

"자동차 엔진 터지는 소리는 총소리처럼 들려요. 앉아요, 재키. 안 그러면 가장 아름다운 노래를 놓치고 말걸요."

"잔인한 심장이여, 아무 말도 하지 말아요. 내 가슴은 더 이상 뛰지 않아요." 엘비라는 창가에 몸을 기댄 채 밖을 바라보고 있었고, 창 아래에 레포렐로와 돈이 등장했다. 두 명의 바리톤과 한 명의 소프라노는 함께 어우러져 아름다운 노래를 불렀다. 재클린은 앉은 채로 문을 바라보았다. "왜 아빠가 안 오시지?" 그녀는 신경질적으로 말했다.

"그 미친 여자를 쏜 거예요. 그래서 무슨 말을 해야 할지 당황해하고 있는 거고." 자일즈가 말했다.

"오, 자일즈, 애야. 가서 좀 살펴봐 주겠니? 아무 소리도 안 나는구나."

"당연히 아무 소리도 안 나죠, 재키, 테이프 레코더가 켜져 있는걸요. 아빠가 파치먼에게 고함을 지르는 걸 듣고 싶어요? 테이프 레코더에 별 쓸데없는 소리가 다 녹음되겠네."

재클린은 두 손을 들어 사과의 뜻으로 흔들었다. 그러나 불안감은 가시지 않았다. 자일즈는 귀찮은 듯이 의자에서 일어났다가 다시 주저앉았다. 텔레비전에서는 돈 조반니가 부드럽게 만돌린을 뜯고 있었다. "*Deh, vieni alla finestra*(그대여, 창가로 나오라)." 재클린은 두 손을 꼭 쥐고 그 명령에 복종했다. 갑자기 벌떡 일어나서, 텔레비전 왼쪽으로 나 있는 창가로 다가가 커튼을 들춘 것이다. 그녀는 테이프 레코더 생각은 할 겨를도 없이 비명을 질렀다.

"스미스 부인의 차가 밖에 있어! 그러면 우리가 들었던 소리는 뭐지?"

그녀는 볼멘 표정을 하고 있는 멜린다와 지루해서 짜증이 나 있던 자일즈에게 몸을 돌렸다. 재클린의 얼굴은 고통으로 일그러져 있었다. 자일즈조차 그 표정을 알아차렸다. 어머니의 긴장과 솟아나는 공포를 느낄 수 있었다. "내가 가 볼게요." 그는 한숨을 쉬고 관절염에 시달리는 노인처럼 느릿느릿 움직이기 시작했다. 자일즈가 느긋하게 문을 열었을 때, 조앤 스미스와 유니스 파치먼은 주방에서 복도로 나오는 중이었다.

"다른 사람들도 지금 죽여야 해." 유니스는 더 이상 미룰 수 없는 집안일을, 가령 바닥 닦는 일 같은 걸 해치워야 한다는 투였다.

유니스가 격려해 줄 필요도 없었던 조앤은 조지를 돌아보았다. 그는 죽었지만 시계는 여전히 움직이고 있었다. 그가 죽은 이후로 분침은 숫자판 10을 지나 12에 거의 근접해 있었다. 아홉시가 되기 직전이었다. 그녀는 다시 한 번 뒤돌아보고는, 고개를 들어 유니스에게 얼굴이 둘로 찢어질 정도로 큰 미소를 지어 보였다. 그녀의 손과 얼굴에는 피가 묻어 있었고, 유니스가 짜 준 스웨터 역시 마찬가지였다. 두 사람이 홀을 통과하는데, 음악 소리가 점점 더 커졌다. 자일즈가 문을 열자 폭발적인 바리톤 목소리와 만돌린을 켜는 소리가 그들을 맞이했다. 그는 피를 보고 비명을 질렀다.

"오, 세상에!" 그는 고함을 치며 몸을 돌렸다. 곧바로 조앤이 그에게 딱딱거렸다.

"도로 들어가. 우리는 총을 갖고 있어."

유니스가 먼저 그를 따라 안으로 들어갔다. 남자들의 노랫소리가 뒤섞여 그녀의 머릿속에서 으르렁댔다. 마침내 명령을 내리고 복수를 할 수 있는 기회가 왔다. 그럴 수 있는 힘이 유니스의 몸에서 포효했다. 주방에서는 조금 주저하던 손이 이번에는 거침이 없었다. 단호하고 능숙하게 재장전한 총을 겨누었다. 하얗게 공포에 질린 재클린의 얼굴은 얼마 전 그녀에게 발렌타인 카드를 전해 주면서 비웃던 바로 그 얼굴이었다. 남편을 찾으며 울부짖는 목소리는 책을 읽거나 편지를 쓰다가 비꼬는 듯한 겉치레 인사를 건네던 바로 그 목소리였다. 이 순간에는 그들이 울부짖으면서 애원하는 말들이 귀에 거의 들리지 않았다. 알 수 없는 어떤 작용에 의해, 유니스의 머릿속에서 그들은 더 이상 사람이 아니라 활자로 바뀌어 버렸다. 그들은 책꽂이에 꽂혀 있는 존재이자, 흰 종이 위에 군데군데 박힌 검은 존재였다. 유니스가 증오했던 동시에 갈망해 마지않았던, 그녀의 영원한 적.

"앉는 게 좋을걸. 이게 다 네 탓이야."

조앤의 웃음소리가 그녀의 말을 끊었다. 조앤은 성경 구절을 외치더니, 총을 발사했다. 유니스는 숨이 막혔다. 비명 소리와 피가 튀기는 모습에 놀랐기 때문은 아니었다. 조앤이 먼저 총을 쏴버리면 그녀에게 뒤처질지도 모르기 때문이었다. 유니스는 앞으로 나서며 총을 겨누었다. 한꺼번에 두 발을 모두 쏜 다음, 조앤이 쏜 총성을 들으며 재장전했다. 순식간에 탄약통 두 개가 비어 중국식 양탄자 위에 떨어졌다.

음악이 그쳤다. 분명 조앤이 텔레비전을 껐으리라. 총소리와 비명 소리도 그쳤다. 침묵은 더욱 깊어져, 그녀의 마음을 어루만지고 맹렬하게 뛰는 가슴을 진정시켜 주며, 만질 수 있을 정도로 짙은 향유 냄새처럼 응접실을 가득 채웠다. 침묵은 유니스를 움직이지 못하도록 붙들었다. 이 석기 시대 여인을 아예 돌로 만들어 버렸다. 그녀는 눈꺼풀을 떨구고 숨을 천천히 골랐다. 옆에 구경꾼이라도 있었다면 그녀가 선 채로 잠들었다고 생각했으리라.

유니스는 숨 쉬는 돌이었다. 지금까지 항상 그랬던 것처럼.

# 21

신성한 임무를 수행한 사람만이 느낄 수 있는 행복한 평온이 조앤 스미스에게 밀려들었다. 그녀는 자신이 해낸 일을 점검하고는 훌륭히 끝냈다는 사실을 확인했다. 하느님의 적들을 분쇄하여 스스로를 정화한 것이다. 그녀는 자신이 한 일을 똑똑히 알고 있었지만, 그 일이 그르다고는 전혀 생각하지 않았다. 따라서 만일 맥너튼 법범죄자에 대하여 정신 이상 검사를 의무화하는 법률이 그녀에게 적용되었다면, 조앤은 가뿐히 테스트를 통과했으리라.

조앤은 문자 그대로 순수했다. 그리고 이제 그리빙으로 달려가 마을 사람들에게 자신이 한 일을 알리려는 참이었다. 길 한복판에서 이 일을 선포하고 블루 보어에서 큰 소리로 외칠 생각이었다. 전화선을 잘라 버린 것은 유감스러운 일이었다. 그러지 않았다면 곧바로 수화기를 들어 교환수에게 이 일을 알렸을 터였다. 그녀는 침착하고 당당하게 총을 내려놓고 테이프 레코더를 주워 들었다. 아직 돌아가고 있었다. 어딘가를 누르자 빨간 불이 꺼졌다. 테이프 레코더 안에는 그녀의 업적이 녹음되어 있었다. 그 순간 조앤은 언젠가 나중에 '하느님의 강림을 믿는 사람들' 신도들에게, 그들의 의식이 고양될 수 있도록 녹음된 내용을 들려줄 생각을 했다. 그녀가 얼마나 미쳐 있는지 알 수 있는 증거였다.

그녀는 유니스에게 거의 관심을 기울이지 않았다. 유니스는 여전히 총을 쥔 채 싸늘한 시선으로 자일즈와 멜린다의 시체를 바라보며, 꼼짝하지 않고 서 있었다. 두 사람의 시체는 생전 그 어느 때보다 가깝게, 서로 포옹하듯 붙어 있었다. 조앤은 유니스가 누구인지 잊어버렸다. 자신의 이름도, 과거도, 셰퍼드 부시도, 노먼도 깡그리 잊어버렸다. 그녀는 혼자였고 타이탄 여신이었으며 천사였다. 이제 아무것도 두렵지 않았다. 재미 삼아 커버데일 가족을 편드는 사악한 유령이 이 기쁜 소식을 선포하는 일에 끼어들어 방해하는 것 말고는.

조지의 피가 스웨터에는 물론 손과 얼굴에도 묻어 있었다. 조앤은 피가 마르도록 내버려둔 채 그녀답지 않게 큰 보폭으로 천천히 걸어 홀로 통하는 문으로 다가갔다. 그녀가 가까이 오자 유니스는 사색에서 깨어났다.

"가기 전에 얼굴이나 좀 씻어."

조앤은 유니스를 무시하고 현관을 열어 어둠 속에 숨어 있는 악마를 탐색했다. 진입로와 정원은 비어 있었고, 조앤에게 어둠이 친근하게 보였다. 그녀는 자동차에 올라탔다.

"마음대로 해. 자기 전에는 꼭 씻어. 말 잘못 꺼내지 않도록 조심하고. 그냥 조용히 있어."

"나는 만군萬軍의 주 여호와의 창이니라!"

유니스는 어깨를 으쓱했다. 이런 모습은 문제될 게 없었다. 조 앤은 항상 저런 식으로 행동하고 다녔으니, 마을 사람들은 그녀가 평소보다 조금 더 미쳤을 뿐이라고 생각하리라. 그녀는 해야할 일이 남아 있는 집 안으로 들어갔다. 조앤은 측면등만 켠 채행복간에 도취되어 차를 몰고 로필느 홀의 대지를 벗어났다. 그녀는 머리를 높이 든 채 좌우로 고개를 돌리며 정면을 제외한 모든 방향을 바라보며 차를 몰았다. 그러면서 모여든 군중을 치하하듯이 자애로운 미소를 지었다. 무사히 정문까지 도달한 것만으로도 기적이었다. 정문을 빠져나가 도로를 따라 약 팔백 미터 정도 지났을 때였다. 메도즈 씨의 농가 정원을 둘러싼 높은 벽돌담이 앞을 가로막고 있어, 도로가 날카롭게 꺾여 있는 곳이었다. 흰올빼미가 나무에서 내려와 자동차 앞유리 높이에서 전방을 가로막고 힘껏 날갯짓했다. 조앤은 올빼미를 커버데일 가족이 그녀를해치려고 보낸 악마라 여기고, 올빼미를 들이받을 작정으로 액셀러레이터를 힘껏 밟았다. 그러다 결국 올빼미 대신 벽을 들이받고 말았다. 자동차의 앞부분은 콘서티나육각형 모양의 작은 아코디언처럼 구겨졌고, 그녀의 머리는 앞 유리를 뚫고 벽돌을 바른 삼십 센티미터 두께의 콘크리트 벽에 부딪쳤다.

아홉시 반이었다. 메도즈 부부는 고스버리에 사는 결혼한 딸의 집에 가 있었기 때문에, 집 안에는 충돌 소음을 들은 사람이 아무도 없었다. 노먼 스미스는 평소 때처럼 한잔 즐기러 블루 보어에 있었다. 술집에 있는 사람들이 사고 소식을 들었더라면 훨씬 더 즐거워했겠지만, 다음 날 아침까지는 그 소식을 듣지 못했다. 그는 열시 십오분에 집에 돌아왔다. 잡화점과 앞뜰 사이에 주차되어 있어야 할 차가 보이지 않았기 때문에 조앤이 유니스와 함께 어딘가에 처박혀 있으리라 짐작했다. 유니스가 그리빙에서 지내는 마지막 날이니까. 잘된 일이야. 그리빙 도로에는 아무도 없었다(적어도 사고를 목격한 사람은 아무도 없었다). 열시 이십오분에 메도즈 부부가 집에 돌아와서 사고 현장을 발견했다. 그들은 부서진 벽과 의식을 잃은 채 자동차 밖으로 반쯤 빠져나와 있는 조앤을 발견하고, 일단 구급차를 부른 다음 노먼 스미스에게 전화를 걸었다. 조앤은 상태가 위중했지만 아직 살아 있었다. 그녀는 병원으로 후송되었다. 병원에서는 그녀의 몸에 묻은 피가 그녀의 것인지 아닌지 살피려 하지도 않았다. 그만큼 상태가 좋지 않았다. 그리하여 몇 달 전에 정신 병원에 들어갔어야 할 조앤 스미스는 결국 심각한 육체적 손상을 입고 중환자실에 들어가는 처지가 되었다.

그날 밤 노먼은 피 흘리는 광경을 두 번이나 보는 호사를 누렸다. 그가 아내의 사고 현장에 도달하기 세 시간쯤 전, 두 젊은이가 블루 보어 술집에 들어왔다. 둘 중 더 작고 어린 쪽이 술집 주인인 에드윈 카터에게 화장실이 어디 있는지 물었다. 그는 친구가 어쩌다 다쳐서 손을 씻어야 한다고 말했다. 상처에 묶은 손수건에 피가 배어나 있었다.

카터 씨는 화장실 위치를 가르쳐 주었고, 그의 아내는 응급 처치를 해 주겠노라 제안했다. 하지만 상처 입은 손을 깨끗한 손수건으로 다시 묶고 돌아온 젊은이는 제안을 거절했고 어떻게 상처를 입었는지에 대해서도 일언반구 하지 않았다. 카터 부부나 술집 손님들 누구도 실제로 상처를 보지는 못했고, 단지 손수건에 피가 묻어 있던 모습만 기억했다. 다른 목격자들은 주유소를 경영하는 짐 메도즈, 알란과 팻 뉴스테드 부부, 제프와 바바라 볼럼 부부, 제프의 동생인 필립, 그리고 노먼 스미스였다.

카터 부인은 손을 다친 사람이 브랜디 더블을 마셨고 그의 동료는 비터 맥주를 반 잔 마셨다고 기억했다. 그들은 테이블에 앉아 오 분도 안 되는 시간 동안 술을 마신 다음, 아무 말도 하지 않고 술집을 나섰다. 이 시간에 차에 휘발유를 넣을 수 있는 곳은 어디인지 물었을 뿐이었다. 메도즈네 주유소는 이미 문을 닫았기 때문에, 제프 볼럼은 갤로즈 코너 너머 간선 도로에 셀프 주유소가 있다고 알려 주고 블루 보어 앞마당까지 따라 나와 가는 길을 자세하게 안내해 주었다. 그들의 자동차도 보았으나, 나무로 된 스테이션 웨건형 뼈대에 밤색 차체를 얹은 낡은 모리스 마이너 트레블러제2차 세계 대전 이후 영국 모리스 사에서 출시한 영국 최초의 밀리언셀러 승용차라는 것만 알아보았을 뿐 번호판은 보지 못했다.

그들은 그리빙 도로를 타고 마을을 빠져나갔기 때문에 로필드 홀을 지나칠 수밖에 없었다.

다음 날 목격자들은 앞을 다투어 경찰에 이방인들의 인상착의를 증언했다. 짐 메도즈는 두 사람 모두 어두운 색의 긴 머리카락에 청바지를 입었고, 손을 다치지 않은 사람은 키가 백팔십 센티미터 이상은 족히 된다고 말했다. 카터 부부는 키가 큰 쪽은 어두운 색의 긴 머리카락이었다는 점에 동의했지만, 그들의 딸인 바바라 볼럼은 두 사람 모두 갈색 머리카락에 갈색 눈이었다고 말했다. 알란 뉴스테드의 증언에 따르면 손을 다친 쪽은 짧은 금발에 날카로운 푸른색 눈을 하고 있었지만, 그의 아내는 눈빛이 날카롭기는 했어도 갈색이었다고 말했다. 제프 볼럼은 키가 작은 쪽은 금발 머리에 코듀로이 바지를 입었다고 했지만, 그의 동생은 두 사람 모두 청바지를 입고 큰 쪽은 손톱을 물어뜯은 흔적이 있었다고 주장했다. 노먼 스미스는 금발 머리 쪽은 얼굴에 흉터가 있었고, 어두운 머리카락 쪽은 키가 백칠십오 센티미터 이상은 아니었다고 말했다.

목격자들은 모두 그때 좀 더 자세히 봐 둘걸 하는 생각을 했다. 그러나 당시 그럴 필요가 있었으리라고 누가 짐작이나 했겠는가?

홀로 남은 유니스는 '집안일'을 처리할 작정이었으나, 처음에는 계단에 주저앉아 멍하니 있었다. 아무 일도 하지 않고 있다가 아침이 오면 여행 가방을 들고 오래전에 가 봤던 버스 정류장에 가서 버스를 타고 런던으로 떠나면 어떨까 하는 별난 생각을 했다. 그러면 다 괜찮을 것이다. 사람들은 커버데일 가족들을 몇 주 동안 발견하지 못할 테고, 그렇게 시간이 흐르면 그녀를 어떻게 찾을 수 있겠는가?

유니스는 차를 한 잔 마시기로 했다. 전에 마시려고 준비했던 차는 조앤이 재클린의 침대에 모조리 쏟아 버려, 아직 차를 한 잔도 마시지 못했다. 그녀는 조지의 시체 주변에서 왔다 갔다 하며 차를 끓였다. 시체의 손목에 매여 있는 시계를 보니 아홉시 사십 분이었다. 짐을 쌀 시간이었다. 그동안 런던에서 살던 시절에 사곤 했던 옷이나 음식, 사탕, 초콜릿 같은 물건에서 떨어져 지내다 보니, 아홉 달이 지났어도 소지품은 그다지 늘지 않았다. 단지 직접 짠 옷 몇 개만이 불어났을 뿐이다. 샘슨 부인의 여행 가방에 이곳에 처음 올 때 쌌던 순서대로 짐을 정리하면 되리라.

자신의 방에 올라가자 아무 일도 일어나지 않은 것 같았다. 내일이면 정말로 떠나야 한다고 생각하니 애석한 기분이 들었다. 쭉 좋아하던 곳이기도 했고, 이제는 나가라고 떠미는 사람도 없다. 게다가 자신의 삶에 간섭하는 사람이 아무도 없으니 예전보다 더 좋은 보금자리가 될 터였다.

아직 잠자리에 들기에는 이른 시간이기도 했고, 시간에 상관없이 잠을 청할 수 있을 것 같지 않았다. 베개에 머리를 대기만 하면 잠이 드는 유니스로서는 이례적인 일이었다. 그러나 현재 상황 역시 이례적인 경우였다. 지금껏 오늘 같은 일을 한 번도 저지른 적이 없었으니 유니스도 납득할 수 있었다. 그녀는 흥분 때문에 잠을 이루지 못하리라는 생각이 들어, 자리에 앉아 방 안을 둘러보고 여행 가방을 바라보았다. 텔레비전을 볼 기분이 나지 않아, 뜨개질거리를 여행 가방 가장 밑바닥에 넣어 버린 것을 후회했다.

그녀는 열시 사십오분까지 아침 버스 시간이나 다음 날 날씨에 대해 고민하면서 앉아 있었다. 그때 그리빙 도로 쪽에서 사이렌 소리가 들렸다. 조앤 스미스를 데리러 가는 구급차에서 나는 소리였지만, 유니스가 그 사실을 알 수 있을 리 없었다. 이건 경찰차 소리임이 틀림없다는 생각이 들자, 불현듯 처음으로 공포감을 느꼈다. 그녀는 상황을 살펴보기 위해 이층에 있는 재클린의 침실로 내려가서 창문 밖을 내다보았다. 그러나 아무것도 보이지 않았고, 사이렌 소리는 점점 멀어져 갔다. 그녀가 커튼을 치는 순간 다시 사이렌 소리가 울리기 시작했다. 잠시 후 자동차 전조등이라 짐작되는 불빛이 로필드 홀을 빠르게 지나치더니 간선 도로를 타고 기세 좋게 달려갔다.

유니스는 이런 상황이 마음에 들지 않았다. 그리빙에서는 흔치 않은 일이었기 때문이다. 대체 무슨 일이지? 왜 경찰차가? 그동안 그녀는 텔레비전을 보면서 경찰의 수사 절차에 대해 조금쯤 알게 되었다. 그녀는 침실 전등을 켜고 멍하니 조앤이 손댄 물건들을 모조리 닦았다. 깨진 유리, 장신구, 찻주전자 같은 것들이었다. 그녀가 즐겨 보는 드라마의 주인공인 스티브는 총을 쏘거나 자동차 추격전을 벌이지 않을 때는 지문 감식으로 단서를 잡곤 했다. 사이렌 소리는 더 이상 들리지 않았지만, 경찰이 곧장 이곳에 들이닥칠 것 같았다.

그녀는 아래층으로 내려가서 응접실 문을 열고 다시 한 번 전등을 켰다. 그제야 경찰이 발견해 내지 못하리라는 생각이 얼마나 어리석었는지 똑똑히 알 수 있었다. 경찰이 지금 당장 오지 않는다 해도, 내일이면 올 것이다. 내일 오전에 제프 볼럼이 계란을 배달하러 와서 아무도 없으면, 창문 너머로 안을 들여다보다가 조지의 시체를 발견할 게 아닌가. 의심을 받지 않으려면 해치워야 할 일들이 엄청나게 널려 있었다. 절단기에서 조앤의 지문을 지우고, 총 역시 깨끗하게 닦아야 했다.

유니스는 응접실을 둘러보았다. 피가 온통 튀어 있는 소파 위에 《라디오 타임즈》한 부가 펼쳐져 있었다. 그 위에 핏자국 말고도 무언가 적혀 있었다. 그녀가 가장 먼저 해야 할 일은 바로 신문을 싱크대에 넣고 성냥으로 불을 붙여 없애 버리는 것이었다. 아니면 잘라서 땅에 묻어 버리거나, 한 장 한 장 음식물 쓰레기 처리기에 밀어 넣어 버리기라도 해야 했다. 그러나 그녀는 읽을 줄 모른다. 그래서 신문을 덮어 정돈한 다음, 일요일 신문 뭉치와 함께 커피 테이블 위에 올려놓았다. 더러운 컵들을 그냥 놓고 가자니 마음이 편치 않았지만, 컵을 씻어서는 안 될 것 같았다. 텔레비전을 원래 있던 거실에 도로 가져다 놓으면 좀 더 정돈되어 보일 것 같았다. 그녀는 텔레비전을 끌고 홀을 지나 거실로 향했다. 그리고 나자 몹시 피곤하다는 사실을 깨달았다.

이제 더 이상 할 일은 없어 보였고, 경찰은 아직 도착하지 않았다. 유니스는 난장판을 만들어 놓은 이후 처음으로 조지의 시체를 천천히 바라보았다. 그다음에는 응접실로 다시 들어가 재클린, 멜린다, 자일즈의 시체 역시 바라보았다. 그녀의 마음속에는 연민도 회한도 일지 않았다. 사랑, 기쁨, 젊음, 평화, 안식, 생명, 먼지, 재, 낭비, 가난, 폐허, 절망, 광기, 죽음에 대해서도 생각하지 않았다. 그녀는 이러한 것들에 대해 거의 알지 못했다. 그래서 사랑을 제거하고 생명을 파괴하고 희망을 부수며 지성의 가능성을 훼손하고 기쁨을 종식시켰다. 유니스는 매장하는 사람들조차 신음을 흘릴 정도로 커버데일 가족의 시체를 썩어가도록 내버려 두었다는 사실을 깨닫지 못했다. 그저 훌륭한 양탄자가 엉망이 되어 안타까웠고, 자신에게는 피가 한 방울도 튀지 않았다는 사실에 기뻐했다.

집 안을 정리하느라 상당한 시간을 보내고 나자, 다른 사람들에게 깨끗해진 집 안을 꼭 보여 주고 싶었다. 자신의 노동이 맺은 결실에 대해 다른 사람들이 칭송을 보내면 그녀는 언제나 희열을 느꼈다. 그러한 기쁜 감정을 웃음이나 말로 표현하지 않았을 뿐이다. 왜 내가 떠난 후 경찰이 이 집에 올 때까지 기다려야 하지? 전에도 거의 올 뻔했으니, 더 빨리 올 수도 있을 거야. 가장 좋은 방법은 주저하지 않고 신고하는 것이다. 그녀는 수화기를 들고 다이얼을 돌렸지만, 조앤이 전화선을 끊어 버렸다는 사실을 깜빡 잊고 있었다. 상관없어. 신선한 공기를 마시며 산책을 하면 잠도 깨겠지.

유니스 파치먼은 빨간색 코트와 털모자를 걸치고 스카프를 둘렀다. 그런 다음 총기실에서 손전등을 꺼내 들고 그리빙으로, 잡화점 옆에 있는 공중전화 박스로 향했다.

# 22

런던 경찰국의 윌리엄 베치 총경은 월요일 오후, 커버데일 가족 학살 사건, 일명 성 발렌타인 데이 학살 사건을 담당하러 그리빙에 도착했다.

그가 도착한 마을은 상류 사회 사람들은 거의 들어 보지도 못한 곳이었지만, 이제 그 마을의 이름은 모든 신문의 1면을 장식했고 텔레비전에서는 채널을 가리지 않고 온통 그 얘기뿐이었다. 그는 마을에 도착한 첫날 마을 사람들이 모두 집 안에 틀어박혀 있다는 사실을 발견했다. 그들은 마치 바깥 공기를 두려워하는 듯, 이 공기가 밤 사이에 달라져 흉포하고 해로우며 위협적으로 변했다고 여기는 것처럼 행동했다. 마을 길가에는 사람들이 보였지만, 그들은 모두 경찰이었다. 자동차도 있었지만, 전부 경찰차였다. 로필드 홀로 향하는 도로는 밤낮을 가리지 않고 경찰관, 증거 수집반 및 검시반을 태운 경찰 차량들로 대혼잡을 빚었다. 그러나 그리빙 주민들은 보이지 않았다. 이월 십오일 당일에 일하러 나간 사람은 다섯 명뿐이었고, 등교한 학생은 고작 일곱 명이었다.

베치는 마을 회관을 인계받아 그곳에 '살인 사건 수사본부'를 설치했다. 그곳에서 부하 수사관들과 증인을 신문하고, 증거를 검토하며, 전화통화를 하고, 기자 회견을 열었다. 유니스 파치먼을 처음으로 만났던 장소도 그곳이었다.

그는 노련한 경찰이었다. 이십육 년 동안 경찰관으로 재직했고, 살인 사건 수사반에서 활약했던 경력은 놀라울 정도였다. 맨체스터 은행 살인 사건의 범인, 제임스 팀슨을 혼자서 검거했고, 두 명의 경비원을 살해한 죄로 지명 수배중인 월터 엑스틴이 무장한 채 숨어 있던 브릭스턴 아파트를 경관들을 이끌고 급습하여 그를 체포했다.

부하들 사이에서 베치는 자신이 맡은 사건마다 특정한 증인을 물고 늘어져 결정적인 도움을 얻어내는 것으로 유명했다. 그를 좋아하지 않는 사람들조차 베치가 증인을 친구로 삼는다고 여길 정도였다. 엑스틴 사건에서 이러한 노력은 보상을 받았다. 그는 엑스틴의 전 정부의 신뢰를 얻어내 살인범의 소재를 파악할 수 있었다. 커버데일 사건에서 그가 이런 역할을 할 목격자로 고른 사람은 바로 유니스 파치먼이었다.

지금까지 유니스를 정말로 좋아했던 사람은 한 명도 없었다. 그녀의 부모야 자신들의 방식대로 그녀를 사랑했지만, 이는 다른 문제였다. 샘슨 부인은 그녀에게 연민을 느꼈고, 애니 콜은 그녀를 두려워했으며, 조앤 스미스는 그녀를 이용했다. 빌 베치는 그녀를 정말로 좋아했다. 처음 심문을 했던 순간부터 유니스를 좋아했다. 불필요한 말을 하거나, 대충 얼버무리거나, 쓸데없는 감상주의에 빠지지 않았기 때문이다. 게다가 그녀는 모른다는 말을 거리낌없이 할 수 있는 사람이었다.

베치는 그녀에게 경의를 표했다. 정예 수사관들조차 처음 도착하여 네 구의 시체를 보자 정신을 차리지 못했지만, 그녀는 현장을 발견하고는 공중전화 박스까지 어두운 밤길을 약 이 킬로미터나 걸어서 경찰에 신고했던 것이다. 애초에 그는 유니스에게 그다지 혐의를 두고 있지 않았다. 그녀가 자신은 커버데일 가족을 좋아하지 않았고 건방지다는 이유로 해고당했다는 이야기를 솔직하게 털어놓자 희미한 의심조차 사라져 버렸다. 어쨌든 이 사건은 중년 여성의 범죄는 아니었거니와, 단독 범행일 수도 없었다. 그리고 그는 유니스를 만나기 전에 이미 손에 상처를 입은 남자와 그 동행에 대한 수배를 시작한 터였다.

다음은 전날 밤 유니스가 서퍽 주 경찰에게 진술한 내용이다.

"나는 다섯시 반쯤 친구인 조앤 스미스 부인과 넌체스터에 갔습니다. 우리는 노스 힐에 있는 '하느님의 강림을 믿는 사람들' 예배에 참석했습니다. 스미스 부인은 나를 로필드 홀까지 태워주었고, 일곱시 오십오분에 도착했습니다. 현관으로 들어가서 홀에 있는 시계를 봤는데, 바늘이 일곱시 오십오분을 가리키고 있었습니다. 스미스 부인은 들어오지 않았습니다. 그녀가 저녁 내내 기분이 안 좋았기에 바로 집으로 돌아가라고 했습니다. 홀과 응접실에는 전등이 켜져 있었습니다. 응접실 불빛은 밖에서도 볼 수 있게 되어 있습니다. 당시 응접실 문은 닫혀 있었고, 나는 그 안에 들어가지 않았습니다. 저녁 일과를 마친 후에는 커버데일 부부가 부르지 않는 한 들어가지 않습니다. 넌체스터에서 예배를 마친 후에 차를 마셨기 때문에 주방에도 들어가지 않았습니다. 나는 위층에 있는 내 방으로 들어갔습니다. 커버데일 부부의 침실 문이 열려 있었지만, 안을 들여다보지는 않았습니다. 나는 뜨개질을 하고 가방을 꾸렸습니다.

커버데일 부부는 일요일에는 보통 열한시쯤 잠자리에 듭니다. 자일즈는 저녁에는 대부분 자기 방에 있습니다. 내가 위층에 올라갈 때 자일즈의 방문은 잠겨 있었기 때문에 그가 안에 있는지 몰랐습니다. 그에 대해서는 그다지 신경을 쓰지 않습니다. 나는 다음 날 떠나는 일에 대해서만 생각하고 있어서, 열한시 반까지 방 밖으로 나가지 않았습니다.

내 방에는 화장실이 딸려 있기 때문에 씻으러 아래로 내려갈 필요가 없습니다. 나는 열한시에 잠자리에 들었습니다. 이층 층계참과 삼층으로 통하는 계단에는 항상 불을 켜 둡니다. 커버데일 부부가 잠자리에 들 때 불을 끄고 들어갑니다. 그런데 열한시 반에 방문 틈으로 여전히 빛이 들어오는 것을 보고, 일어나 불을 끄러 갔습니다. 나는 드레싱 가운을 입고 이층으로 내려갔습니다. 그때 커버데일 부부의 침실 바닥에 옷이 몇 벌 떨어져 있는 모습을 보았고, 유리가 몇 장 깨진 것도 발견했습니다. 올라올 때는 문이 등 뒤에 위치해 있어서 이를 보지 못했습니다. 그 광경을 보고 깜짝 놀라 응접실로 내려갔습니다. 그곳에서 커버데일 부인과 멜린다 커버데일, 자일즈 몬트의 시체를 발견했습니다. 커버데일 씨의 시체는 주방에서 발견했습니다. 경찰에 전화를 하려 했지만 신호음이 들리지 않았습니다. 그때 전화선이 잘려 있는 걸 보았습니다.

귀가해서 시체를 발견할 때까지 이상한 소리는 듣지 못했습니다. 내가 로필드 홀에 도착한 이후로 아무도 저택에서 나가지 않았습니다. 집으로 오는 길에 차를 몇 대 지나쳤지만, 어떤 차인지는 알아보지 못했습니다."

유니스는 자신의 진술을 고수하며, 단 하나의 세부 사항도 변경하지 않았다. 그녀는 베치의 맞은편에 앉아 차분하게 그의 눈을 바라보며, 자신은 일곱시 오십오분에 집에 도착했다고 주장했다. 대형 괘종시계가 멎은 이유는 조지가 일요일 밤 열시에 태엽을 감지 않았기 때문이겠죠. 그 시계는 시간이 정확합니까? 가끔 느릴 때가 있는데, 십 분까지 느린 걸 봤어요. 이 진술은 에바 볼럼과 나중에 도착한 피터 커버데일에 의해 확인되었다. 시간이 흐르면서 베치는 종종 조지의 손목시계가 충격으로 부서졌으면 얼마나 좋았을까 하는 생각에 입맛을 다시곤 했다. 살인 사건을 구성하는 요소 중에서 그가 가장 싫어하는 것은 시간 관계가 명확하지 않은 것이기 때문이다. 그는 알아낸 사실들을 시간 순서로 배열하는 데 어려움을 겪고는 절망에 빠졌다.

검시관에 따르면 세 명의 커버데일과 자일즈 몬트는 일곱시 반에서 아홉시 반 사이에 사망했다. 열두시 십오분에 처음으로 시체를 검시했을 때 이미 사후 경직이 진행중이었기 때문이다. 사후 경직은 열에 의해 가속화된다. 추운 겨울이었던 탓에 당시 로필드 홀에는 저녁 내내 중앙난방이 돌아가고 있어서 응접실과 주방은 굉장히 따뜻했다. 위 속의 잔류 음식물, 시체에 생긴 사후반점, 뇌척수액의 변화 정도 같은 많은 사실들이 고려된 결론이었다. 베치는 사망 시점이 일곱시 반 이전일 가능성도 있다고 검시관들을 설득해 보려 했지만 실패했다. 당시 실내 온도가 약 27도에 가까웠다는 사실을 유념하지 않더라도, 유니스가 증언한 대로 커버데일 가족들이 여섯시에 먹은 차와 샌드위치, 케이크가 완전히 소화되었다는 사실을 무시할 수 없었기 때문이다. 베치는 여섯시에 저녁 식사를 한 사람들이 일곱시에 커피를 마시기 시작했다는 사실을 의아하게 여겼다.

그럼에도 불구하고 그럭저럭 들어맞는 가정을 세울 수 있었다. 청바지를 입은 두 명의 젊은이는 일곱시 오십분에 블루 보어에 들어왔다. 커버데일 가족을 살해하기에는 십오 분이면 충분하다. 동기는? 그저 재미로? 커버데일 가족이 대표하는 사회 계층에 대한 복수심 때문에? 그리고 오 분이면 로필드 홀을 빠져나가 그리빙으로 갈 수 있다. 유니스가 도착한 일곱시 오십오분에(어쩌면 그보다 십 분 늦게), 그들은 죽음과 고요를 뒤로 한 채 이 킬로미터는 족히 달아났을 터이다.

이 십오 분 동안 그들은 침실도 엉망으로 만들어 놓아야 했다. 베치는 그들이 왜 침대에 차를 부었는지 이해할 수 없었다. 아무 이유도 없었을 거야. 재클린의 보석은 그대로 남아 있었기 때문이다. 아니면 돈을 찾아 방 안을 서둘러 뒤지다가 가족 중 한 명에게 발각되었을까? 손에 부상을 입은 남자는 방을 뒤지던 중 지문을 남기지 않으려고 끼고 있었던 장갑을 어떤 시점에서 벗어 버리고 총을 쏘다가 손에 상처를 입었을 것이다. 십오 분. 방을 박살내고 옷을 찢어 버리고 사람을 죽이기에는 그 정도 시간이면 충분하다.

베치는 블루 보어의 손님들에게 질문을 하느라 많은 시간을 허비했다. 그들 중에는 두 명의 젊은이들을 보고 말까지 걸었던 노먼 스미스도 있었다. 월요일 저녁이 되자, 전국의 모든 경찰 병력이 그 자동차와 안에 탄 사람들을 찾는 데 동원되었다.

조앤 스미스는 혼수상태에 빠진 채 스탠트위치 종합 병원에 누워 있었다. 그러나 베치는 그녀가 그날 저녁 저택에 들어가지 않았다는 말을 믿었고, 단지 그들이 일곱시 이십분에 '하느님의 강림을 믿는 사람들'의 예배당을 떠났다는 유니스의 진술이 사실인지만 확인했다. 신도들은 이 사실을 확인해 주었지만, 베치의 부하에게 조앤이 출발하기 직전 조지 커버데일에 대한 폭언을 퍼부었다는 사실을 말해 준 사람은 없었다. 그들은 조앤이 저주를 퍼부은 대상이 조지라는 사실을 몰랐지만, 규칙과 욕망으로 똘똘

뭉친 신도들은 만일 알았다고 해도 신에게 선택을 받지 못한 경찰들을 멀리했으리라.

유니스는 저택에 머물러도 좋다는 허락을 받았다. 그녀는 아무 데도 갈 곳이 없었고 베치도 유니스를 근처에 두고 싶어 했기 때문이다. 주방은 사용할 수 있었지만 응접실은 봉쇄되었다. 그래서 재클린이 읽던《라디오 타임즈》역시 방 안에 그대로 봉인되어 있었다.

"모르겠어요." 베치가 조지 커버데일에게 적이 있었느냐고 묻자, 유니스는 이렇게 대답했다. "친구들은 많았어요. 누가 커버데일 씨를 위협했다는 말은 못 들어봤어요." 그녀는 그에게 차를 한 잔 대접했다. 그녀가 베치에게 커버데일 가족의 생활이나 교우 관계, 습관, 취향, 변덕 같은 것에 대해 이야기하는 동안, 살인 사건 수사를 담당하고 있는 경찰들은 유니스가 잘 닦아 놓은 식탁에서 차를 마셨다. 바로 조지가 죽을 때 쓰러졌던 식탁이었다.

로필드 홀에서 발생한 사건은 그리빙 주민들을 불신과 공포 속으로 몰아넣었다. 그들 중 일부는 슬픔에 겨워 시름시름 앓기도 했다. 필연적으로 다른 화제는 거의 언급되지 않았다. 저녁 식사로 뭘 먹을까? 감기는 좀 어때? 또 비가 오니 더욱 추워지겠지? 이런 일상적인 화제로 대화를 시작하더라도, 결국엔 이 잔학무도한 학살에 대한 이야기로 바뀌곤 했다. 누가 그런 짓을 했을까? 아직도 믿지 못하겠어. 도대체 세상 꼴이 어떻게 되려는지. 제시카 로이스톤은 주변의 위로에도 아랑곳하지 않고 울기만 할 뿐이었다. 메리 케언은 건축업자인 엘리를 시켜 일층 창문에 창살을 달았다. 제임슨-커 부부는 다시는 로필드 홀을 방문할 수 없다는 사실이 믿기지 않았고, 육군 준장은 조지와 함께 꿩 사냥을 하던 때를 떠올리며 몸서리를 쳤다. 제프 볼럼은 멜린다의 죽음을 애도하면서, 당분간 금요일이나 토요일 오후에는 갤로즈 코너를 지나치지 못하겠다고 생각했다.

피터 커버데일과 폴라 캐스월은 그리빙으로 달려왔다. 폴라는 도착한 지 몇 시간이 채 되지 않아 충격과 슬픔 때문에 쓰러져 목사관에 신세를 지게 되었다. 피터는 캐팅엄에 있는 에인절 호텔에 머물렀다. 난방 장치도 소용 없는, 싸늘하고 습기가 차기 시작하는 저녁이 되면, 피터는 제프리 몬트와 함께 술을 마셨다. 그는 말리에 있는 불 호텔에 머물고 있었다. 피터는 예전에 한번도 만나 본 적 없고 매일 밤 위스키 한 병을 비우는 제프리가 마음에 들지 않았다. 그러나 대화 상대가 없으면 미쳐 버릴 것 같았다. 게다가 제프리 또한 그를 만나지 않았더라면 자살해 버렸을 거라고 이야기했다. 그들은 폴라를 만나러 함께 목사관으로 갔지만, 그녀는 크러츨리 박사에게 진정제를 맞고 잠들어 있었다.

노리치에 있던 조나단 덱스터는 멜린다의 죽음을 신문 보도를 통해 처음으로 알게 되었다. 그는 아무것도 하지 않았다. 사실을 확인해 보려 하지도 않았고, 부모에게 이야기하지도 않았으며, 피터 커버데일에게 연락을 취하려 들지도 않았다. 그저 방 안에 틀어박혀 닷새 동안 오래된 빵과, 우유를 넣지 않은 차만 먹으며 지냈다.

노먼 스미스는 매일 저녁 충실하게 아내를 찾아갔다. 사실은 가고 싶지 않았다. 거의 무의식적으로 조앤이 죽었으면 좋겠다고 도 생각했다. 혼자 사는 게 더 편하기 때문이다. 그러나 그는 그러한 사실을 인정하시노, 조앤을 보러 가는 일을 피하지도 않았다. 아내가 아플 때 남편이 해야 할 도리였기 때문이다. 하지만 조앤은 움직일 수도, 말을 할 수도, 이야기를 들을 수도 없었기에, 노먼은 그녀에게 아무런 소식도 전해줄 수 없었다. 대신 문병을 온 다른 남편들과 소문에 관해 이야기하거나, 이제는 원하는 대로 시간을 보낼 수 있게 된 블루 보어에서 끊임없이 같은 얘깃거리를 늘어놓았다.

스탠트위치에서 조앤이 우편물을 엿보고 있다는 고발에 대해 조사하겠다는 소식은 들리지 않았다. 지금까지 많은 일을 겪었음에도 불구하고 일말의 낙관적인 희망을 견지하고 있던 노먼은 핵심 증인이 죽었기 때문이라고 생각했다. 아니면 우체국장이 조앤의 사고 소식을 듣고는 아내가 누워 있는 동안 자신을 귀찮게 하지 말아야겠다고 마음먹었거나.

그의 자동차는 넌체스터에 있는 정비소로 견인되었다. 노먼은 차 상태를 알아보러 버스를 타고 넌체스터로 갔지만, 정비소 주인은 폐차해야 한다고 했다. 아직 쓸 수 있는 부품에 대한 거래가 이루어졌다. "뒷좌석에 이런 게 있던데요." 주인은 노먼에게 트랜

지스터 라디오 같은 물건을 건네주었다.

그는 이 물건을 집으로 가져와 『내 별을 따르라』가 쌓여 있는 선반에 올려두고, 며칠 동안 까맣게 잊어버렸다.

# 23

수배중인 두 남자의 몽타주 사진이 이월 십칠일 수요일에 발행된 모든 전국지에 실렸지만, 베치는 별다른 기대를 하지 않았다. 증인이 용의자의 머리카락 색깔이 금발인지 갈색인지조차 기억하지 못한다면, 코나 이마가 어떻게 생겼는지 기억할 리가 만무했기 때문이다. 갤로즈 코너에서 구백 미터쯤 떨어진 곳에 있는 셀프 주유소의 종업원은 둘 중에서 키가 크고 머리카락의 색깔이 어두운 쪽을 기억했다. 그러나 그곳은 셀프 주유소였기 때문에, 머리카락색이 어두운 청년은 직접 기름을 넣고 유리로 가로막힌 사무실로 다가와 종업원에게 값을 치렀을 뿐이었다. 종업원은 다른 남자는 보지도 못했고, 그런 사람이 있었는지조차 모르고 있었다. 그는 자동차만 겨우 기억해 냈다. 모리스 마이너 트래블러는 밤색 차량이 상당히 희귀했기 때문이다.

주유소 종업원과 짐 메도즈, 제프 볼럼을 위시하여 일요일 밤에 블루 보어에 있던 손님들의 기억을 토대로 몽타주가 작성되었다. 마을 회관에 설치된 수사본부에는 수백 통의 전화가 빗발

쳤다. 회색이나 녹색, 검은색 마이너 트래블러를 목격했다거나, 자신이 소유한 밤색 차는 차고에 얌전하게 들어가 있다는 식이었다. 그러나 각각의 제보는 기각해 버리기 전에 일일이 확인해야만 했다. 전국의 호텔 관리자와 셋집 주인들에게는 제프 볼럼과 주유소 종업원이 묘사한 것과 같은 차량을 탄 투숙객이나 세입자가 나타나면 바로 연락해 달라는 협조 요청이 들어갔다. 늘 주차되어 있던 차가 일요일에 갑자가 사라지지는 않았습니까? 지금은 어디에 있습니까? 그 결과 수백 통의 전화가 들이닥쳤고, 수요일과 목요일까지 수백 건의 성과 없는 면담이 진행되었다.

그러던 중 목요일에 집주인도 호텔 관리자도 아닌 한 여자가 베치에게 전화를 걸어 지명 수배된 것과 일치하는 차량에 대한 정보를 제공했다. 버철 부인은 그리빙에서 육십오 킬로미터 정도 떨어진, 에섹스 해변 클랙턴 근처에 있는 이동식 주택에 살고 있었다. 베치는 한 시간도 채 지나지 않아 그녀와 이야기를 나누러 그곳으로 달려갔다.

거주민의 자동차들은 거주 구역 입구에 인접한 진흙투성이의 지저분한 공터에 주차되어 있었다.

버철 부인은 자동차를 갖고 있지 않았지만 밤색 트래블러는 자주 보았다고 주장했다. 주차된 차 가운데 가장 더러웠고 뒤 타이어 하나가 바람이 빠져 한쪽으로 기울어진 채 진창 속에 처박혀 있었기 때문이다. 이 자동차는 금요일까지 줄곧 주차되어 있었다고 했다. 그러나 그녀는 그 차를 마지막으로 언제 봤는지 기억하지 못했다. 어쨌든 지금은 없다.

그 차는 딕 스케일즈라는 사람의 소유로, 아니, 소유였던 것으로 드러났다. 장거리 트럭 운전사였던 스케일즈는 경찰이 연락했을 때 자신의 이동식 주택에 없었다. 그래서 베치와 그의 부하들은 스케일즈 부인이라고 밝힌 중년의 이탈리아 여자와 이야기를 나누었다. 그녀는 곧 결혼한 사이는 아니라고 털어놓았다. 베치가 닦달했지만 그녀는 "맘마미아!"라고 외치며 자신은 자동차에 대해서는 아무것도 모르고 모든 것은 딕의 잘못이라는 말만 되풀이했다. 여자는 무서운 눈초리로 노려보는 작은 믹스 테리어를 품에 안고 부서진 의자에 앉아 몸을 흔들었다. 딕은 언제 돌아옵니까? 난 몰라요. 내일이나 모레쯤. 그녀는 자동차에 대해 전혀 몰랐고 운전도 하지 못했기 때문에, 경찰은 차에 대해선 묻지 않을 작정이었다. 여자는 크리스마스가 오기 전에 밀라노에 있는 부모님 댁에 가 있다가 지난 주에야 돌아왔다고 했다. 하느님도 버린 이 춥고 끔찍한 나라에 돌아오지 않는 건데.

경찰은 M1 도로에서 딕 스케일즈를 기다렸지만, 그는 나타나지 않았다. 클랙턴에 있던 베치는 이제까지의 수사 방침에 의구심을 느꼈다. 만일 스케일즈가 범인이라면, 카터 부부나 볼럼 부부, 메도즈와 주유소 종업원은 오십 대 남자를 어떻게 키가 크고 가무잡잡한 젊은이로 착각했을까?

로필드 홀의 응접실은 여전히 봉쇄된 채였고, 유니스는 주방으로 내려가면서 하루에도 몇 번이나 이 응접실 문 앞을 지나쳤다. 그러면서도 응접실 안에 들어가 보려는 생각은 추호도 하지 않았다. 만약 마음만 먹는다면 들어가는 일은 그리 어렵지 않았으리라. 커다란 창문은 잠겨 있었지만 열쇠는 총기실에 걸려 있었다. 이는 경찰이 때때로 저지르곤 하는 작은 실수였다. 다만 이 점에 한해서는 경찰의 부주의가 사건 수사를 망치거나 유니스에게 이득을 안겨 주지는 않았다. 그녀는 자신을 유죄로 몰아넣을 증거가 문 뒤에서 잠자고 있다는 사실을 몰랐고, 경찰은 그 증거를 휴지조각처럼 바라보다가 무시해 버렸기 때문이다.

그 증거? 그렇다. 만일 유니스가 그것을 확보했더라면, 그 위에 적힌 글을 읽을 수 있었다면, 그녀는 다른 증거에 대해서도 알게 되었을 것이다. 더 엄밀히 말하면, 그녀는 다른 증거가 무엇인지 알 수 있었을 테고, 때가 왔을 때 그것을 생각 없이 무시해 버리지 않았으리라.

유니스는 침착했고, 자신은 안전하다고 여겼다. 그녀는 텔레비전을 보고 냉장고를 탈탈 털어 입맛에 맞는 음식을 양껏 해 먹었다. 식사 시간 사이에는 초콜릿을 먹었다. 평소보다 훨씬 많은 양이었다. 불안감을 느끼거나 하지 않았지만, 매일같이 경찰을 대하려니 조금은 당황스러웠기 때문이다. 그녀는 주전부리를 보충하러, 노먼이 습관처럼 껌을 씹으며 혼자 지키고 있는 잡화점으로 내려갔다.

그날 아침 노먼은 엘더 반스테플 부인에게서 전화를 받았다.

부인은 자신이 조앤 대신 『내 별을 따르라』를 배포하려고 하니, 그의 집에 남아 있는 책자를 가지러 들르겠다고 했다. 노먼은 선반에서 책을 꺼내며 자동차 뒷좌석에 있던 물건도 함께 가져왔다. 그러나 그는 이 물건을 유니스에게는 보여 주지 않았다. 유니스가 마르스 초콜릿 바를 사러 오자 슬쩍 언급했을 뿐이다.

"조앤이 당신에게 라디오를 빌려가지 않았나요?"

"난 라디오가 없는데요." 그녀는 이렇게 미래와 자유를 약속하는 선물을 걷어차고 말았다. 유니스는 조앤의 상태를 묻거나, 그녀에게 안부를 전해 달라는 말도 하지 않고 가게를 빠져 나왔다. 길거리에서 평상시보다 경찰이 적다는 느낌을 받았는데, 마을 회관 앞에 항상 주차되어 있던 베치의 차도 보이지 않았다. 그때 반스테플 부인이 도착해서 베치가 주차하던 자리에 차를 세웠다. 유니스는 딱딱한 미소를 지으며 고개를 까딱하고 그녀에게 인사했다.

노먼 스미스는 두 번째 손님을 응접실로 안내했다.

"굉장히 좋은 테이프 레코더를 갖고 계시네요."

"저게 테이프 레코더인가요? 라디오인 줄 알았는데."

반스테플 부인은 다시 한 번 테이프 레코더라고 단언하고는, 그게 노먼의 물건이 아니라면 누구 것인지 물었다. 노먼은 잘은 모르겠지만, 조앤이 사고를 당했을 때 뒷좌석에 있었던 것으로 보아 조앤이 다니는 교회 신도의 물건이 아닐까 한다고 말했다. 반스테플 부인은 그럴 것 같지는 않았지만, 한번 알아보겠다고 했다.

조금이라도 호기심을 갖고 있는 사람이라면, 그 물건의 정체가 테이프 레코더임을 알았을 때 이를 만지작거리며 한 번쯤 재생을 해 봤으리라. 노먼은 그러지 않았다. 그는 고작해야 찬송가나 기도 나부랭이가 녹음되어 있으리라 여겼다. 그래서 테이프 레코더를 빈 선반에 다시 얹어 놓고, 바바라 볼럼에게 항공 우편 요금을 받으러 갔다.

몇 시간 전, 딕 스케일즈가 고민하며 북서부에 있는 헨든에서 클랙턴에 있는 자신의 집으로 출발했을 때, 키가 크고 어두운 머리카락색의 청년이 헨든 경찰서로 들어갔다. 어떤 의미에서는 자진 출두인 셈이었다.

금요일은 장례식 날이었다.

오후 두시에 열린 장례식에는 많은 사람들이 참석했다. 취재진들은 경찰들의 엄격한 통제를 받고 있었다. 브라이언 캐스웰은 런던에서 도착했고, 오드리 커버데일은 포터리즈에서 왔다. 제프리 몬트는 술에 취해 평소보다 더 심한(어쩌면 평소보다 더 멀쩡한) 상태로 등장했다. 유니스 파치먼 역시 참석했으며, 제임슨-커 부부와 로이스턴 부부, 케언 부인, 볼럼 집안, 힉스 집안, 뉴스테드 집안 사람들도 모습을 보였다. 푸른 하늘은 자일즈 캐스웰이 세례를 받던 날처럼 티 없이 맑았다. 고인의 친지들은 목사를 따라 교회 문을 나와 구불구불하게 뻗어 있는 작은 길을 지나 교회 묘지 남동쪽 모퉁이로 향했다. 다부지게 생긴 느릅나무와 주목朱木 그늘 아래 동풍이 불었다. 조지 커버데일은 주목 아래에 무덤 터를 사 두었고, 결국 아내와 딸과 함께 이 자리에 묻혔다.

아처 목사는 『솔로몬의 지혜구약 성서 외경 중 하나』에서 인용한 말을 꺼냈다. "비록 많은 사람들 앞에서 벌을 받았으나, 그들의 희망은 영원히 충만하리라. 지금 벌을 받지 못한 자들은 이후 크게 받으리라……."

자일즈는 친아버지의 요청에 따라 스탠트위치에서 화장되었다. 짧게 치러진 그의 장례식에는 꽃을 바치는 사람 하나 없었다. 커버데일 가족에게 온 조화弔花는 피터의 뜻에 따라 스탠트위치 병원으로—조앤의 침대 머리맡을 장식하려고?—향할 예정이었지만, 이월의 서리를 맞아 한 시간도 안 되어 시들어 버려 예정된 소임을 다하지 못했다. 에바 볼럼의 권유로 유니스가 국화 한 다발을 바쳤지만, 그녀는 일주일 후 꽃집 주인이 보낸 청구서에 값을 치를 수 없었다.

피터는 유니스를 저택까지 태워다 주고, 방에 올라가 누워서 좀 쉬라고 했다. 마르스 초콜릿 바와 텔레비전 생각을 하니, 유니스로서는 반대할 이유가 없었다. 유니스도 없고 경찰도 오지 않았기 때문에, 집 안은 극도로 고요하고 싸늘했다. 피터는 주방 식탁을 끌어내 도끼로 장작을 만들어, 차가운 진홍색 햇살이 내리쬐고 있는 자두나무 울타리 옆에서 불을 피웠다.

베치는 장례식에 참석하지 않았다. 그는 런던에 있었다. 그곳에서 키스 로밧에게 헨든 경찰서에 진술한 이야기를 다시 듣고, 함께 웨스트 헨든에 있는 그의 집으로 향했다. 로밧은 마이클 스케일즈와 함께 가구 딸린 셋집을 빌려 살고 있었다. 정원 구석에는 높은 울타리에 둘러싸인 차고가 있었고, 문은 잠겨 있었다. 울타리 안쪽은 콘크리트 바닥이었다. 베치는 차고 구석에서 캔버스 천으로 덮여 있는 자동차를 발견했다. 로밧은 덮개를 벗기고 밤색 모리스 마이너 트래블러를 보여 주었다. 그는 이 차를 지난 일요일에 마이클의 아버지, 딕 스케일즈에게서 샀다고 진술했다.

로밧은 이 차를 팔십 파운드에 판다는 이야기를 듣고 차를 보러 마이클과 함께 기차를 타고 클랙턴으로 갔다. 그들은 세시에 도착하여 딕 스케일즈의 이동식 주택에서 딕과 이탈리아 여자와 함께 식사를 했다. 여자는 마이클의 의붓어머니로, 이름은 마리아라고 했다.

"마리아는 강아지를 키워요. 이탈리아에서 돌아올 때 바구니에 넣고 뚜껑을 덮어서 데려왔다나요. 그래서 세관에 걸리지 않았죠. 아주 포악한 놈이라 저는 만지지도 않았는데, 마이클은 강아지랑 잘 놀았어요. 사실은 놀려댔던 거지만." 그는 베치를 바라보았다. "그러다 사단이 났어요. 그놈이 원흉이었다니까요."

바람이 빠진 타이어는 예비용으로 교환했다. 로밧과 마이클 스케일즈는 일곱시에 집으로 출발하기로 했다. 넌체스터에서 A12번 도로를 타는 것이 런던 동부로 가는 가장 빠른 길이었지만, 그

길로는 가지 않기로 했다. 대신 서쪽에 있는 고스버리로 간 다음 남쪽으로 방향을 틀어 던모와 옹가를 거쳐 A11번 도로를 타고 런던으로 들어가 북부 순환 도로를 통하여 헨든으로 갈 생각이었다. 출발하기 전 마이클은 다시 초콜릿 조각을 가지고 강아지에게 주는 척하며 장난을 치기 시작했다. 그러다가 강아지가 그의 인손을 물고 말았다.

"그렇지만 저희는 출발했어요. 마리아가 마이클의 손을 손수건으로 묶어 주었고, 저는 집에 도착한 다음에 의사에게 가 보는 편이 낫겠다고 했죠. 딕과 마리아는 꽤 당황한 눈치였어요. 개를 그런 식으로 들여왔으니. 딕은 만일 발각되면 수백 파운드의 벌금을 물 거라고 했죠. 그러자 마이클은 절대 병원에 가지 않겠다고 하더군요. 그때도 손수건에 피가 배어 나오고 있었는데 말이에요. 그래서 그냥 출발했는데, 솔직히 말하면 제가 길을 잃어버렸어요. 도로가 칠흑같이 어두워서 고스버리로 가는 길을 지나치고 말았다고 생각했어요. 나중에 보니 사실은 제대로 가고 있었지만요. 마이클은 검역을 받지 않은 동물을 외국에서 들여와서는 안 된다는 사실을 몰랐어요. 그 사실을 이야기해 줬더니, 왜 안 되냐고 묻잖아요. 그래서 광견병이 퍼질까 봐라고 대답했죠. 그랬더니 정말 겁을 먹었어요. 그게 사건의 발단이었죠."

그들은 그리빙 도로처럼 보이는 길로 방향을 틀었다. 그때가 몇 시였지요? 대충 일곱시 사십분 정도였어요. 그리빙의 블루 보어 술집에서 마이클은 손을 씻고 브랜디 더블을 마셨다. 그런 다음 곧장 고스버리 도로에 있는 셀프 주유소로 향했다. 그때 로밧은 여기가 자신들이 삼십 분 전에 실수로 지나친 길이라는 사실을 깨달았다.

"마이클은 그때부터 흥분하기 시작했어요. 광견병에 걸릴까 봐 두려워하면서도 아버지가 곤란을 겪는 게 싫어서 병원에 가지 않으려고 하더라고요. 저희는 열한시쯤 집에 도착했어요. 이 차는 시속 육십오 킬로미터 이상 속도가 나지 않거든요. 집에 도착해서 차를 여기에 주차해 놓고 커버를 씌웠어요."

로필드 홀을 보았습니까? 베치가 물었다. 그들은 분명 그리빙에 들어갈 때와 나올 때 두 번이나 로필드 홀을 지나쳤을 것이다.

로밧은 처음으로 말을 더듬었다. 그는 그리빙 도로를 따라 운전을 하는 동안 단 한 채의 집도 보지 못했다고 했다. 베치는 속으로 의문을 삼켰다. 이상하군. 그 도로에서 유일한 커브길 위에 메도즈 농가가 있었다는 사실은 기억하면서. 그러나 당분간 이 점은 넘기기로 했다. 로밧은 계속 말을 이어나갔다. 화요일에 그와 마이클은 경찰에게 수배를 당하고 있다는 사실을 알게 되었다. 로밧은 마이클에게 경찰서에 출두하자고 사정했지만, 딕 스케일즈와 전화로 의견을 나눈 마이클은 이를 거부했다. 개에게 물린 손은 곪고 퉁퉁 붓기 시작해서, 수요일부터는 출근하지도 못했다.

목요일 아침, 딕 스케일즈는 북잉글랜드의 한 공중전화에서 헨든으로 전화를 걸었다. 딕은 아들의 상태를 듣고 나자 남쪽으로 가는 길에 잠시 들르겠다고 했다. 그는 저녁 아홉시에 헨든에 도착했고, 그와 마이클, 키스 로밧은 밤새도록 앉아서 대책을 논의했다. 딕은 마이클에게 병원에 가서 떠돌이 개에게 물렸다고 하고, 자동차에 대한 이야기나 자신의 이동식 주택을 방문한 이야기는 절대로 하지 말라고 했다. 마이클도 이 의견을 지지했다. 로밧은 그랬다가는 점점 더 깊은 수렁 속에 빠질 뿐이며 잘못하다가는 공무집행 방해로 기소될지도 모른다고 생각했지만, 그들을 설득할 수 없었다. 게다가 차를 수리하면 안 된다고까지 했다. 로밧이 보기에는 아무래도 최소한 몇 달 정도는 차를 쓸 수 없을 것 같았다. 결국 그는 혼자 행동하기로 결심했다. 딕이 떠나자 로밧은 집을 나와 헨든 경찰서로 향했다.

이 이야기는 마이클 스케일즈가 베치에게 마침내 털어놓은 이야기와 전적으로 일치하는 것은 아니었다. 스케일즈의 팔은 팔꿈치까지 퉁퉁 붓고 상처는 붉게 변색되어 있었다. 그는 더러운 방에 누워 있다가 베치가 부하 경사를 대동하고 등장하자 흐느끼기 시작했다. 베치가 차에 대해 다 알고 왔다고 하자, 광견병에 걸렸을지도 모르는 개와 그리빙의 블루 보어 술집에 들렀던 일에 대해 모두 인정했다. 게다가 로밧이 일부러 숨겼을 이야기까지 다 털어놓았다. 그들은 그리빙으로 향하는 길에 불이 환하게 켜진 저택의 진입로 입구에 차를 세웠던 것이다. 로밧은 진입로를 올라가 고스버리로 가는 길을 물으려 했다. 그러나 그는 문 앞까지 갔다가 용기가 꺾여 다시 돌아오고 말았다. 스케일즈의 말로는 자동차를 수리하느라 로밧의 옷이 더러워졌기 때문이라고 했다.

로밧은 몇 번 발뺌한 후 이 사실을 인정했다. "절대로 문을 두드리지 않았습니다. 외딴 곳이기도 했고 시간도 늦어서 사람들을 놀라게 하고 싶지가 않았거든요."

사실일 수도 있다.

베치가 알아낸 바로는 로밧과 스케일즈는 멍청한데다 우유부단하기까지 한 이인조였다. 그 집을 묘사해 보라고 하자, 로밧은 현관 양쪽으로 긴 창문이 나 있는 커다란 저택이라고 했다. 그리고 자신이 진입로에서 망설이고 있을 때 '집 안에서 음악 소리가 들렸다'고 말했다. 시간은? 로밧은 일곱시 사십분이라고 대답했고, 스케일즈는 사십오분에 더 가까웠다고 말했다.

베치는 마리아 스케일즈를 검역법 위반 혐의로 입건했다. 마이클 스케일즈는 병원으로 후송되어 격리되었다. 로밧은 어떻게 하지? 그들을 살인 혐의로 기소하기에는 아직 증거가 부족했지만, 베치는 몇 가지 배후 공작을 벌여 담당 레지던트에게 로밧을 병원에 붙잡아 두도록 하고 주의 깊게 감시했다. 덕분에 그들에 대해서는 당분간 안심할 수 있었다. 베치는 한숨을 돌리면서 아까 들은 시간과 음악 이야기에 대하여 깊은 생각에 잠겼다.

음악이라고? 커버데일 가의 전축, 라디오, 텔레비전은 모두 거실에 있었다. 따라서 음악 이야기는 로밧이 꾸며낸 것처럼 보였다. 로밧이 그런 이야기를 꾸며대야 할 이유는 없어 보였지만. 차라리 그와 스케일즈가 좀 더 이른 시각에 로필드 홀에 도착하여 커버데일 가족을 살해했다는 가정이 좀 더 그럴싸해 보였다. 동기는? 베치는 동기를 찾기 어려웠다. 그러나 그들이 손을 씻고 물을 얻어 마시거나 전화를 걸기 위해 로필드 홀에 들어갔는데, 조지 커버데일과 그의 의붓아들이 몸으로 막아 섰을 가능성도 있었다. 잘 맞아떨어지는 이야기였다. 시간에 대해서는, 로밧이 거짓말을 하고 있다고 가정하면 이 또한 잘 맞아떨어졌다. 그러나 우선 로밧이 한 이야기를 검토해 보아야 했다. 그날 이후 그는 입속으로 되뇌었다. 음악을 파헤쳐 봐.

그는 남아 있는 커버데일 집안 사람들에게 도움을 청했다. 오드리 커버데일은 범인을 잡는 것과는 별로 관련이 없을 것 같았지만 그녀는 당혹스러웠던 사실 하나를 그에게 말해 주었다.

"왜 〈돈 조반니〉를 안 보고 있었는지 절대로 이해가 안 돼요. 재클린은 세상 전부를 준대도 아랑곳하지 않았을걸요. 축구광이 결승전을 놓칠 리가 있겠어요."

그러나 텔레비전은 거실에 있었고, 그들은 일곱시 이후로는 응접실에서 커피를 마셨기 때문에 거실에 있었을 리가 없다. 아무리 시간으로 곡예를 부려 봤자 커피를 마신 시간은 일곱시 이전일 수 없었다. 반면 아직 죄가 있다고 밝혀지지는 않았지만, 로밧은 음악을 들었다고 증언했다. 일요일 오후, 베치는 봉쇄된 응접실 문을 열고 범죄 현장을 다시 방문했다. 그는 텔레비전이 이방에 있었다는 흔적을 찾아 헤매다가 실패하자, 오페라가 시작한 시간을 확인해 보기로 했다. 신문 가판대에서 사건이 발생했던 주의 《라디오 타임즈》를 쉽게 얻을 수 있을 터였다. 베치는 지금도 당시에 어쩌다 커피 테이블 위에 놓여 있던 《옵서버》지를 집어 들었는지 알 수 없었다. 그 아래에 《라디오 타임즈》가 있을지도 모른다고 생각했을 수도 있다. 그런데 정말로 그곳에 있었다. 해당 페이지를 펼치자 그곳에 피가 튀어 있었다. 누구라도 이전에 이 신문을 조사했다면, 그에게 진작에 보고했을 것이다. 신문 여백에는, 피가 튄 자국 아래에 휘갈겨 쓴 글씨로 세 문장이 적혀 있었다.

서곡이 잘림. 〈라 치 다렘〉의 마지막 소절은 절대 올림 7도가 아님. M의 레코드와 비교해 볼 것.

베치는 재클린의 필적 견본을 많이 봤기 때문에 이 메모 역시 재클린이 쓴 것임을 알아볼 수 있었다. 그리고 이 메모는 분명히 방송을 보면서 그녀가 남긴 것이다. 의심의 여지없이 방송은 일곱시에 시작했다. 곧바로 도움을 청할 수 있는 전문가는 오드리 커버데일뿐이었다. 그는 음악에 문외한이어서 그녀가 얼마나 훌륭한 전문가인지는 알 수 없었지만. 베치는 문을 다시 봉쇄하고 유니스가 끓여 준 차를 마시며 십 분 동안 더 머물렀다. 그는 차를 마시면서 유니스와 대화를 나눴다. 그녀가 일곱시 오십오분에 (어쩌면 여덟시 오분이었을 수도 있다) 귀가했을 때는 음악 소리를 듣지 못했고, 텔레비전은 내내 거실에 있었으며 자신이 시체를 발견했을 때도 거실에 있었다고 말했다. 유니스가 이야기를 하고 있었을 때 《라디오 타임즈》는 그녀에게서 고작 몇 미터 떨어진 베치의 서류 가방 속에 있었다.

오드리 커버데일은 월요일에는 출근해야 하기 때문에 떠날 준비를 하던 중이었다. 그녀는 그 메모가 재클린의 필적이라고 확인해 주면서, 핏자국을 보고 겁을 먹었다. 동시에 남편이 지금 옆에서 이것을 보지 않아 다행이라고 생각했다.

"이게 무슨 뜻입니까?"

"〈라 치 다렘〉은 1막 3장에 나오는 이중창이에요." 오드리는 〈돈 조반니〉에 나오는 모든 아리아를 알고 있었기 때문에, 이내 베치에게 노래가 시작하는 정확한 시간을 말해 줄 수 있었다. "이 아리아가 언제 나오는지 알고 싶으신 거죠? 음, 어디 보자. 시작하고 나서 대략 사십 분 후에 나와요."

일곱시 사십분이었다. 그는 그녀의 말을 간단히 무시했다. 아마추어에게 조언을 구하는 일은 헛수고에 불과해. 월요일 오전, 그는 오페라 전곡이 수록된 레코드판을 사 오라고 부하 경사를 스탠트위치로 보냈다. 그는 마을 회관에 설치된 수사본부에 빌려온 전축을 설치하고 레코드판을 걸었다. 베치는 〈라 치 다렘〉이 오드리의 말과 거의 어긋나지 않는 시각에 나오는 것을 듣고 경악했다. 서곡이 시작한 이후 정확히 사십이 분 후였다. 재클린은 서곡이 잘렸다고 썼지. 아마 오페라 전체도 조금씩 잘렸을 것이다. 베치는 BBC로 가서 방송된 판본을 구해 왔다. 오페라는 조금씩 잘려 있었지만, 1막의 3개 장을 합쳐 고작 삼 분만 잘렸을 뿐이었다. 이 판본에서 〈라 치 다렘〉은 일곱시 삼십구분에 시작했을 것이다. 따라서 재클린 커버데일은 일곱시 삼십구분까지는 살아서 평온하게 텔레비전 프로그램에 집중하고 있었다는 말이 된다. 살인자가 그 시각에 집 안에 들어왔을 것이라는 가정은 전혀 설득력이 없어 보였다. 로밧과 스케일즈는 아홉 명의 서로 상관없는 목격자들에 의해 일곱시 오십분경 블루 보어에 있었다는 것이 확인된 상태. 로밧이 떠난 시각과 일곱시 오십오분(아니, 이제 그 시각은 분명 여덟시 오분일 것이다) 사이에 다른 사람이 로필드 홀에 들어온 것이다.

베치는 재클린의 메모를 검토했다. 이는 그가 가진 패 중 유일하게 사실에 의거한 증거였다.

# 24

    노먼 스미스는 《이스트 앵글리안 데일리 타임즈》의 광고란을 훑어보다가, 중고 테이프 레코더를 구하는 남자가 낸 광고를 발견했다. 그는 주저하지 않고 전화를 걸었다. 반스테플 부인은 테이프 레코더의 주인을 알아내지 못했고, 조앤은 아무런 의사소통을 할 수 없는 상태로 말없이 누워 있었다. 그러나 노먼은 그 물건을 경찰에 가져갈 생각은 하지 않았다. 더 정확히 말하면 경찰은 분명 더욱 중요한 사항에 신경을 쓰고 있기 때문에, 이런 사소한 일은 금세 잊어버리리라 생각했다. 게다가 이 물건을 팔면 오십 파운드는 벌 수 있었고, 지금처럼 차도 없이 극도로 돈에 쪼들리는 입장에서 이 돈은 가뭄에 단비나 다름없었다. 보잘것없는 자동차 보험금에 이 돈을 더하면 예전 것과 거의 비슷한 고물투성이 자동차를 살 수 있다. 그는 다이얼을 돌렸다. 광고를 낸 사람은 존 플로버라고 하는 프리랜서 저널리스트였다. 그는 노먼에게 다음 날 그리빙으로 찾아오겠다고 했다.

    그는 테이프 레코더를 샀을 뿐만 아니라, 조앤을 면회하러 병원으로 가려는 노먼을 스탠트위치까지 태워다 주기도 했다.

그동안 베치는 《라디오 타임즈》 여백에 적힌 메모에서 다른 정보를 캐내려 고심하는 중이었다. 'M의 레코드와 비교해 볼 것'이라는 대목은 그다지 중요해 보이지 않았다. 그는 이미 두 개의 판본을 조사해 보았다. 잘못된 올림 7도에 대해서는 살펴보지 않았지만, 아리아 자체가 바뀌거나 실제로 방영되었던 시각이 십 분 앞당겨지는 일은 불가능했다. 재클린이 텔레비전에서 그 아리아를 듣기 전에 그 메모를 작성하지 않았다면, 그날 오후에 멜린다가 갖고 있던 레코드판을 듣다가 텔레비전에서 방영되는 오페라와 비교해 보고 싶었을 가능성도 있었다. 그러나 메모의 내용은 이와는 정반대였다. 게다가 그는 로필드 홀의 어느 곳에서도 〈돈 조반니〉의 다른 레코드판을 찾을 수 없었다.

"내 여동생이 클래식 음반을 갖고 있었을 것 같지는 않습니다." 피터 커버데일은 이렇게 말하고 나서 잠시 후 덧붙였다. "아, 그런데 아버지가 크리스마스에 그 애에게 테이프 레코더를 선물했습니다."

베치는 피터를 바라보았다. 그는 레코드라는 것이 꼭 검정색 원반을 뜻하지만은 않는다는 사실을 처음으로 깨달았다. "집 안에서 테이프 레코더는 발견되지 않았습니다."

"동생이 대학에 돌아갔을 때 가져간 것 같습니다."

베치 앞에 펼쳐진 이 사실이 내포하고 있는 가능성은, 경찰이

꿈꾸는 현실적인 소망과 아득히 거리가 있었다. 멜린다 커버데일이 살인자들이 집 안에 침입했을 때 상황을 녹음했다니. 그리하여 범행 시각이 정확히 드러나다니. 게다가 침입자들의 목소리가 녹음되어 있다니. 그는 그러한 측면에 대해 어림짐작하길 삼갔다. 살인범들이 가장 먼저 테이프를 빼서 없애버리고, 레코더에서 자신들의 목소리를 지워 버렸을 테니. 유용한 진술들을 해서 스타 목격자가 되었던 유니스가 수사본부에 불려왔다.

"예, 크리스마스 선물로 받았을 거예요. 가죽 케이스에 넣어서 자기 방에 두었어요. 내가 먼지를 닦곤 했거든요. 일월에 대학으로 돌아갔을 때 그 물건도 가지고 가서, 그 이후로 집에 가져오지 않았어요." 유니스는 진실을 말하고 있었다. 그녀는 멜린다의 전화 통화를 엿들었던 아침 이후 테이프 레코더를 보지 못했다. 미쳐 버린 후에도 유니스보다 머리가 수천 배나 좋았던 조앤이 테이프 레코더를 저택 밖으로 들고 나간 것이다. 유니스는 그녀의 손에 어떤 물건이 들려 있었는지조차 알아채지 못했다.

베치의 부하들이 테이프 레코더를 찾으러 갤위치를 샅샅이 뒤지고 멜린다가 알고 지냈던 모든 사람들을 심문하는 동안, 유니스는 삼 킬로미터나 되는 갤로즈 코너까지 거침없이 걸어가 스탠트위치행 버스를 탔다. 그녀는 블랜치 톰린20세기 초에 활동했던 영국의 뮤지컬 스타 병동 측실側室에서 노먼 스미스가 아내의 머리맡에 앉아 있는 모습을 발견했다. 그녀는 그에게 자신이 온다는 이야기를 굳이 하지 않았다. 노먼과 같은 이유로, 해야 할 일이었기 때문에 왔을 뿐이다. 아는 사람의 결혼식이나 장례식에 가는 것처럼, 지인이 아플 때 문병 가는 것은 이상한 일이 아니다. 조앤은 굉장히 아팠다. 그녀는 눈을 감고 침대 위에 누워 있었다. 이불이 살짝 오르락내리락하지 않았다면, 죽은 사람처럼 보였을 것이다. 그동안 유니스는 화장을 하지 않은 그녀의 맨 얼굴을 궁금해했다. 그녀의 맨 얼굴은 약간 누리끼리했고, 생채기가 나 있었다.

"잘하고 있네요?" 그녀는 침대 밑에 먼지가 없다는 것을 확인한 다음 노먼에게 물었다. 그는 대답하지 않았다. 어쩌면 그는 이말을 병원에서 아내에게 조금씩 음식을 먹이고 깨끗한 시트를 갈아 주는 등, 잘 돌보고 있다는 뜻으로 생각했을지도 모른다. 두 사람 모두 각각 다른 이유로 조앤이 이런 상태로 영원히 지내기를 바랐다. 그러고선 함께 버스를 타고 돌아오면서 둘 다 제각기 이런 식물인간 상태가 오래 지속되지 않았으면 좋겠다고 위선적인 소망을 내비쳤다.

베치는 헛된 희망을 품고 로필드 홀을 수색하라는 명령을 내렸다. 이번에는 오랫동안 사용하지 않았던 지하실도 뒤져보았다. 그러한 수색이 무위로 돌아가자, 경찰들은 얼어붙은 화단을 파헤치기 시작했다.

유니스는 그들이 무엇을 찾고 있는지 몰랐고, 그에 대해 거의 신경 쓰지도 않았다. 그녀는 그들에게 차를 대접했고, 경찰들은 그녀를 친근하게 대했다. 유니스에게 훨씬 중요한 사항은 바로 봉급이었다. 더 정확히 말하면 봉급을 받지 못하는 문제였다. 조지 커버데일은 항상 매월 마지막 금요일에 월급을 지급했다. 이월의 마지막 금요일인 이십육일이 내일로 다가왔지만 그때까지 피터 커버데일은 아버지의 의무를 감사히 계승하려는 기미를 보이지 않았고, 유니스는 그가 굉장히 게으르다고 생각했다. 그녀는 전화를 걸지 않고, 캐팅엄까지 걸어가 에인절 호텔에 묵고 있는 그에게 직접 물어보려고 했다. 그러나 피터는 호텔에 없었다. 유니스는 몰랐지만, 피터는 여동생을 남편과 아이들이 기다리고 있는 런던까지 자동차로 데려다 주고 있었다.

다음 날 아침 베치가 로필드 홀에 모습을 드러내자, 유니스는 그를 중개자로 삼기로 결심했다. 런던 경찰국의 총경이자 살인 사건 수사반 반장인 베치는 그녀를 도와 줄 수 있어 기뻐할 따름이었다. 당연하게도 그는 그날 피터 커버데일을 만날 예정이어서, 기꺼이 미스 파치먼의 사정을 말해 주겠다고 했다.

"초콜릿 케이크를 구웠어요. 차랑 같이 한 조각 드실래요?"

"정말 감사합니다, 미스 파치먼."

유니스는 한 조각이 아니라 케이크 전체를 내놓아야 했다. 공교롭게도 베치가 열한시에 서퍽 경찰서 고위 관리 세 명과 거실에서 회의를 하기로 정해두었기 때문이다. "고맙습니다, 총경님." 그녀는 그에게 조용히 인사하고 주방으로 물러나 점심 식사로 무엇을 먹을지 고민하기 시작했다. 그리고 정확히 정오에 점심 식사를 시작했다. 베치의 부하 경사가 한 번도 본 적이 없는 젊은 남자를 데리고 총기실을 통하여 들어왔을 때, 그녀는 식탁이 없어서 조리대에서 식사를 하고 있었다.

경사는 무언가 부피가 큰 물건이 들어 있는 커다란 갈색 봉투를 가지고 있었다. 그는 유니스에게 예의 바른 미소를 지으며 베치 경감이 있는지 물어보았다.

"거실에요." 유니스는 누구에게는 존칭을 붙여야 하고 누구에게는 붙이지 않아도 되는지 너무나 잘 알고 있었다. "사람들을 잔뜩 데리고 왔던데요."

"감사합니다. 우리가 직접 찾아보도록 하지요." 경사는 홀로 통하는 문을 열었지만, 젊은 남자는 멈춰 서서 유니스를 바라보았다. 그의 얼굴에서 핏기가 사라지고 눈은 커졌다. 그녀는 지극히 평범하게 이야기했지만, 그는 그녀가 흡사 저주라도 퍼부은 양 움찔했다. 그녀는 그 모습을 보자 삼 주 전 주방에서 얼쩡거리던 멜린다가 떠올라, 경사가 "이쪽입니다, 플로버 씨"라고 말하며 서둘러 남자를 데리고 나가자 한결 안도했다.

유니스는 설거지를 하고 마지막 초콜릿 바를 먹었다. 사실은 그녀 생애에서의 마지막 초콜릿 바였다. 유니스는 베치가 아직도 피터 커버데일에게 자신의 봉급에 대해 아무런 이야기를 하지 않았는지 궁금했다. 밖에서는 경찰들이 이따금씩 동풍을 타고 흩날리는 눈발을 맞으며 여전히 땅을 파고 있었다. 오늘 밤에는 그녀가 가장 좋아하는, 할리우드인가 말리부 해변인가에서 활동하는 스티브 경위가 등장하는 드라마가 방영될 예정이었다. 돈이 곧

들어온다는 소식을 듣게 된다면 더욱 재미있을 터였다. 그녀가 홀에 들어서자 음악 소리가 들렸다.

음악은 거실 문 뒤에서 흘러나오고 있었다. 음악을 틀어 놓은 꼴을 보아 별달리 중요한 일을 하는 것 같지도 않은데, 잠깐 들어가서 공손하게 이야기를 꺼낸다고 해서 크게 문제가 되지는 않으리라. 음악이 왠지 친근했다. 그녀는 이 곡을 들어 본 적이 있었다. 아버지가 불렀던 노래인가? 아니면 텔레비전에서 들었나? 외국어로 노래를 부르는 것을 보니, 아버지가 불렀던 노래는 아닌데.

유니스는 노크를 하러 주먹을 들었다가, 방 안에서 음악을 압도하는 비명 소리가 들리자 주먹을 다시 떨구고 말았다.

"오, 세상에!"

처음에는 누구 목소리인지 분간할 수 없었지만, 뒤이어 계속해서 들려오자 그 주인을 알 수 있었다. 이제는 머리가 박살이 나서 더 이상 들을 일이 없는 목소리였다.

"도로 들어가. 우리는 총을 갖고 있어."

다른 목소리도 들렸다. 그녀 자신의 목소리였다. 그녀의 목소리는 여러 악기 소리와 서로 경쟁하듯, 광란과 공포에 물들어 갔다.

"내 남편은 어디 있어?"

"부엌에 있지. 죽었어."

"미쳤어. 넌 미쳤다고! 남편에게 가야겠어. 남편에게 가게 해

쥐. 자일즈, 전화를……! 안 돼, 안 돼……, 자일즈!"

유니스는 시간을 뛰어넘어 유니스에게 말하고 있었다. "앉는 게 좋을걸. 이게 다 네 탓이야."

조앤이 낄낄대는 소리가 들렸다. 그녀는 "나는 높이 계신 분의 도구일지니"라고 말하며 총을 쐈다. 또 한 방. 음악과 비명 사이로 무거운 물건이 떨어지는 소리가 들렸다. "제발, 제발 부탁해요!" 여자애의 목소리였다. 재장전하는 소리가 들렸고 총이 마지막으로 발사되었다. 음악 소리가 계속되더니 이내 고요가 찾아왔다.

방 안에서 무엇이 커버데일 가족의 죽음을 재현했는지는 유니스의 이해를 넘어서는 일이었다. 유니스는 그것이 무엇이든 자신에게 천벌을 내리기 전에 위층으로 올라가 다시 짐을 싸야 한다고 생각했다. 그러나 정신이 마비되어 정상적인 사고를 할 수 없었다. 그녀는 언제나 믿음직스러웠던 강인한 몸에 의지하여 계단을 향해 걷기 시작했다. 그러나 몸마저도 그녀를 배신했다. 유니스는 첫 번째 계단을 밟고 섰다. 아홉 달 전 이 저택에 처음 들어왔을 때 서 있던 곳이었다. 그녀가 큰 거울에 비친 자신의 모습을 보았다고 생각하는 순간, 유니스는 다리가 풀려 기절하고 말았다.

그녀가 쓰러지는 소리는 베치에게도 들렸다. 의자에 앉아 얼굴이 하얗게 질린 채 굳어 버린 경찰들에게 마음을 굳게 먹고 테이프를 한 번 더 들려 주려던 참이었다. 그는 밖으로 나와 유니스가

쓰려져 있는 모습을 발견했지만, 유니스를 안아 들기는 고사하고
그녀에게 손끝 하나 댈 수조차 없었다.

# 25

조앤 스미스는 여전히 말을 하거나 거동할 수 없는 상태로 스탠트위치 종합 병원에 누워 있다. 그녀는 기계 속에 들어가 심장과 폐의 기능을 유지하고 있었는데, 의료진은 자비를 베푸는 일인지는 몰라도, 기계의 스위치를 내리자는 쪽으로 의견을 기울이고 있었다. 그녀의 남편은 웨일즈의 한 우체국에서 일하고 있으며, 아직도 스미스라는 성을 고수하고 있다. 어쨌든 스미스는 흔한 성이었으니까.

피터 커버데일은 여전히 포터리즈 대학에서 정치경제학 강사로 재직중이다. 여동생 폴라는 지금까지도 아버지와 멜린다의 죽음을 극복하지 못해서, 최근 이 년간 전기 자극 치료를 세 차례 받았다. 제프리 몬트는 술을 너무 많이 마셔, 조앤 스미스가 유니스 파치먼과 두 번째로 만난 자리에서 한 이야기와 거의 비슷한 상태로 지내는 중이었다. 세 명은 계속해서 소송을 벌이고 있다. 재클린과 자일즈 중 누가 먼저 죽었는지 밝혀지지 않았기 때문이다. 만일 재클린이 먼저 죽었다면 자일즈는 잠시 로필드 홀을 상속받았던 셈이고, 따라서 이 저택은 그의 다음 상속인인 친아버지에게 돌아가야 한다. 그러나 그가 어머니보다 먼저 죽었다면 저택은 조지의 친자들에게 상속되어야 한다. 그리하여 이 저택은 황폐한 집이 되었다.

조나단 덱스터는 최우등으로 학위를 받는 영광을 달성하리라 기대를 얻었던 것과 달리 3등급으로 졸업했나. 그러나 오래전 일이었다. 그는 에섹스에 있는 종합 중등 학교에서 프랑스어를 가르치며, 멜린다는 거의 잊어버린 채 이공학부 선생과 진지하게 만나고 있었다.

바바라 볼럼은 딸을 낳아 앤이라는 이름을 붙여 주었다. 제프는 원래 멜린다라는 이름을 붙이려 했지만, 꺼림칙한 기분이 들어 포기하고 말았다. 에바는 제임슨−커 부인에게 고용되어 시간당 칠십오 페니를 받으며 청소를 하러 다닌다. 사람들은 아직도 관광객이 찾아오는 여름철 저녁이면 블루 보어에 모여 성 발렌타인 데이 학살에 대한 이야기를 나눈다.

유니스 파치먼은 올드 베일리, 즉 중앙 형사 법원에서 재판을 받았다. 베리 세인트 에드먼드에서 열리는 순회 재판에서는 선입견을 갖지 않은 배심원을 찾을 수 없었기 때문이다. 그녀는 종신형을 선고받았으나, 실제 수감 기간은 십오 년 남짓으로 예상되었다. 터무니없이 적은 형량이라고 말하는 사람들도 있었다. 그러나 유니스는 이미 벌을 받았다. 배심원단의 평결이 나오기도 전에 참담한 꼴을 당해야 했다. 그녀의 변호사가 판사와 검사, 경찰, 방청객, 기자석에서 기사를 갈겨쓰고 있는 기자들 앞에서 그녀는 글을 읽거나 쓸 줄 모른다는 사실을 전 세계에 공표해 버린 것이다.

"문맹이라고요? 글을 읽을 줄 모른다는 말입니까?" 매너튼 판사가 물었다.

그가 답변을 강요하자 그녀는 그렇다고 대답했다. 새빨갛게 얼굴을 붉힌 채, 자신처럼 괴물이나 불구자가 아닌 사람들이 기사를 쓰는 모습을 바라보며.

사람들은 유니스의 기본적인 결점을 고치기 위해, 그녀를 격려하면서 개심시켜 보려고 했다. 그러나 그녀는 확고부동하게 어떤 시도에도 거부 의사를 밝혔다. 너무 늦었다. 그녀를 바꾸기에는, 그녀가 저지르고 초래한 일들을 되돌리기에는 너무 늦어 버렸다.

먼지, 재, 낭비, 욕망, 폐허, 절망, 광기, 죽음, 교활함, 우행, 말, 가발, 넝마, 양피지, 약탈, 판례, 은어, 헛소리, 사기꾼 같은 이름을 한 새들이 날아다녔다.

## 역자 후기

추리소설을 읽어오면서 결코 잊을 수 없는 경험을 하는 순간
이 있다. 어두운 계단 한구석에서 셜록 홈즈를 발견하는 일생일
대의 잭팟을 터뜨렸던, 나이도 기억나지 않은 어린 시절의 기억
은 아직도 선명하다. 이제는 노회한 독자가 되어 웬만해서는 그
다지 놀라지 않는다고 뻐기곤 하지만, 하루하루 거장이 되어가
는 한 작가의 여정을 더듬으며 경외감에 빠져 부끄러워했던 기억
은 고작 몇 달이 채 지나지 않았다. 그러한 기억은 일일이 헤아릴
수 없을 정도로 촘촘하게 박혀 있지만, 그 하나하나가 선명하게
기억나는 것은 어쩔 수 없는 추리소설 애호가로서의 정체성 탓일
것이다.

가장 좋아하는 작가나 작품을 대라면 선뜻 하나를 꼽기 주저하
겠지만, 그보다는 좀 더 구체적인 질문에는 언제든 답을 할 수 있
는 준비가 되어 있다. 가장 좋아하는 탐정의 말투, 가장 흥미진진
했던 추격 장면, 가장 알콩달콩한 로맨스, 가장 황당했던 범행 동
기, 심지어는 고전 추리소설에 흔히 등장하곤 하는 부잣집 막내
아들 중 가장 철이 없었던 녀석에 이르기까지. 그 수많은 목록에
올라 있는 역시 수많은 작가와 작품들. 그 사이에 『활자잔혹극』
역시 이름을 올리고 있다.

『활자잔혹극』이야말로 추리소설을 읽으면서 가장 강렬했던 도입부를 선사했던 작품이었다. 작가 자신도 자랑스럽게 생각하듯, 이 작품의 첫 문장은 미스터리 역사상 가장 인상적인 도입부일 것이다. 작품 전체를 간결한 한 문장에 함축해 버리는 대담한 시도는 처음 작품을 읽었던 15년 전에도 굉장한 충격이었거니와, 번역을 위해 새로 펼쳐 보았던 올해에도 변함없는 울림을 자랑한다. 책을 펼치고 첫머리에서 멈춰 한동안 글귀를 쓰다듬고 입에서 굴려 보고 싶을 정도로 매혹적이다.

루스 렌들은 그 누구도 부인할 수 없는 현대 미스터리를 대표하는 거장일 것이다. 이 거장을 대표하는 작품은 레지널드 웩스포드 경감 시리즈이겠지만(웩스포드 경감은 데뷔한 지 거의 반세기가 지난 2011년에 비로소 은퇴하였다), 경찰 미스터리의 모범이라고 할 수 있을 정도로 장르적 공식을 충실하게 따른 웩스포드 경감 시리즈와는 달리, 루스 렌들의 작가적 개성은 시리즈가 아닌 독립 작품에서 좀 더 첨예하게 드러난다. 데뷔 후 10여 년이 지나 물이 오를 대로 오른 필력으로 발표한 본 작품이 현재에 이르기까지 작가의 대표작 중 하나로 공인되고 있다는 사실은 어쩌면 당연하다고 볼 수 있다

이 작품의 진가는 단지 도입부의 충격에만 그치지 않고, 첫 문장의 강렬한 인상이 작품 전체를 통하여 고스란히 유지된다는 점에서 톡톡히 드러난다. 건조하면서도 함축적인 뼈대에 가지가 뻗어나가 잎사귀를 틔우면서 서스펜스는 더욱 강화되기도 한다. 작

가가 의도적으로 주인공에 대한 감정이입의 여지를 차단했음에
도 불구하고, 신기하게도 유니스 파치먼에 대한 애착이 생기기도
한다. 이는 분명 종교적 광신이나 계급 갈등 같은 녹록하지 않은
소재를 과하지 않은 수준에서 작품 속에 녹여내는 동시에 서스펜
스가 이어지는 사이사이 적절히 강약을 조절해 내는 작가의 역량
때문이다.

작가의 지명도나 영향력을 감안하면 더 많은 작품이 소개되었
어야 하지만, 이제껏 국내에 출간된 작품은 극히 일부에 불과하
다는 사실은 아쉽기 그지없다. 『활자잔혹극』이 새 옷을 입고 다시
금 국내 독자들에게 소개되는 만큼, 루스 렌들이라는 거목이 재
조명될 수 있는 기회가 되기를 기대한다.

이 동 윤

# 문맹과 문해 사이

장정일

루스 렌들의 『활자잔혹극』을 읽게 될 독자들은 모두, 행운의 독자들이다. 고백하자면, 나는 이 작품의 훌륭함을 일찌감치 발견한 최초의 행운아에 속하지 않는다. 루스 렌들의 이름을 몰랐던 동안, 이 작품의 가치를 발견한 사람은 장르 소설을 꾸준히 읽어온 독자들이었을 것이다. 그리고 그 최초의 행운아들 가운데는 영화감독 클로드 샤브롤도 있는데, 그가 1995년에 만든 〈의식La cérémonie〉의 원작이 바로 이 소설이다. 그러나 모든 일류급 소설이 영화에서는 오히려 자신의 매력을 다 발휘하지 못하는 것처럼 『활자잔혹극』 역시 영화화되면서 작품의 깊은 주제와 세부를 잃어버렸다.

이 소설은 "유니스 파치먼이 커버데일 일가를 살해한 까닭은, 읽을 줄도 쓸 줄도 몰랐기 때문이다"는 구절로 시작된다. 그리고 실제로 유니스는 자신을 가정부로 고용한 가족이 그녀의 문맹文盲을 간파하자, 거기서 굴욕을 느끼고 그들을 몰살시켰다. 아무리 범죄가 흔하고, 범죄의 동기 또한 다종다양하다지만, 이처럼 황당한 범죄 동기를 찾아보기란 쉽지 않다. 그래서 우리는 이런 의문을 품게 된다. '문맹이란 그토록 부끄러운 일인가? 한 가족을 살해할 만큼?'

이 글을 읽고 있을 독자들 가운데는 문맹자가 없기 때문에, 글을 읽고 쓸 줄 모르는 게 얼마나 수치스러운 것인가를 수긍하지 못할 수도 있다. 하지만 아주 일상적인 예로, 영어가 난무하는 파티에서나 영어가 필수불가결한 상황에서 영어를 하지 못해 '죽고 싶다'고 느꼈거나, 영어 잘하는 경쟁자를 '죽이고 싶다'고 느낀 때는 없었는가? 그런 우리들의 경험을 문맹자의 심정에 대입할 수만 있다면, 얼마든지 "유니스 파치먼이 커버데일 일가를 살해한 까닭은, 읽을 줄도 쓸 줄도 몰랐기 때문이다"라는 상황에 다다를 수 있다.

한때 영화와 소설, 양쪽에서 인기를 모았던 베른하르트 슐링크의 『더 리더』 역시, 문맹자가 글을 읽고 쓸 줄 모른다는 사실을 얼마만큼 수치스럽게 여기는지를 생생하게 보여주었다. 그 소설의 주인공인 한나 슈미츠는 사람들에게 자신의 문맹을 밝히는 대신, 무려 18년 동안의 감옥살이를 택했다. 하지만 『더 리더』의 한나나 『활자잔혹극』의 유니스는, 단순히 글을 읽고 쓸 줄 모르는 게 부끄러웠던 것이 아니다. 다시 말해, 유니스는 글을 읽고 쓸 줄 모르는 자신의 문맹이 부끄러워서 한 가족을 살해했던 게 아니며, 한나 또한 법정에서 아우슈비츠에서의 전과를 뉘우치지 않고 기나긴 징역을 선택하게 된 까닭은 따로 있다. 맹목적이라고 간주된 그들의 부끄러움 뒤에는, 문맹이 결과하는 비밀스러운 암흑의 핵심이 있다.

흔히 문맹이라면 '글을 읽고 쓸 줄 모르는' 상태만을 떠올리는데, 이 작품을 쓴 루스 렌들의 통찰에 따르면, 문맹은 그 당사자의 '상상력과 감정'마저 문맹의 상태로 만든다. 작가는 유니스를 가리켜 "그녀가 문맹이라는 사실은 그녀의 동정심을 앗아갔고 상상력을 위축시켰다. 심리학자들이 애정이라고 부르는, 타인에 대하여 관심을 가질 수 있는 능력은 그녀의 기질 안에서 설 자리가 없었다"라고 평했던 바, 문맹은 인간에게 필요한 자신감과 자긍심을 빼앗고, 정상적인 인간관계와 소통을 기피하게 만든다.

이런 통찰은 우리들이 애초에 품었던 의문에 대한 가장 적확한 답이면서, 덤으로 『더 리더』에 대한 심도 있는 해석마저 제공해준다. 문맹은 문맹자에게 자기방어에 열중하는 자폐증을 선사하고 세상을 무관심하게 여기도록 이끄는 대신, 문맹자에게 두 가지 덕목을 베푼다. 하나는 자기가 맡은 바의 직분과 과업에 혼신을 쏟게 하는 것이며, 다른 하나는 사회규범이나 상사(고용주 또는 상관)가 부여한 규칙과 명령에 성실을 다하도록 하는 것이다. 외부 세계에 그토록 무관심했던 『더 리더』의 한나가, 상사의 명령이나 자신의 직분에 그토록 충실했던 정황이 비로소 이해된다.

이런 사정은 유니스에게도 고스란히 해당된다. 그녀는 자신이 맡은 직분에 완벽했다. 하지만 그 직업적 성실이 다른 사람에 대한 감정·연민·상상력을 깨끗이 소거한 자리에서 작동하는 것이란 점을, 미구의 희생자들인 커버데일 일족은 잘 알고 있었다. 유니스는 그들로부터 "그 여자 정말 섬뜩하던데요. 사람 같지가 않아요"라거나 "보아뱀도 그렇지요"와 같은 평가를 받는데, "아우슈비츠 간수로나 딱 어울릴 사람"이라는 대목에 이르러서 그녀는 아예, 아우슈비츠의 여간수였던 한나와 포개진다.

활자 문명과 독서 문화가 급격하게 쇠퇴하고 있다지만, 여전히 활자는 나와 타인, 나와 사회, 나와 세계를 연결하는 가장 널찍한 길이고 창이다. 그래서 작가는 "글을 읽고 쓸 줄 아는 능력은 피처럼 우리의 혈관 속을 흐른다. 모든 말에 두 번에 한 번 꼴로 스며든다. 지시나 묵인을 공유하는 것과는 대조적으로, 인쇄된 글에 대한 언급을 하지 않거나 읽은 내용에 대한 암시를 담지 않는다면, 진정한 대화가 이루어지기란 거의 불가능하다"고 말한다. 문맹은 타인과 통하는 바로 그 길과 창을 막는다. 이 요로가 막히면 지식이나 정보의 습득이 문제가 아니라, 타인의 감정을 관찰하지 못하게 된다. 혈관이 막히면 동맥경화가 되듯이, 타인으로 향한 소통이 두절될 때 우리는 '도덕적 문맹'이 되고 만다. "유니스 파치먼은 읽을 줄도 쓸 줄도 몰랐기 때문에 커버데일 일가를 죽였다"라는 소설의 첫 구절은, 이런 맥락에서 가능한 것이다.

매우 흥미롭게도 이 작품은 활자와 독서의 반대편에, 매혹적이고도 막강한 영상 문화를 배치해 놓았다. 커버데일 일가를 죽이기 훨씬 이전부터 범죄에 탐닉하고 있었던 유니스는, 어려서부터 이웃의 약점을 잡아 금전을 갈취해 온 상습적인 협박범이었고, 급기야는 노쇠한 아버지를 살해하기도 했다. 이런 여주인공의 이상 심리에 영향을 준 것은, 텔레비전의 폭력적인 영상이다. 작가는 그것이 유니스에게 끼친 영향을 지목하고자, "화면에 총을 든 남자가 등장했다. 남자는 의자 뒤에 몸을 웅크리고 있는 여자를 위협하는 중이었다. 총이 발사되자 여자는 비명을 지르면서 복도로 도망쳤다. 유니스가 텔레비전에서 처음으로 본 프로그램은 폭력과 총이 등장하는 것이었다. 이 영상과 앞으로 보게 될 수많은 프로그램들이 그녀의 잠재적 폭력성을 자극하여 공격성을 촉발시켰을까? 허구적인 드라마가 이 문맹자의 머릿속에 뿌리를 내려 열매를 맺은 걸까?"라고 노골적으로 썼다.

문맹을 타인에 대한 감정을 헤아릴 수 없게 만드는 장애물로 간주함으로써 작가는 문맹과 폭력의 연결 가능성을 폭넓게 열어 놓았는데, 그것을 증폭시킨 것이 영상 문화다. 활자 대신 폭력적인 영상을 소비했던 유니스는 일가족을 살해한 후에도 도무지 감정을 나타내지 않았다. 그녀는 고개를 흔들고 한숨을 쉬지도 가슴 아파하지도 않았다. 유니스는 사건 후에도 태연하게 텔레비전에 탐닉했다. 미국 수사(경찰) 드라마의 '광팬'이었던 그녀가 커버데일 일가를 살해할 때, 그녀의 뇌리 속에서 범행을 지도한 것은 바로 그 수사 드라마였다.

뭇 오해와 달리, 루소는 문자의 생성을 전후로 자연/문명을 나눌 만큼 무모하지 않았다. 마찬가지로 루스 렌들 역시 문자 습득을 기준으로 불통/소통을 구획하고자 하지 않는다. 행여 이 작품을 문맹이 지닌 불통을 치명적인 약점으로 지적하면서 소통을 가능하게 하는 문해文解 능력의 소중함을 강조하는 문서로 읽는다면, 우리는 이 작품을 온전히 읽지 못한 것이다. 『활자잔혹극』이 뛰어난 이유를 요약해서 말하면, 먼저 문맹이 결과하는 사회생활의 기술적 곤란만 아니라, 문맹이 인격 형성에 미치는 피해를 보여준 점이다. 그리고 거기 머물지 않고 글을 읽는 독자들이 활자와 책에 대한 턱없는 신뢰와 교만을 피할 수 있도록, '독서광'의 비인격적인 실례마저 함께 보여준 데에 있다.

자일즈 몬트의 예가 그렇다. 활자에 중독된 자일즈는 책과 지식 이외의 가족과 현실에 대해 무관심하고 냉소적이다. 책을 읽느라 점점 "은둔자로 변하는" 그의 의식 세계를 뒤집어 놓으면, 소통불능이란 자폐 속에 파묻힌 유니스가 된다. 이 대조와 균형은 매우 중요하다. 자일즈의 어머니가 "이따금 아무 해도 끼치지 않는 유령과 함께 사는 것 같"다고 아들을 평가할 때, 그것은 앞서 보았던 유니스에 대한 부정적 평가와 짝을 이룬다. 작가는 문맹만 아니라, 책에 코를 박은 채 타자나 현실과의 소통을 거부하는 탐서가의 병폐도 함께 질책하고 있는 것이다.

애거서 크리스티 이후 영국 미스터리계를 대표하는 작가인 루스 렌들은 일반적인 추리소설 작가와 달리, 작품 속에 상당한 사회의식을 반영하고자 한다. 1996년 《아이리시 타임스》와의 인터뷰에서 그녀는 "수수께끼 같은 단서와 실마리만 풍성한 이전 방식의 추리소설은, 아직도 그런 소설이 있다면 확실히 없어져야 합니다. 이제 추리소설은 주인공이 이끌어 가는 이야기 이상이어야 합니다. 우리가 살고 있는 세상을 고찰하는 소설이어야 합니다"(『내 눈에는 악마가』, 해설, 황금가지, 2005.)라고 말했다. 그런데 루스 렌들이 딱히 강조하지 않더라도, 추리소설이나 범죄소설 같은 장르 소설은 거의 자동기술적으로 사회의식을 드러내곤 한다.

희생자는 대개가 부르주아들이며, 상류층을 희생자로 갖는 범죄의 원인이나 동기는 자본주의적 욕망이거나 계급적 갈등이다. 『활자잔혹극』 또한, 유니스와 조앤 스미스라는 두 명의 이상심리자가 전면에 나서서 그렇지, 주인과 하녀(?)라는 설정의 밑바닥에는 계급적 증오와 적대가 깔려 있다. 참고로, 루스 렌들과 같은 영국 출신의 작가 패트릭 맥그라스의 『그로테스크』 역시 주인과 하인(집사) 사이의 적대를 보여준다. 이렇듯 두 작품에 깔려 있는 계급적 적대는 유럽 대륙에서 잘 볼 수 없는 것으로, 영국처럼 계급이 뚜렷한 사회에서 두드러지는 사항이다.

아래의 인용은 『활자잔혹극』의 작가가 문맹과 문해 사이에 얼마나 인화성 높은 은유를 설치해 두었는지를 알 수 있는데, 문맹과 문해 사이를 가로지르는 것은 바로 계급이다.

로필드 홀은 책 천지였다. 유니스에게 이곳은 예전에 샘슨 부인의 연체된 소설책을 반납하러 딱 한 번 가 봤던 투팅 공립 도서관만큼 책이 많아 보였다. 그녀에게 책은 알 수 없는 공포심을 불러일으키는 작고 평평한 상자와 다를 바 없었다. 거실의 벽 한쪽은 전체가 책장이었다. 응접실에는 커다란 유리문이 달린 붙박이 책장 두 개가 벽난로 양 옆에 있었고, 다닥다닥 나뉜 칸에는 책들이 가득했다. 탁자 옆에도 책들이 있었고 선반에도 잡지와 신문이 놓여 있었다. 커버데일 가족은 항상 책을 읽었다. 유니스는 그들이 자신을 도발하려 책을 읽는다고 생각했다. 아무도, 심지어 학교 선생들조차 재미로 그렇게 책을 많이 읽을 수는 없다고 여겼기 때문이다. 자일즈는 손에서 책을 놓는 법이 없었다. 심지어 읽을거리를 주방까지 가지고 들어와서, 식탁에 팔꿈치를 괴고 앉아 그 속에 빠져들었다. 재클린은 신간 소설이라면 가리지 않고 읽었다. 조지와 함께 빅토리아 시대의 소설들을 처음부터 끝까지 재독하기도 했다. 그들은 종종 디킨스, 새커리, 조지 엘리엇의 작품을 동시에 읽고 등장인물이나 장면에 대해 함께 토론하면서, 서로에 대한 애정을 과시하곤 했다. 영문학을 전공하는 학생답지 않게 멜린다가 책을 가장 적게 읽었다. 하지만 그녀조차도 종종 정원이나 아니면 거실 바닥에 누워 문법책을 들여다보곤 했다.

인용문으로 짐작할 수 있는 커버데일 가족의 부와 학력 자본은 유니스의 한미하고 보잘 것 없는 학력과 비교되는데, 유니스를 사방에서 포위한 형국으로 버티고 선 커버데일 가의 책장은, 유니스가 넘지 못할 공포의 진입장벽이다.

커버데일 가족과 유니스를 가르는 계급 단절의 양상이 음악의 영역에서 나타날 때는, 오페라가 그 경계선이 된다. 반어적이게도 커버데일 일가는 텔레비전으로 방송되는 오페라를 보기 위해 모인 거실에서, 유니스가 알아듣지도 못하는 '이상한 외국 노래(오페라)'를 들으며 죽어 갔다. 이때 작가가 선택한 모차르트의 〈돈 조반니〉는, 이 소설의 원제 'A Judgement In Stone'과 관련된다. 워낙 복잡한 상호 텍스트성으로 얽혀있는데다가 역설적인 제목이라 해석이 분분할 테지만, 돈 조반니와 유니스 파치먼이 공히 '돌처럼 무정한 마음'을 가졌다고 한다면, 원제의 숨은 뜻을 추측할 수 있을 것이다.

# 활자잔혹극

초판 1쇄 발행 2024년 6월 18일

**지은이**　　루스 렌들
**옮긴이**　　이동윤

**발행편집인**　　김홍민 · 최내현
**책임편집**　　조미희
**편집**　　김하나
**표지디자인**　　이혜경디자인
**마케터**　　마리
**용지**　　한승
**출력(CTP)**　　블루엔
**인쇄 제본**　　대원문화사

**펴낸곳**　　도서출판 북스피어
**출판등록**　　2005년 6월 18일 제105-90-91700호
**주소**　　(10595) 경기도 고양시 덕양구 동송로 23-28 305동 2201호
**전화**　　02) 518-0427
**팩스**　　02) 701-0428
**홈페이지**　　https://blog.naver.com/hongminkkk
**전자우편**　　editor@booksfear.com

ISBN  979-11-92313-55-9(03840)